W0310100

EN PLEINE TEMPÊTE

SEBASTIAN JUNGER

EN PLEINE
TEMPÊTE

Traduit de l'anglais
par JEAN BOURDIER

Éditions de Fallois
PARIS

TITRE ORIGINAL :

THE PERFECT STORM

© 1997 by Sebastian Junger

© Éditions de Fallois, 1998 et 2000 pour la traduction française
22, rue La Boétie, 75008 Paris

ISBN 2-87706-396-8

Ce livre est dédié à mon père, qui, le premier, m'initia à la mer.

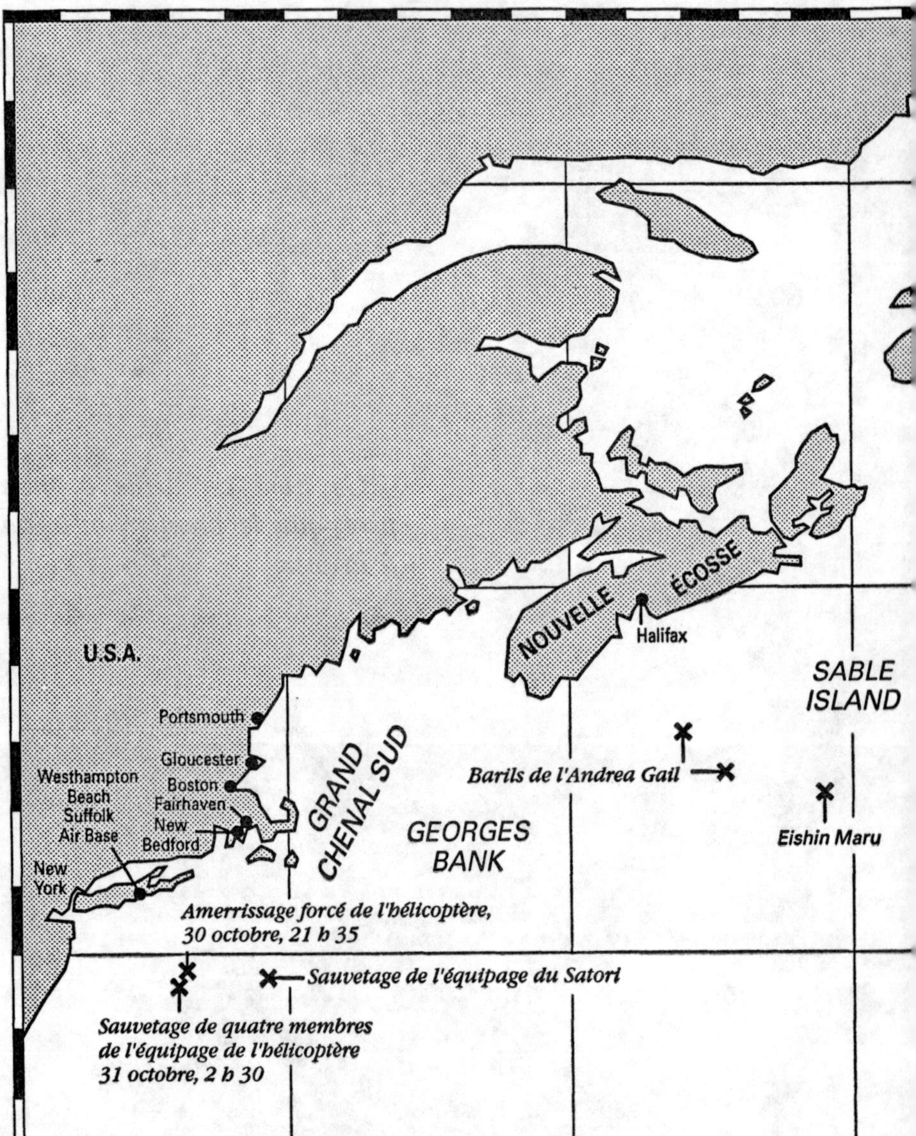

U.S.A.
Portsmouth
Gloucester
Boston
Westhampton Beach Suffolk Air Base
Fairhaven
New Bedford
New York
GRAND CHENAL SUD
GEORGES BANK
NOUVELLE ÉCOSSE
Halifax
SABLE ISLAND
Barils de l'Andrea Gail
Eishin Maru
Amerrissage forcé de l'hélicoptère, 30 octobre, 21 h 35
Sauvetage de l'équipage du Satori
Sauvetage de quatre membres de l'équipage de l'hélicoptère 31 octobre, 2 h 30
75°
70°
65°
60°

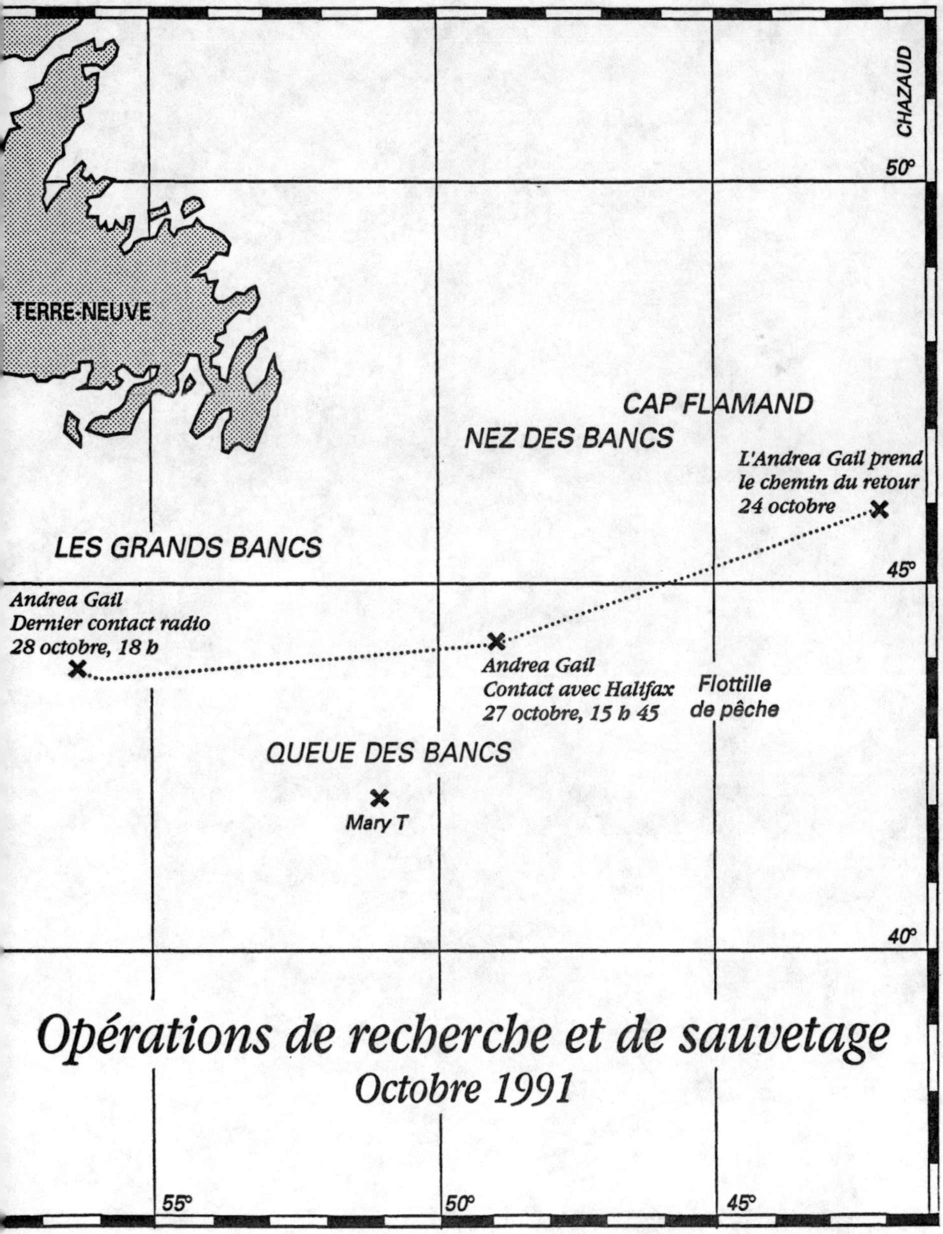

Opérations de recherche et de sauvetage
Octobre 1991

AVANT PROPOS

Reconstituer les derniers jours de six hommes disparus en mer me posait quelques problèmes évidents. D'une part, je voulais écrire un livre totalement authentique, entièrement fondé sur les faits, qui se présenterait à bon droit comme œuvre de journalisme. D'autre part, je tenais à ne pas noyer le récit sous une masse de détails et de données techniques. Je caressai un moment l'idée de recréer par la fiction quelques passages de l'histoire — dialogues, pensées personnelles, petites scènes quotidiennes — afin de rendre celle-ci plus lisible, mais cela risquait de compromettre et de diminuer la valeur de ce que j'étais *véritablement* en mesure d'établir. À la fin, je me résolus à m'en tenir strictement aux faits, mais en leur donnant le plus large développement possible. Si, par exemple, je ne pouvais savoir exactement ce qui était arrivé à bord du bateau naufragé, il m'était possible d'interroger des gens ayant connu de semblables expériences et y ayant survécu. J'estimais que la relation de leur aventure fournirait un tableau assez exact de ce que les six hommes de l'*Andrea Gail* avaient traversé, dit et peut-être même ressenti.

En conséquence, des informations de toutes sortes et de toutes sources figurent dans ce livre. Tout ce qui est présenté en citations directes a été recueilli par moi à la faveur d'une interview réelle, soit directement, soit par téléphone, et le propos n'a été modifié que le moins possible, pour des raisons grammaticales ou de simple clarté. Tous les dialogues sont fondés sur les souvenirs de gens encore vivants et rapportés au fil du texte, sans guillemets. *Aucune* réplique n'a été inventée. Les conversations par radio se fondent également sur des réminiscences précises. Les citations extraites de documents publiés figurent entre guillemets et ont parfois été condensées pour mieux pouvoir s'intégrer au texte. Les précisions techniques concernant la météorologie, le mouvement des vagues, la navigation et autres sujets s'appuient sur mes propres recherches bibliographiques et ne sont généralement pas assorties de références. Je tiens toutefois à recommander l'ouvrage de William Van Dorn, *The Oceanography of seamanship*, livre à la fois complet et éminemment lisible.

En bref, je me suis efforcé d'écrire un récit aussi fidèle que possible d'une chose qui ne sera sans doute jamais complètement connue. Mais c'est précisément cette part d'inconnu qui a rendu le livre aussi intéressant à écrire et, je l'espère, à lire.

Mon expérience personnelle de la tempête que j'évoque s'est bornée à observer, sur la rive de Gloucester, des vagues de dix mètres avançant inexorablement sur le Cap Ann, mais cela m'a suffi. Le lendemain, je lisais dans un journal qu'un bateau de Gloucester était porté disparu, je découpais l'article et le plaçais dans un tiroir. Sans le savoir, j'avais commencé à écrire *La Tempête*.

GEORGES BANK

1896

Un jour d'hiver, au large de la côte du Massachusetts, l'équipage d'une goélette pêchant le maquereau repéra sur la mer une bouteille contenant un papier. La goélette se trouvait sur le Georges Bank, l'un des lieux de pêche les plus dangereux du monde, et la présence de cette bouteille avec son message était du plus mauvais augure. Un matelot la tira de l'eau, on la dépouilla des algues qui la couvraient, le capitaine la déboucha et, se tournant vers l'équipage assemblé, donna lecture du message : « *Sur Georges Bank ayant perdu gouvernail et chaîne d'ancre et avec voie d'eau. Deux hommes déjà emportés et tout espoir perdu. Dérivons sans pouvoir gouverner. Que celui qui trouvera ce message le fasse savoir. Dieu ait pitié de nous.* »

Le message provenait du *Falcon*, bateau ayant appareillé de Gloucester l'année précédente et dont on était resté sans nouvelles depuis. Un navire qui perd son ancrage et sa chaîne sur le Georges dérive, dans l'impuissance totale, jusqu'au moment où il s'échoue sur les hauts fonds et se fait mettre en pièces par les lames. L'un des matelots du *Falcon* devait s'être calé contre l'une des couchettes du poste d'équipage pour écrire frénétiquement, à la lueur vacillante d'une lampe-tempête. C'était la fin, et tout le monde à bord devait en avoir eu conscience. Comment réagissent les hommes à bord d'un bateau qui sombre ? Se serrent-ils les uns contre les autres ? Se repassent-ils le whisky ? Pleurent-ils ?

Cet homme-là a écrit. Il a consigné sur un morceau de papier les derniers moments en ce monde de vingt créatures humaines. Puis il a bouché la bouteille et l'a jetée par-dessus bord. Il a dû penser qu'il n'y avait pas l'ombre d'une chance qu'on la retrouve un jour. Et puis il est redescendu dans le poste d'équipage. Il a respiré profondément. Il a tenté de reprendre son calme. Il s'est préparé à encaisser le premier choc de la mer.

GLOUCESTER, MASSACHUSETTS

1991

« Ce n'est pas du poisson que nous achetons, ce sont des vies humaines. »

SIR WALTER SCOTT,
L'Antiquaire, ch. 11

Une douce pluie d'automne caresse les feuilles des arbres, et l'odeur de l'océan est si puissante qu'on la croirait presque palpable. Des camions font vibrer les murs de Rogers Street, et, sur les bateaux, des hommes aux maillots tachés de sang de poisson s'interpellent d'un pont à l'autre. Au-dessous, l'océan vient battre les piliers noirs de la jetée, les engloutissant puis les dénudant brutalement, jusqu'à découvrir les coquillages qui y sont incrustés. Boîtes de bière vides et vieux morceaux de plastique dansent sur les vagues, au milieu de flaques de mazout qui ondulent à la surface, comme de grandes méduses aux reflets noirs. Les bateaux tanguent et font gémir leurs amarres tandis que les mouettes plongent et tourbillonnent en criant. Si l'on traverse Rogers Street et contourne l'auberge du *Crow's Nest*, si l'on y pénètre par la porte arrière pour monter les marches de ciment, redescendre sur la moquette du couloir et ouvrir l'une des portes sur la gauche, on trouve Bobby Shatford gisant, endormi, sur le lit à deux places de la chambre 27, un drap tiré sur lui.

Il a un œil au beurre noir. Des boîtes de bière vides et des emballages de plats préparés jonchent le sol de la chambre, où un sac de marin laisse échapper maillots, chemises de flanelle et blue jeans. À côté de Bobby, également endormie, sa compagne, Christina Cotter. C'est une femme séduisante, dans la petite quarantaine, avec des cheveux blonds roux et un visage mince et résolu. Il y a dans la chambre un téléviseur, une commode basse surmontée d'un miroir et une chaise comme celles qu'on peut trouver dans les cantines de lycées, avec des brûlures de cigarette sur son siège en plastique. La fenêtre ouvre sur Rogers Street, où les camions viennent se garer avec précaution sur leur aire de chargement.

Il continue à pleuvoir. De l'autre côté de la rue se trouve Rose Marine, où les chalutiers viennent faire leur plein de carburant, et, encore au-delà, de l'autre côté d'un petit bras de mer, le State Fish Pier, où ils déchargent leur pêche. Passé un autre bras de mer, un chantier naval et un petit parc où les mères de famille amènent leurs enfants. Une élégante maison de briques construite par le célèbre architecte bostonien Charles Bulfinch domine le parc au coin de Haskell Street. Elle se dressait à l'origine au coin de Washington Street et de Summer Street à Boston, mais, en 1850, elle a été extirpée de ses fondations, installée sur une péniche et transportée à Gloucester. C'est là que la mère de Bobby, Ethel, a élevé quatre fils et deux filles. Depuis quatorze ans, elle est barmaid de jour au *Crow's Nest*. Le grand-père d'Ethel était pêcheur, ses deux filles sont concubines de pêcheurs et tous ses fils ont pratiqué la pêche à un moment ou à un autre. La plupart continuent à le faire.

Les fenêtres du *Crow's Nest* donnent, côté est, sur une rue empruntée à l'aube par les camions. Les hôtes ne tendent guère à dormir tard. Vers huit heures du matin,

Bobby Shatford s'éveille avec effort. Il a des cheveux blond filasse, des joues creuses et un corps dont les muscles durs ont beaucoup travaillé. Dans quelques heures, il doit embarquer à bord d'un bateau de pêche à l'espadon nommé l'*Andrea Gail*, en partance pour une campagne d'un mois sur les Grands Bancs. Il peut revenir avec cinq mille dollars en poche ou ne pas revenir du tout. Au-dehors, la pluie persiste. Chris grogne, ouvre les yeux et jette un regard à son compagnon de lit. L'un des yeux de Bobby a la couleur d'une prune trop mûre.

Est-ce moi qui lui ai fait cela ?

Sûrement.

Merde.

Elle considère un moment l'œil poché. Comment ai-je pu le frapper si haut ?

Ils fument une cigarette, s'habillent et sortent dans le couloir. Une porte coupe-feu métallique ouvre sur une ruelle à l'arrière de l'auberge. Ils la poussent et gagnent l'entrée principale, dans Rogers Street. Le *Crow's Nest* est une vaste construction faussement Tudor s'étendant en face des poissonneries J.B. Wright et de Rose Marine. Sa baie vitrée est la plus grande d'une ville où les bars ont généralement de petites ouvertures afin d'éviter que leurs clients ne soient trop facilement défenestrés. Il y a, à l'intérieur, une vieille table de billard, un téléphone à pièces près de la porte et un bar en forme de fer à cheval. Une bière Budweiser y coûte un dollar soixante-quinze, mais, assez souvent, c'est un marin-pêcheur retour d'une campagne qui offre la tournée générale. L'argent glisse des poches d'un pêcheur comme l'eau à travers les mailles d'un filet. Un habitué du *Crow's Nest* a réussi ainsi à faire monter son « ardoise » à 4 000 dollars en une semaine.

Bobby et Chris entrent et jettent un coup d'œil circulaire dans la salle de bar. Ethel est derrière le comptoir, et quelques lève-tôt sont déjà accrochés à leurs bouteilles de bière. Un camarade d'équipage de Bobby, nommé Bugsy Moran, est assis au bar, l'air un peu ahuri. Rude soirée, hein ? fait Bobby. Bugsy répond par un grognement. Son vrai prénom est Michael. Il a des cheveux longs en désordre, une réputation de tête brûlée, et tout le monde en ville l'adore. Chris l'invite à venir prendre le petit déjeuner avec Bobby et elle, et Bugsy se laisse glisser de son tabouret pour les suivre. Ils sortent sous la pluie légère, montent dans la vieille Volvo 1970 de Chris et gagnent la White Hen Pantry, où ils font leur entrée, les yeux injectés de sang et la tête douloureuse. Ils achètent des sandwiches, des lunettes de soleil à bon marché, et ressortent dans l'immuable grisaille du jour. Chris reconduit les deux hommes au *Nest*, où ils retrouvent Dale Murphy, un autre membre de l'équipage de l'*Andrea Gail*.

Couramment appelé Murph, Dale est un grand ours de trente ans originaire de Bradenton Beach, en Floride. Il a des cheveux noirs en désordre, une fine barbiche et des yeux bridés, presque asiatiques. Il ne passe pas inaperçu en ville. Il a un jeune fils de trois ans, également prénommé Dale, qu'il idolâtre ostensiblement. Son ex-femme, Debra, a été trois fois championne de boxe féminine de Floride méridionale, et, de toute évidence, le jeune Dale est appelé à devenir un redoutable costaud. Murph veut lui acheter quelques jouets avant de partir, et Chris conduit en voiture les trois hommes au centre commercial installé près de Good Harbor Beach. Bobby et Bugsy achètent des vêtements chauds supplémentaires pour le voyage, tandis que Murph parcourt les rayons, emplissant un chariot de petits camions, de casques de pompier en matière plastique et de pistolets martiens à laser. Quand il ne peut pas mettre un seul jouet de plus dans le chariot, il paie pour l'ensemble, et tout le monde s'entasse de nouveau dans la voiture pour regagner le *Nest*. Là, Murph descend, et les trois autres décident d'aller prendre un verre à la *Green Tavern*, un peu plus loin.

La *Green Tavern* ressemble à une version miniature du *Nest*, toute en briques et fausses poutres apparentes. De l'autre côté de la rue, il y a encore un bar, *Chez Bill*. Ces trois établissements forment le Triangle des Bermudes de Gloucester. Chris, Bugsy et Bobby entrent, s'installent au bar et commandent une tournée de bières. Derrière le bar, la télévision est en marche, et ils regardent distraitement l'écran en parlant à bâtons rompus de la campagne de pêche à venir et de leur dernière soirée de folie au *Nest*. Leurs gueules de bois commencent à s'estomper. Ils prennent une autre tournée, une demi-heure environ se passe, et, finalement, Mary Anne, une sœur de Bobby, fait son entrée. C'est une grande blonde qui inspire les sentiments les plus romantiques aux fils adolescents de certaines de ses amies, mais il y a chez elle un côté maîtresse femme qui a toujours inspiré à Bobby une crainte salutaire. Oh merde, la voilà, murmure-t-il.

Il s'efforce de cacher sa bière derrière son bras replié et abaisse ses lunettes de soleil sur son œil au beurre noir. Mary Anne marche sur lui à grands pas. Tu me prends pour une idiote ? demande-t-elle. Bobby démasque la bière. Elle regarde son œil. Joli, dit-elle.

Je me suis trouvé dans une bagarre en ville.

Bien sûr.

Quelqu'un offre à Mary Anne un verre de vin, et elle en prend une ou deux gorgées. Je suis juste venue m'assurer que tu embarquais bien, dit-elle. Tu ne devrais pas boire si tôt le matin.

Bobby est un grand gosse costaud. Il était chétif dans son enfance — il avait un jumeau qui était mort quelques semaines après sa naissance —, mais il était devenu de plus en plus fort en grandissant. Il jouait au football américain dans des matches improvisés où les fractures étaient chose courante. Avec son jean et son sweat-shirt à capuche, il figure si bien le marin-pêcheur typique qu'un jour, un photographe a utilisé son portrait pour une carte postale. Il n'en demeure pas moins que Mary Anne est sa sœur aînée, et qu'il ne peut s'opposer à elle.

Chris t'aime beaucoup, lui dit-il soudain. Et moi aussi.

Mary Anne ne sait pas très bien comment réagir. Elle était en colère contre Chris — pour la boisson, pour l'œil au beurre noir — mais la candeur de Bobby l'a déconcertée. Il ne lui avait encore jamais rien dit de tel. Elle reste le temps de terminer son verre de vin, puis elle se dirige vers la porte.

*

La première fois que Chris Cotter est arrivée devant le *Crow's Nest*, elle s'est juré de ne jamais y mettre les pieds ; cela lui paraissait, de façon par trop évidente, une étape sur une route qu'elle ne voulait pas emprunter. Mais elle se trouvait être amie avec Mary Anne Shatford et, un jour, Mary Anne l'y avait littéralement traînée et l'avait présentée à tout le monde à la ronde. C'était finalement un endroit agréable : les gens s'y offraient mutuellement des verres comme on se dit bonjour, et, de temps à autre, Ethel faisait cuire une grande marmite de soupe de poisson. Avant même de s'en être rendu compte, Chris était devenue une habituée. Un soir, elle remarqua qu'un grand jeune homme la regardait, et elle attendit qu'il vienne l'aborder, mais il ne le fit pas. Il avait un visage maigre et anguleux, des épaules carrées, et un regard timide qui la fit penser à Bob Dylan. Le regard seul suffisait. Il continua à la fixer, mais sans venir vers elle, et, finalement, il commença à se diriger vers la porte.

Où vas-tu ? lui dit-elle en lui barrant la route.

Au *Mariner*.

L'*Irish Mariner* était tout à côté, et, dans l'esprit de Chris, c'était *vraiment* un pas sur la route de l'enfer. Je n'y vais pas, songea-t-elle, je suis au *Nest*, et c'est suffisant, le *Mariner*, c'est le fond du puits. Bobby Shatford sortit donc de sa vie pour un bon mois. Elle ne le revit qu'à la soirée du Nouvel An.

« Je suis au *Nest*, raconte-t-elle, et il est là, au bar. L'endroit est bondé et en pleine folie et on approche des douze coups de minuit. Et finalement, Bobby et moi, on se met à parler et on va ensemble à une autre soirée. On reste ensemble, et je le ramène chez moi. On fait notre petite affaire. Comme on peut, parce qu'on est ronds. Et je me rappelle que je me réveille le matin suivant, je le regarde et je me dis : Oh, mon Dieu, c'est un gentil garçon, qu'est-ce que j'ai fait là ? Je lui dis : Tu ferais mieux de t'en aller avant que mes gosses se réveillent. Et ensuite, il a commencé à m'appeler. »

Chris était divorcée et avait trois enfants, Bobby était séparé et en avait deux. Il faisait un peu le barman et un peu le pêcheur pour essayer de payer les arriérés de pension alimentaire dus pour ses enfants, et partageait son temps entre Haskell Street et sa chambre au-dessus du *Nest*. (Il y a là une douzaine de chambres qui sont très bon marché si on a les relations qu'il faut. Par exemple, une mère barmaid dans l'établissement.) Il ne fallut pas longtemps pour que Chris et Bobby en arrivent à passer chaque minute ensemble, comme s'ils s'étaient connus toute leur vie. Un soir où ils prenaient des verres au *Mariner* — Chris s'était décidée à y aller — Bobby se mit à genoux et lui demanda de l'épouser. *Bien sûr* que je t'épouse ! cria-t-elle. Le reste, pour eux, n'était plus qu'une affaire de temps.

De temps — et d'argent. La femme de Bobby l'avait poursuivi pour non-paiement de pension, et l'affaire fut jugée à la fin du printemps 1991. Bobby avait le choix entre payer et aller directement en prison. Ethel avança donc la somme, et, ensuite, ils allèrent tous dans un bar se remettre de leurs émotions. Bobby proposa de nouveau le mariage à Chris, devant Ethel cette fois. Puis, quand ils furent seuls, il lui dit qu'il avait une place sur l'*Andrea Gail* s'il le voulait. L'*Andrea Gail* était un bateau de pêche à l'espadon bien connu à Gloucester et dont le capitaine était un vieil ami de la famille, Billy Tyne. Tyne avait reçu ce commandement directement de l'ancien capitaine, Charlie Reed, qui se retirait parce que la pêche à l'espadon commençait à devenir moins rentable qu'avant. (Reed avait pu envoyer trois enfants dans des universités privées avec l'argent qu'il avait gagné sur l'*Andrea Gail*.) Ces jours d'abondance étaient révolus, mais le bateau demeurait quand même l'un des plus rentables du port de Gloucester. Bobby avait eu de la chance de s'y voir proposer une place.

L'espadon rapporte gros et cela paiera tout ce que je dois, dit-il à Chris.

C'est bien, tu pars pour combien de temps ?

Trente jours.

Trente jours ? Tu es cinglé ?

« Nous étions amoureux, raconte Chris, et nous étions jaloux. Je n'arrivais pas à imaginer une séparation de trente jours. Même pas d'une demi-journée. »

*

Les bateaux de pêche à l'espadon sont également appelés *longliners*, car leur ligne principale peut avoir jusqu'à soixante-cinq kilomètres de long. Elle est appâtée à intervalles réguliers, mise à la mer et tirée à bord quotidiennement pendant dix à vingt jours. Ces bateaux suivent les espadons comme des mouettes peuvent suivre un chalutier, des Grands Bancs durant l'été jusqu'aux Caraïbes en hiver, à raison de huit à neuf sorties par an. Ce sont de grands bateaux qui rapportent gros, et ils restent rarement au port plus d'une semaine, à la fois pour être réarmés et réparés. Certains bateaux vont pêcher jusque sur les côtes du Chili, et les pêcheurs n'hésitent pas à prendre un avion pour Miami ou pour Porto-Rico afin de s'assurer une place. Ils restent absents deux ou trois mois, puis ils reviennent, voient leurs familles et repartent. Ce sont les grands vagabonds du monde de la pêche, et beaucoup d'entre eux finissent exactement comme ils ont commencé. « Leur drame est qu'ils n'ont pas d'ambitions », comme dit un habitant de Gloucester.

Mais Bobby Shatford, lui, se trouvait avoir quelques ambitions. Il voulait s'installer, se fixer, résoudre une fois pour toutes ses problèmes d'argent et épouser Chris Cotter. Selon Bobby Shatford, la femme dont il était séparé venait d'une famille très aisée, et il ne comprenait pas pourquoi il devait donner tant d'argent, mais, de toute évidence, les tribunaux n'étaient pas de cet avis. Il ne serait libre et tranquille que lorsque tout aurait été payé, ce qui représentait sept ou huit voyages sur l'*Andrea Gail* — une bonne année de pêche en mer. Et donc, au début d'août 1991, Bobby partit pour sa première campagne de pêche à l'espadon. Quand le navire s'éloigna du quai, il chercha du regard Chris sur le parc de stationnement, mais elle était déjà partie. On disait que regarder l'être aimé partir en mer portait malheur.

Chris n'avait aucun moyen de savoir quand Bobby devait revenir, et, au bout de quelques semaines, elle commença à passer un temps considérable sur le quai de Rose, qui était celui où s'amarrait l'*Andrea Gail*, espérant que le bateau serait en vue. Il y a des maisons, à Gloucester, où les lames du parquet ont été creusées par des générations de femmes faisant les cent pas devant une fenêtre donnant sur la mer. Chris ne creusa aucun parquet, mais elle emplit jour après jour le cendrier de sa voiture. À la fin d'août, un ouragan particulièrement violent — l'ouragan *Bob* — balaya la côte, et Chris se rendit chez Ethel, où elle ne fit plus que regarder la chaîne météo à la télévision et attendre que le téléphone se mette à sonner. La tempête abattit des bosquets entiers d'arbres sur le Cap Cod, mais il n'y eut pas de nouvelles fâcheuses pour la flotte de pêche. Chris alla donc reprendre, l'inquiétude toujours au cœur, sa veille sur le parc de stationnement du quai.

Un soir, finalement, au début de septembre, le téléphone sonna dans l'appartement de Chris. C'était la nouvelle petite amie de Billy Tyne qui appelait de Floride. Ils arrivent demain soir, dit-elle, et je prends l'avion pour Boston, est-ce que tu peux venir me chercher ?

« J'étais une épave, raconte Chris. J'avais complètement perdu la tête. Je suis allée chercher la petite amie de Billy à Logan, et le bateau est arrivé pendant que j'étais partie. Nous nous sommes garées en face du *Nest*, de l'autre côté de la rue, et, de là, on pouvait voir l'*Andrea Gail* amarré au quai de Rose. Alors, j'ai traversé la rue en courant, la porte s'est ouverte et c'était Bobby. Il a crié "Aaah !", il m'a soulevée de terre et j'ai croisé les jambes autour de sa taille. Nous avons bien dû rester vingt minutes comme ça, je ne pouvais pas me détacher de lui. Je ne pouvais tout simplement pas. Ça avait duré trente jours, bon Dieu ! »

Tous les clients du bar les regardaient par la baie vitrée. Chris demanda alors à Bobby s'il avait bien trouvé la carte qu'elle avait cachée dans son sac avant qu'il parte. Il l'avait trouvée. Il l'avait lue et relue tous les soirs.

Bien, dit Chris.

Bobby la reposa à terre devant la porte du bar et lui récita la carte mot pour mot. Les gars me cassaient tellement les couilles avec ça, dit-il, que j'avais dû la cacher dans un magazine. Il attira Chris à l'intérieur du bar et commanda à boire. Ils entrechoquèrent leurs bouteilles de bière pour saluer son retour sain et sauf. Billy était là avec sa petite amie accrochée au cou, Alfred téléphonait à la sienne dans le Maine et Bugsy s'occupait sérieusement au bar. La soirée avait décollé presque à la verticale, tout le monde buvait et hurlait parce que les hommes de l'*Andrea Gail* étaient rentrés chez eux sains et saufs auprès de ceux qu'ils aimaient. Bobby Shatford était maintenant homme d'équipage sur l'un des meilleurs bateaux de pêche à l'espadon de la Côte Est.

*

Ils avaient passé un mois en mer et pris quinze tonnes d'espadon. Les cours du poisson, cependant, sont si fluctuants qu'un équipage n'a souvent aucune idée de ses résultats effectifs tant que la prise n'a pas été vendue. Et même à ce moment, il y a encore des possibilités d'erreur : on a vu certains armateurs négocier avec les acheteurs un prix inférieur, pour récupérer une partie de leur perte en secret. De cette façon, ils ne partagent pas avec leur équipage l'entier bénéfice de la prise. En tout état de cause, l'*Andrea Gail* vendit sa prise à O'Hara Seafoods pour 136 812 dollars, auxquels venaient s'ajouter 4 770 dollars pour une petite quantité de thon. Bob Brown, l'armateur, défalqua d'abord du total plus de 35 000 dollars pour le carburant, le matériel de pêche, les appâts, les frais portuaires, la glace et une centaine d'autres choses, puis il prit pour lui la moitié de ce qui restait, soit environ 53 000 dollars. Les dépenses groupées de l'équipage — nourriture, gants, vêtements spéciaux, etc. —, engagées à crédit, étaient ensuite déduites des autres 53 000 dollars, et le reste était partagé entre les hommes : près de 20 000 dollars pour le capitaine, Billy Tyne, 6 453 dollars à Pierre et à Murphy, 5 495 dollars à Moran et 4 537 dollars chacun à Shatford et à Kosco. Les parts se calculaient selon l'ancienneté, et si Shatford et Kosco n'étaient pas contents, ils étaient toujours libres de se trouver un autre bateau.

Cette semaine à terre démarra sur les chapeaux de roue. Le premier soir, avant même que la prise eût été examinée, Brown signa à chaque membre de l'équipage un chèque d'avance de deux cents dollars, et, à l'aube, tout était à peu près dépensé. Bobby rampa jusqu'à son lit avec Chris vers une ou deux heures du matin et en ressortit aussi péniblement quatre heures plus tard pour aller aider à décharger la prise. Son jeune frère Brian — bâti comme un bûcheron et n'ayant qu'une idée en tête, celle de devenir lui aussi pêcheur — vint à la rescousse, ainsi qu'un autre frère, Rusty. Bob Brown était là, et même quelques-unes des femmes firent leur apparition. Le poisson fut hissé hors de la cale, déposé sur le quai, puis transporté jusque dans les chambres froides de Rose. Après quoi, on sortit de la cale vingt tonnes de glace et l'on commença à briquer les ponts et désarmer le bateau. Ce fut une journée de huit à neuf heures. En fin d'après-midi, Brown réapparut avec des chèques représentant la moitié de ce qui était dû à l'équipage — le reste devant être payé quand le poisson aurait été effectivement vendu — et les hommes traversèrent la rue pour gagner un bar nommé le *Pratty's*. Les réjouissances ne tardèrent pas à atteindre des proportions encore supérieures, si possible, à celles de la veille.

« La plupart, explique Charlie Reed, ancien patron de pêche, sont des gamins, célibataires et n'ayant rien de mieux à faire que de dépenser beaucoup d'argent. Ils font la grande vie pendant quelques jours. Puis ils retournent en mer. »

Mais, grande vie ou non, les membres de l'équipage sont toujours censés se présenter chaque matin sur le quai pour travailler. Inévitablement, il y a eu des avaries pendant le voyage — un filin qui s'est enroulé autour de l'hélice et doit être dégagé, des antennes qui se sont brisées et des radios qui sont tombées en panne. Selon la nature et l'importance du problème, il faut un après-midi ou quelques jours pour effectuer la réparation. Ensuite, le moteur doit être révisé. Il faut changer les courroies et filtres, vérifier l'huile, faire le plein d'eau, nettoyer les injecteurs et les bougies, essayer les générateurs. Et, enfin, il y a la tâche sans fin que constitue l'entretien du matériel de pont. Il faut graisser les winches, épisser les cordages, remplacer des chaînes et des câbles, les points de rouille doivent être éliminés et repeints. Une pièce d'équipement mal entretenue peut tuer un homme. Charlie Reed a vu un homme avoir le bras arraché parce qu'un autre membre de l'équipage avait oublié de resserrer un maillon de chaîne.

L'équipage ne pratiquait pas exactement, pour autant, la rigueur militaire. Plusieurs fois cette semaine-là, Bobby se réveilla dans sa chambre du *Nest*, regarda par la fenêtre et alla se remettre au lit. On aurait pu difficilement l'en blâmer : dorénavant, sa vie serait faite de courtes escapades entre de longs séjours en mer, où il n'aurait pour se réconforter que des photos collées à une cloison et peut-être une lettre dans son sac marin. Et si c'était dur pour les hommes, ce l'était plus encore pour les femmes.

« C'était comme si j'avais eu une vie toute seule, puis une autre quand il revenait, raconte Jodi Tyne, qui avait divorcé de Billy à cause de cela. J'ai tenu longtemps, puis, tout simplement, j'en ai eu marre : cela n'allait jamais changer, il n'allait jamais abandonner la pêche, malgré tout ce qu'il prétendait. S'il avait eu à choisir entre moi et le bateau, il aurait choisi le bateau. »

Billy était en cela une exception : il aimait vraiment pêcher. Charlie Reed était pareil, et c'était l'une des raisons pour lesquelles les deux hommes s'entendaient si bien.

« C'est l'immensité — et on a toute la solitude qu'on veut, dit Reed. Personne n'est là à m'embêter pour des broutilles. Et je vois des choses que les autres ne voient jamais — des baleines jaillissant juste à côté de moi, des dauphins suivant le bateau. J'ai attrapé des saloperies qu'il n'y a même pas dans les livres — de vraies saloperies à l'air vicieux, des choses monstrueuses. Et quand je me promène dans la rue, en ville, tout le monde me montre du respect : " Salut, capitaine, comment ça va, capitaine." C'est chouette d'arriver quelque part et d'entendre un type de soixante-dix ans vous dire : " Salut, capitaine." C'est vraiment chouette. »

Peut-être faut-il être capitaine pour vraiment tomber amoureux de cette vie. (Un chèque de paie de 20 000 dollars doit un peu aider à cela.) Mais la plupart des hommes d'équipage ont fort peu d'affection pour ce travail. Pour eux, la pêche est un métier pénible et dangereux qu'ils essaient d'abandonner le plus vite possible. Durant les services funéraires, à Gloucester, on dit toujours des choses comme « La pêche était toute sa vie » ou « Il est mort en faisant ce qu'il aimait », mais ce sont là, pour une bonne part, de bonnes paroles destinées à réconforter les vivants. D'une façon générale, les jeunes gens de Gloucester se retrouvent en mer parce qu'ils sont fauchés et ont besoin de gagner de l'argent très vite.

La seule compensation pour un travail aussi abrutissant semble être une prodigalité tout aussi folle. Un pêcheur d'espadon qui vient de passer un mois en mer devient une incroyable machine à dépenser. On dirait qu'il n'a qu'une hâte, c'est d'avoir jeté tout son argent au vent. Il achète des billets de loterie par cinquante à la fois et les distribue le long du bar. Si l'un d'eux est gagnant, il en achète cinquante de plus et offre une tournée générale. Dix minutes plus tard, il donne au barman vingt dollars de pourboire et offre une nouvelle tournée générale. Ceux qui sont un peu lents à boire peuvent se retrouver avec deux ou trois bouteilles alignées devant eux. Quand il y a trop de bouteilles alignées devant quelqu'un, on les remplace par des jetons en matière plastique pour que la bière ne se réchauffe pas. (On raconte qu'à l'*Irish Mariner*, quand un client perd connaissance, les plus violentes contestations éclatent pour la récupération de ses jetons inutilisés.) Un pêcheur fraîchement débarqué donne l'impression qu'il ne se donnerait même pas la peine de se baisser si un billet de vingt dollars tombait sur le plancher. On pousse l'argent sur le bar comme de vieilles cartes à jouer, et, à l'heure de la fermeture, il arrive qu'une semaine de paie ait été dépensée. Pour certains, faire comme si l'argent n'avait pas d'importance est la seule façon d'oublier la terrible importance qu'il a en réalité.

« Le dernier soir, oh, mon Dieu, on était tous ronds à un point qui n'est pas imaginable, raconte Chris. Le bar était archibondé et Bugsy était vraiment d'une humeur de chien, car il n'avait pas réussi à baiser. Il en perdait la tête. C'est important, vous savez, quand on n'a que six jours. Ils buvaient tous de plus en plus, et il était bientôt temps de partir. On ne leur donnait pas assez de temps à terre ; et pas assez d'argent. Le dernier matin, quand on s'est réveillés, au *Nest*, on était vraiment à plat, et Bobby avait ce gros coquard. On était devenus physiquement violents, enfin, un peu, mais c'était l'alcool, croyez-moi. Maintenant, quand j'y repense, je n'arrive pas à croire que j'ai pu le renvoyer en mer comme ça. Je n'arrive pas à croire que je l'ai renvoyé en mer avec un œil au beurre noir. »

*

En l'an 1850, Herman Melville écrivit son chef-d'œuvre, *Moby Dick*, fondé sur sa propre expérience à bord d'un baleinier des Mers du Sud. On voit au début le narrateur, Ismaël, pris dans une tempête de neige à New Bedford, dans le Massachusetts, et cherchant un endroit pour passer la nuit. N'ayant pas beaucoup d'argent, il évite de s'arrêter à une auberge appelée *The Crossed Harpoons*, car elle paraît « trop chère et trop animée ». Un autre établissement, *The Swordfish Inn*, semble dans le même cas. Finalement, il arrive à la *Spouter Inn.*

« La lumière y semblait si faible, écrit le narrateur, la minable petite maison de bois avait tellement l'air de sortir des ruines d'un quartier ravagé par le feu et l'enseigne grinçait au vent avec un son évoquant tant la misère que je me dis que c'était là l'endroit où je pourrais trouver un logement à bon marché et le meilleur des cafés d'orge. »

Son instinct ne l'avait évidemment pas trompé : on lui donna un repas chaud et un lit à partager avec un cannibale des Mers du Sud nommé Queequeg. Queequeg devint son frère d'adoption et, finalement, lui sauva la vie. Depuis qu'on a commencé à pêcher en mer, il y a toujours eu des endroits pour recueillir les Ismaël de ce monde — ainsi que les Murph, les Bugsy et les Bobby. Sans eux, la pêche ne serait peut-être même pas concevable. Un soir, un pêcheur d'espadon entra ivre mort au *Crow's Nest* après un mois en mer. Les billets lui tombaient littéralement de la poche. Greg, le propriétaire du bar, prit l'argent — toute une paie — et l'enferma dans son coffre-fort. Le lendemain matin, le pêcheur revint, l'air un peu chagriné. Seigneur, dit-il, quelle séance, hier soir ! Je n'arrive pas à *croire* tout ce que j'ai pu dépenser...

Qu'un pêcheur soit capable de croire qu'il a dépensé quelque deux mille dollars en une soirée en dit long sur les mœurs de la corporation. Et qu'un patron de bar mette l'argent en sûreté en dit long sur la façon dont les pêcheurs choisissent leurs repaires. Ils se trouvent des endroits qui deviennent de seconds foyers parce que beaucoup d'entre eux n'ont pas de vrais foyers. Ce n'est pas le cas des plus vieux, bien sûr — ils ont des familles, des hypothèques et tout le reste —, mais il n'y a pas beaucoup de « plus vieux » à bord des bateaux de pêche à l'espadon. Il y a surtout des gaillards comme Murph, Bobby et Bugsy, qui brûlent leur jeunesse avec des rouleaux de billets de dix et de vingt dollars dans leurs poches. « C'est un jeu de jeune homme, un jeu de célibataire », comme dit Ethel Shatford.

En conséquence, le *Crow's Nest* est un peu un orphelinat. Il accueille des gens, leur donne une place, leur prête une famille. Certains viennent de revenir d'une campagne sur les Grands Bancs, d'autres connaissent des tempêtes plus particulières : divorce, drogue ou, simplement peut-être, une mauvaise passe dans la vie. Un soir, au bar, un vieil homme tout maigre, qui venait de perdre sa nièce du sida, a passé ses bras autour d'Ethel et est resté serré contre elle sans rien dire pendant cinq ou dix minutes. En un autre domaine, il y a aussi Wally, un petit alcoolique incroyablement violent, vivante illustration des effets d'une enfance malheureuse et maltraitée. Il a été maintes fois rappelé à l'ordre par la justice et sombre parfois dans de tels torrents d'obscénités qu'Ethel doit se mettre à hurler pour le faire taire. Elle a pourtant un fond de tendresse pour lui, car elle sait tout ce qu'il a subi quand il était enfant, et, une année, elle lui a préparé et emballé un cadeau qu'elle lui a remis le matin de Noël. (Elle a l'habitude de le faire pour tous ceux qui se trouvent bloqués dans leurs chambres du *Nest* au moment des fêtes.) Toute la journée, Wally s'est abstenu d'ouvrir son cadeau, et, finalement, Ethel lui a dit qu'elle allait se vexer s'il ne le faisait pas. L'air un peu mal à l'aise, il a retiré lentement le papier — c'était un foulard ou quelque chose de ce genre — et, soudain, l'homme le plus violent de Gloucester s'est mis à pleurer.

Ethel, a-t-il dit en secouant la tête, personne ne m'avait encore fait de cadeau.

Ethel Shatford est née à Gloucester et a passé toute sa vie à moins d'un kilomètre de la *Crow's Nest Inn.* Il y a des gens en ville, dit-elle, qui n'ont jamais fait les quarante-cinq minutes de trajet nécessaires pour se rendre à Boston, et il y en a même d'autres qui n'ont jamais traversé le pont. Pour la bonne compréhension des choses, il faut préciser que le pont enjambe un chenal si étroit que les chalutiers ont du mal à l'emprunter. À bien des égards, le pont pourrait même ne pas exister ; il y a nombre de gens, à Gloucester, qui ont plus souvent l'occasion de voir les Grands Bancs que, disons, la ville immédiatement au sud le long de la côte.

Le pont a été construit en 1948, alors qu'Ethel avait douze ans. Les goélettes de Gloucester appareillaient encore pour les Grands Bancs afin d'aller pêcher la morue à l'aide de doris. Ethel se souvient que, ce printemps, les garçons les plus âgés de l'école furent dispensés des classes pour aller combattre les feux de broussailles qui faisaient rage tout au long du Cap Ann. Ces incendies ravagèrent Dogtown Common, une zone marécageuse qui avait autrefois servi de refuge aux déclassés locaux. Le pont représentait le terminus nord de la bretelle bostonienne de la Route 128, et il amena pratiquement le vingtième siècle à la ville de Gloucester. On bétonna le front de mer dans les années soixante-dix, et l'on y vit bientôt fleurir et s'épanouir le trafic de drogue, tandis que le nombre d'overdoses devenait l'un des plus importants du pays. En 1984, un bateau de pêche à l'espadon de Gloucester appelé le *Valhalla* fut arraisonné alors qu'il transportait des armes destinées à l'IRA. Ces armes avaient été achetées par la Mafia irlandaise de Boston avec de l'argent provenant de la drogue.

Vers la fin des années quatre-vingt, l'écosystème du Georges Bank avait commencé à s'effondrer, et la municipalité se trouva contrainte, pour se procurer des fonds, d'adhérer à un programme fédéral de relogement. Elle fournissait des habitations à bon marché à des gens d'autres villes, encore plus pauvres, du Massachusetts en échange de subventions gouvernementales. Mais plus elle acceptait de gens, plus le chômage augmentait, pesant davantage encore sur l'industrie de la pêche. En 1991, les réserves de poisson se trouvèrent tellement réduites qu'on en vint à envisager l'impensable : interdire toute pêche sur le Georges Bank pour une période indéfinie. Pendant cent cinquante ans, le Georges Bank, au large du Cap Cod, avait été la corne d'abondance des pêcheurs de Nouvelle-Angleterre, et l'endroit était devenu presque stérile. Charlie Reed, qui avait quitté l'école à la fin du primaire pour s'embarquer, vit arriver la fin d'une époque.

« Aucun de mes enfants, dit-il, n'a rien à voir avec la pêche. S'ils me demandaient de les emmener en bateau, je leur dirais non. Ils risqueraient d'y prendre goût. Si pénible que ce soit, ils risqueraient d'y prendre goût. »

Ethel travaille au *Crow's Nest* depuis 1980. Elle arrive à 8 heures 30 le mardi matin, travaille jusqu'à 16 heures 30, puis, souvent, s'installe sur place pour prendre quelques rhums-Coca. Elle fait cela quatre jours par semaine, et, de temps à autre, travaille le week-end. Parfois, l'un des habitués lui apporte un poisson, et elle prépare une soupe dans la cuisine. Elle la sert ensuite dans des bols en plastique et laisse ce qui reste mijoter dans un grand pot en céramique. Des clients arrivent, reniflent et puisent de temps en temps dans le pot.

C'est un endroit où un pêcheur peut avoir ses aises. Les rideaux aux fenêtres ont l'immense avantage de permettre de voir à l'extérieur sans être vu. On peut savoir ce qui arrive, et la porte arrière permet d'éviter les confrontations indésirables. « Cela a sauvé plus d'un type de sa femme, de sa petite amie ou de quelqu'un de ce genre », dit Ethel. On peut, de la même façon, identifier ceux qui ont déjà forcé sur la boisson ; ils passent devant les fenêtres, et Ethel peut les voir, arrivant devant la porte, se redresser, tenter de se stabiliser et respirer profondément. Ensuite, ils poussent la lourde porte marron et se dirigent tout droit vers le coin du bar.

Les gens qui résident dans les chambres, à l'étage, y restent quelques heures ou quelques années. Il est difficile de le savoir au début. Les tarifs sont de 27 dollars 40 la nuit pour les pêcheurs, les camionneurs et les amis, et de 32 dollars 90 pour tous les autres. Il y a aussi un tarif à la semaine pour ceux qui prennent résidence pour une longue période. L'un d'eux est resté si longtemps — cinq ans — qu'il a fait repeindre et moquetter sa chambre. Il a également accroché un lustre au plafond. Les pêcheurs qui n'ont pas de compte en banque encaissent les chèques de leur paie au *Crow's Nest* (surtout s'ils ont une ardoise au bar) et ceux qui n'ont pas d'adresse postale peuvent s'y faire expédier ce qu'ils veulent. Cela leur donne un incontestable avantage vis-à-vis du fisc, d'un homme de loi et d'une ex-femme. Bien sûr, le barman ou la barmaid prend les messages, filtre les appels et ment au besoin. Le téléphone public installé près de la porte a le même numéro que celui de la maison, et, quand il sonne, les clients indiquent par gestes à Ethel s'ils sont là ou s'ils ne sont pas là.

Dans l'ensemble, tout le monde se connaît, et l'on invite les nouveaux venus à prendre un verre. Il est difficile de payer soi-même sa bière au *Crow's Nest*, et il est également difficile de s'en aller après un verre seulement ; si l'on est là, on y est jusqu'à la fermeture. Il y a peu de bagarres au *Nest*, parce que les gens se connaissent trop bien, mais d'autres bars du front de mer — *Pratty's*, *Mitch's*, l'*Irish Mariner* — sont connus pour les mêlées générales qui s'y produisent régulièrement. Ethel a travaillé dans un établissement dont le propriétaire déclenchait tant de pugilats qu'elle refusait de le servir dans son propre bar. Le fait qu'il était policier dans la vie courante n'arrangeait rien. John, un autre barman du *Nest*, se rappelle un mariage où, les mariés s'étant violemment disputés, le marié était parti en trombe, pieusement suivi par tous les invités mâles. Ils étaient évidemment allés dans le bar le plus proche, et, finalement, l'un des invités fit un commentaire sarcastique à l'endroit d'un homme paisible mais solidement bâti assis tout seul dans un coin. L'homme se leva, ôta son chapeau et remonta tout le bar en assommant un à un tous les invités masculins du mariage.

On ne frôla qu'une seule fois un incident de ce genre au *Nest*, un soir où se trouvaient à une extrémité de la salle un groupe menaçant de paysans connus pour leur racisme, et à l'autre des camionneurs noirs. Les camionneurs étaient des habitués du *Nest*, ce qui n'était évidemment pas le cas des paysans, et des pêcheurs d'espadon qui s'agitaient en parlant très fort autour de la table de billard étaient également étrangers à la ville.

L'attention de cette assistance dangereusement hétéroclite se trouvait concentrée sur un jeune Noir et un jeune Blanc qui jouaient au billard tout en se disputant, apparemment à propos d'un marché de drogue. Comme la tension montait dans la salle de bar, l'un des camionneurs fit signe à John et lui dit : T'inquiète pas, ces deux gosses sont des petites ordures, et on te soutiendra quoi qu'il arrive.

John le remercia et se remit à laver les verres. Les pêcheurs, qui revenaient d'une campagne en mer, étaient ivres morts, les paysans faisaient des remarques à voix presque haute sur la clientèle, et John attendait l'explosion d'un moment à l'autre. Finalement, l'un des paysans l'appela et, pointant le menton vers les camionneurs noirs, lui dit : Dommage que tu doives les servir, mais je sais que c'est la loi.

John resta silencieux un moment, puis répondit : Ouais, et en plus ce sont des amis à moi.

Il alla jusqu'à la table de billard et expulsa les deux jeunes trafiquants, puis il se tourna vers les pêcheurs et leur dit que s'ils cherchaient des ennuis, ils n'allaient pas tarder à les trouver. Les amis de John étant de taille à inspirer le respect, les pêcheurs firent savoir qu'ils avaient compris. Les paysans finirent par s'en aller, et, vers la fin de la soirée, l'endroit avait retrouvé son climat habituel.

« Ce sont de braves types, dit Ethel. Parfois, vous récoltez des faiseurs d'embrouilles, mais généralement il n'y a que des amis. L'un des meilleurs moments que j'aie connus a été la fois où cet Irlandais est arrivé au bar et a commandé cinquante bières. C'était un dimanche après-midi tout morne, et je l'ai regardé avec des yeux ronds. Il m'a dit que ses amis allaient arriver dans une minute, et, de fait, j'ai vu débarquer toute une équipe de football irlandaise. Ils étaient logés à Rockport, qui est une ville sans alcool, et ils étaient venus à pied par la Route 127 — huit kilomètres. Ils sifflaient leurs bières si vite qu'on avait fini par mettre les caisses sur le bar. »

*

La pêche à Gloucester dans les premiers temps était l'une des choses les plus pénibles et des plus mortellement dangereuses qui se puissent imaginer. Dès le milieu du dix-septième siècle, des équipages de trois hommes partaient pour une semaine au large des côtes dans des petits bateaux non pontés, avec des pierres comme lest et des mâts amovibles, qui s'envolaient parfois par grand vent. Les hommes portaient des chapeaux de toile goudronnée, des tabliers de cuir et des bottes en peau de vache appelées *redjacks*. La nourriture était pour le moins frugale : le patron d'un bateau de Gloucester à cette époque signale que, pour une croisière d'une semaine, il a embarqué quatre livres [1] de farine, cinq livres de graisse de porc, sept livres de biscuits de mer et « un peu de rhum de Nouvelle-Angleterre ». Les repas devaient être pris en plein air, car les bateaux ne comportaient aucun endroit abrité.

Les premiers voiliers de pêche dignes de ce nom, à Gloucester, furent les chébecs de neuf mètres. Ils avaient deux mâts inclinés vers l'avant, une poupe à angle droit et des cabines avant et arrière. La proue prenait bien la mer, et la poupe, très haute, offrait une bonne protection. Dans le poste d'équipage, on avait

1. Il s'agit de livres anglaises, soit 453 grammes. *(N.d.T.)*

casé quelques couchettes et une cheminée de briques où l'on faisait fumer des poissons de rencontre pour les marins. La morue était trop précieuse pour qu'on la dilapide pour l'équipage. Chaque printemps, les chébecs étaient récurés, calfatés, goudronnés et réexpédiés sur les lieux de pêche. Arrivés là, les bateaux jetaient l'ancre, et les hommes s'alignaient sur chaque bord pour installer leurs lignes. Chacun avait sa place, qui était tirée au sort et qu'il conservait tout au long de la campagne. Ils jetaient chacun deux lignes à des profondeurs variant entre 25 et 60 brasses (45 et 108 mètres), avec un lest en plomb de dix livres, et ils les relevaient des dizaines de fois par jour. Les muscles qui se développaient après toute une existence passée à cela donnaient aux pêcheurs une carrure facile à identifier dans la rue. Les gens s'écartaient respectueusement sur le passage des « lignards », comme on les appelait.

Le capitaine s'occupait de ses propres lignes, comme tout un chacun, et la paie était proportionnelle à la quantité de poisson pêchée. Les langues des poissons étaient coupées et placées dans des seaux séparés. En fin de journée, le capitaine notait les quantités dans un registre, après quoi les langues étaient jetées par-dessus bord. Il fallait environ deux mois aux bateaux pour remplir leur cale — le poisson étant séché sur place ou, plus tard, conservé sur de la glace —, après quoi ils rentraient au port. Certains capitaines, tombés sur un banc de poissons, ne pouvaient s'empêcher de charger leur bateau jusqu'à ce que l'eau vienne affleurer les pavois, ce qui mettait l'embarcation en grand péril si le temps devenait mauvais et la mer grosse. Le voyage de retour prenait quelque deux semaines, pendant lesquelles le poisson se comprimait de lui-même dans la cale, expulsant ses liquides organiques. L'équipage pompait l'eau en excès et l'on voyait ainsi les bateaux surchargés émerger progressivement de la mer pendant qu'ils regagnaient le port.

Vers 1760, Gloucester avait soixante-quinze goélettes de pêche à la mer, soit un sixième de toute la flotte de Nouvelle-Angleterre. La morue était devenue si importante pour l'économie américaine qu'en 1784, son effigie en bois sculpté — la « Morue Sacrée » — fut suspendue à la Chambre des Représentants de l'État de Massachusetts par un riche politicien nommé John Rowe. Le revenu pour la Nouvelle-Angleterre seule était de plus d'un million de dollars par an à l'époque de l'indépendance américaine, et John Adams refusa de signer le Traité de Paris tant que les Britanniques n'eurent pas reconnu aux Américains les droits de pêche sur les Grands Bancs. L'accord final spécifiait que les goélettes américaines pouvaient pêcher sans encombre dans les eaux territoriales canadiennes et que leurs équipages pouvaient aller à terre dans les parties désertes des côtes de Nouvelle-Écosse et du Labrador pour saler et faire sécher leur prise.

On répartissait la morue en trois catégories. La meilleure, appelée « morue brune », se pêchait au printemps et était expédiée au Portugal et en Espagne, où elle atteignait les prix les plus élevés. La deuxième catégorie était vendue sur place, et la dernière — « poisson de rebut » — servait à nourrir les esclaves dans les champs de canne à sucre des Antilles. Les navires marchands de Gloucester partaient pour les Îles avec des cales pleines de morue salée, et ils revenaient avec du rhum, de la mélasse et du sucre de canne. Quand les Britanniques tentèrent d'empêcher ce commerce lucratif lors de la guerre anglo-américaine de 1812, les capitaines appareillaient de nuit avec des bateaux plus petits et plus rapides. Ce furent, cinquante ans avant la guerre de Sécession, les premiers « forceurs de blocus ». Le Georges Bank s'ouvrit à la pêche vers 1830, et la première voie de chemin de fer atteignit Gloucester en 1848. Les premières glacières industrielles furent mises en service la même année. Vers 1880, à la grande époque de la goélette de pêche, le port de Gloucester comptait quatre à cinq cents voiles. On disait qu'on pouvait alors aller jusqu'à Rocky Neck sans se mouiller les pieds.

La morue restait un don du Ciel, mais elle n'était pas seule à apporter la prospérité à Gloucester. En 1816, un pêcheur du Cap Ann nommé Abraham Lurvey avait inventé la ligne-appât à maquereau en attachant un hameçon d'acier à un morceau de plomb fondu en forme de goutte. Non content de lester la ligne, le plomb, dansant et tressautant dans l'eau, devint un appât irrésistible pour les maquereaux. Après avoir, pendant deux siècles, regardé ces impossibles poissons leur passer sous le nez en bancs si denses qu'ils faisaient changer la mer de couleur, les pêcheurs de Nouvelle-Angleterre avaient soudain le moyen de les attraper. Oubliant brusquement la morue, des capitaines de Gloucester appareillaient pour Sable Island avec des hommes de vigie sur les vergues, guettant le maquereau. « Banc en vue ! » criaient-ils soudain. Le bateau virait au vent et des lignes appâtées avec du poisson en décomposition, ou « chum », étaient jetées. Plus le « chum » était décomposé, mieux il attirait le maquereau, et la puanteur était parfois atroce.

Avec leurs plombs tourbillonnants, les lignes à maquereaux donnaient de fort bons résultats, mais il était fatal que l'esprit inventif yankee conçoive quelque chose de plus efficace encore. En 1855, la senne en forme de bourse fut inventée, un filet de près de quatre cents mètres, fait de filins goudronnés avec des lests en plomb au bas et des flotteurs en liège en haut. Elle était embarquée sur un doris que remorquait la goélette. Quand le poisson était en vue, le doris faisait rapidement le tour du banc et refermait le filet. Celui-ci était alors hissé à bord de la goélette, et le poisson était ouvert, vidé, décapité et jeté dans des tonneaux garnis de sel. Parfois, le banc s'échappait avant qu'on ait eu le temps de refermer le filet, qui était halé vide à bord de la goélette. C'était ce qu'on appelait « pêcher de l'eau ». Mais d'autres fois, le filet était si plein que l'équipage avait du mal à le haler.

La pêche à la senne eut donc sa grande heure de gloire, et il ne fallut pas longtemps pour que les pêcheurs de morue appliquent un principe analogue dans leurs propres activités. Il s'agissait d'une pêche à la traîne, qui ne tarda pas à se révéler aussi efficace pour tuer les hommes que pour tuer le poisson. Les pêcheurs ne travaillaient plus dans la relative sécurité offerte par la goélette ; ils quittaient dorénavant le navire principal à bord de doris en bois de quatre mètres quatre-vingts. Chaque doris transportait une demi-douzaine de lignes de traîne de quatre-vingt-dix mètres lovées dans des boîtiers spéciaux et garnies d'hameçons appâtés. Les équipages partaient le matin à la rame, déroulaient leurs lignes et les relevaient toutes les trois ou quatre heures. Il y avait 1 800 hameçons par doris, dix doris par goélette et plusieurs centaines de bateaux à l'œuvre. Le poisson avait plusieurs millions de chances par jour de périr.

Tirer hors de l'eau une ligne de quatre-vingt-dix mètres était, cependant, un travail épuisant, et incroyablement dangereux par mauvais temps. En novembre 1880, deux pêcheurs nommés Lee et Devine quittèrent dans leur doris la goélette *Deep Water*. Novembre n'était pas le mois où se trouver sur les Grands Bancs dans n'importe quel type d'embarcation, mais dans un doris, c'était de la folie pure. Une vague prit Lee et Devine par le travers alors qu'ils remontaient leurs lignes, et les deux hommes furent projetés à la mer. Devine réussit à remonter tant bien que mal dans le doris, mais Lee, alourdi par ses bottes et ses vêtements d'hiver, commença à couler. Il était déjà à plusieurs brasses sous l'eau lorsque sa main toucha la ligne. Il s'y accrocha et s'efforça de remonter vers la surface.

Presque immédiatement, un hameçon s'enfonça dans sa main droite. Il retira sa main, laissant un morceau de doigt sur la barbe d'acier, comme un vulgaire appât à poisson, et continua à se hisser vers la surface. Il finit par émerger et réussit à remonter dans le doris. Celui-ci était presque submergé, et Devine, qui écopait frénétiquement, ne pouvait rien faire pour aider son camarade. Lee s'évanouit de douleur, mais, lorsqu'il revint à lui, il s'empara d'un seau et se mit à écoper lui aussi. Il leur fallait vider le bateau de toute l'eau qu'il avait embarquée avant qu'une lame vicieuse ne vienne les frapper. Vingt minutes plus tard, ils étaient hors de danger, et Devine demanda à Lee s'il voulait qu'ils regagnent la goélette. Lee secoua la tête et répondit qu'ils devaient d'abord finir de rentrer les lignes. Et, pendant une heure, il travailla avec sa main blessée. C'était cela, la pêche en doris à la grande époque.

Mais il y a des trépas encore plus horribles que celui auquel Lee avait échappé de peu. C'est sur les Grands Bancs que les courants chauds du Gulf Stream rencontrent les courants froids du Labrador, et le résultat en est une nappe de brume qui peut déferler sans avertissement. Des équipages de doris saisis par ce brouillard ont tout simplement disparu. En 1883, un pêcheur nommé Howard Blackburn — et toujours considéré comme un héros à Gloucester — se trouva séparé de son navire et passa trois jours en mer dans un doris durant une tempête du mois de janvier. Son équipier mourut de froid, et Blackburn dut se faire geler les mains sur les avirons pour continuer à ramer en direction de Terre-Neuve. Il y perdit tous les doigts, finit par arriver sur une côte désertique et dut errer plusieurs jours avant d'être recueilli.

Un an plus tôt, deux hommes avait été recueillis par un cargo sud-américain après avoir dérivé pendant huit jours. Ils terminèrent leur voyage à Pernambouc, au Brésil, et il leur fallut deux mois pour regagner Gloucester. De temps à autre, des équipages de doris dérivaient même, impuissants, à travers tout l'Atlantique, survivant grâce à du poisson cru et à la rosée recueillie sur leur embarcation. Ces hommes, quand ils finissaient par accoster, n'avaient aucun moyen de prévenir leurs familles. Ils trouvaient, à la longue, un embarquement à destination de leur pays d'origine et réapparaissaient plusieurs mois plus tard dans Rogers Street comme des hommes revenus d'entre les morts.

Pour les familles, la pêche en doris avait créé un enfer d'un nouveau genre. Il n'y avait plus seulement la douleur de perdre l'un des siens en mer ; il y avait aussi, dorénavant, l'angoisse de ne pas savoir. Les équipages de doris disparus pouvaient réapparaître à tout moment. Il n'y avait donc plus jamais ce point où les familles savaient de façon certaine qu'il fallait prendre le deuil et réorganiser leur vie. « Nous avons vu, écrivait le *Provincetown Advocate* après une terrible tempête en 1841, un père se rendre matin et soir au sommet d'une colline surplombant l'océan et rester assis là des heures, scrutant l'horizon lointain, attendant d'y apercevoir un petit point sur lequel construire un espoir. »

Et l'on priait. On remontait Prospect Street jusqu'au sommet d'une éminence nommée Portagee Hill et l'on s'installait sous les tours jumelles de l'église Notre-Dame-du-Bon-Voyage. Ces clochers sont l'un des points culminants de Gloucester, et peuvent être aperçus en mer à des kilomètres. Entre eux se dresse une statue de la Vierge Marie regardant avec amour ce qu'elle tient entre les bras. Elle est vouée à la protection des pêcheurs locaux, et ce qu'elle tient entre ses bras, ce n'est pas l'Enfant Jésus, c'est une goélette de Gloucester.

*

Après le départ de Mary Anne, Chris et Bobby finissent leurs verres et disent à Bugsy qu'ils vont faire un tour. Ils quittent l'obscurité de la *Green Tavern* pour la lumière grise de Gloucester sous la pluie et traversent la rue pour se rendre au *Bill's Bar*. Bobby commande deux Budweiser tandis que Chris pêche une pièce de dix cents dans sa poche pour appeler son amie Thea au téléphone. Thea était sa voisine dans une cité locative et Chris pense pouvoir lui emprunter son appartement pour dire convenablement au revoir à Bobby. Elle voudrait être seule avec lui un moment, et elle voudrait aussi venir en aide à Bugsy si elle le peut. Peut-être Thea va-t-elle s'intéresser à lui — certes, il part dans quelques heures pour les Grands Bancs, mais on ne sait jamais.

Thea lui dit de venir quand elle veut. Chris raccroche et regagne le bar. La gueule de bois de Bobby a doucement évolué vers une terrible fringale. Ils finissent donc leurs bières et s'en vont, en laissant un dollar sur le comptoir. Ils se rendent en voiture à une cafétéria nommée le *Sammy J*, où ils commandent deux nouvelles bières et des pâtés de poisson avec des haricots. Les pâtés de poisson sont le plat favori de Bobby, et il n'en reverra sans doute pas avant son retour à terre. Le poisson est la dernière chose que les pêcheurs souhaitent manger quand ils sont en mer. Chris et Bobby se hâtent d'expédier leur repas, ils passent reprendre Bugsy puis se rendent chez Ethel. S'étant prise de bec avec le compagnon d'Ethel, Chris compte déménager toutes les affaires qu'elle avait laissées chez celle-ci. Tandis qu'ils entassent dans la Volvo les cartons contenant les biens terrestres de Chris, il continue à pleuvoir légèrement, et tout paraît sombre et déprimant autour d'eux. Ils emplissent la voiture de lampes, de vêtements et de plantes vertes, puis s'y casent eux-mêmes comme ils peuvent avant de mettre le cap sur la cité d'Arthur Street, où continue d'habiter Thea.

Cela ne marche pas pour Bugsy, car il se révèle que Thea a déjà un petit ami. Ils restent un moment tous quatre à bavarder en buvant de la bière, puis une pensée terrible vient assaillir les deux hommes : ils ont oublié les hot-dogs. Murph, qui est chargé d'acheter les vivres, ne pensera certainement pas aux saucisses, et s'ils en veulent, ils doivent se les procurer eux-mêmes. Ils gagnent en voiture le supermarché de Cap Ann. Bobby et Bugsy se précipitent dans le magasin et en ressortent quelques minutes plus tard avec cinquante dollars de saucisses à hot-dogs. C'est maintenant le milieu de l'après-midi, et le moment du départ approche. Chris les ramène, descendant Rogers Street en passant devant Walgreen, Americold et Gorton, et les dépose derrière Rose Marine. Bobby et Bugsy descendent de la voiture avec leurs saucisses et sautent du quai sur le pont de l'*Andrea Gail.*

En le regardant, Chris se dit que cet hiver il va être en mer, que l'été, il reviendra, mais pour repartir pour des campagnes d'un mois, et qu'il faut bien s'y résigner ; Bobby est un pêcheur d'espadon, et il doit beaucoup d'argent. Mais, au moins, ils ont des projets précis. Bobby a signé un papier demandant à Bob Brown de remettre le reliquat de sa paie du dernier voyage à Chris, et elle va utiliser l'argent — près de 3 000 dollars — pour régler quelques-unes des dettes et prendre un appartement à Lanesville, sur la côte nord du Cap Ann. Peut-être, quand ils y seront installés, passeront-ils un peu moins de temps au *Nest.* Et elle a deux emplois en vue, un à l'*Old Farm Inn*, à Rockport, et l'autre consistant à s'occuper du fils retardé d'une de ses amies. Ils s'en tireront. Bobby sera souvent absent, mais ils s'en tireront.

Soudain, des hurlements montent du bateau. Sur le pont, Bugsy et Bobby semblent se disputer une bouteille de détergent, l'un cherchant à l'arracher à l'autre. Leurs poings ne tardent pas à s'agiter également. Ils paraissent sérieux, mais, finalement, Bobby se détourne, lance quelques jurons et se remet au travail. Du coin de l'œil, Chris voit un autre pêcheur nommé Sully se diriger vers sa voiture, sur le gravier du parc de stationnement. Il se penche à la portière et lui dit : Je viens juste d'avoir une place sur le bateau. Je remplace un gars qui a déclaré forfait.

Puis il regarde vers Bobby et Bugsy et ajoute : Qu'est-ce que c'est que cette merde ? Trente jours ensemble et ça commence déjà ?

*

L'*Andrea Gail* a 21 mètres 60 de long, une coque d'acier et a été construit à Panama City, en Floride, en 1978. Il dispose d'un moteur turbo-diesel de 365 chevaux qui peut lui donner une vitesse de douze nœuds. Il y a à bord sept bouées de type numéro un, six ensembles de survie Imperial, un EPIRB (*Emergency Position Indicating Radio Beacon*) de 406 mégahertz, un autre de 121,5 mégahertz et un canot pneumatique autogonflable Givens. Il y a aussi soixante-cinq kilomètres de ligne monofilament, quelques milliers d'hameçons et de l'espace pour cinq tonnes de poisson à appâter, une machine capable de fabriquer trois tonnes de glace par jour et, dans la timonerie, un équipement électronique dernier cri : radar, loran, VHF et récepteur d'émissions satellite. Une machine à laver et à sécher le linge figure parmi l'équipement, et la cuisine a un revêtement en faux bois et un fourneau à quatre brûleurs.

L'*Andrea Gail* est l'un des bateaux qui font le plus d'argent dans le port de Gloucester, et Billy Tyne et Bugsy Moran n'ont pas hésité à venir de Floride par la route pour y embarquer. Le seul bateau de pêche à l'espadon qui puisse faire mieux que l'*Andrea Gail* est l'*Hannah Boden*, commandé par une diplômée de l'Université de Colby nommée Linda Greenlaw. Greenlaw n'est pas seulement l'une des seules femmes à faire ce métier, elle est aussi l'un des meilleurs capitaines de la Côte Est, point à la ligne. Année après année, campagne après campagne, elle fait plus d'argent que qui que ce soit d'autre. L'*Andrea Gail* et l'*Hannah Boden* appartiennent l'un et l'autre à Bob Brown, et ils peuvent, à eux deux; retirer tant de poisson de l'océan qu'il est arrivé à Ricky, l'un des fils d'Ethel, de téléphoner d'Hawaï pour savoir si l'un ou l'autre était au port. Quand l'*Hannah Boden* décharge sa cargaison à Gloucester, les prix de l'espadon tombent à la verticale dans la moitié du monde.

Mais jusqu'ici, la deuxième campagne de Billy avec l'*Andrea Gail* commence mal. Les hommes ont bu toute la semaine et tout le monde est d'une humeur exécrable. Personne ne veut repartir. Durant les jours qui viennent de s'écouler, toute tentative pour travailler sur le bateau a dégénéré soit en bagarre soit en beuverie au bar d'en face. On est déjà le 20 septembre, tard dans la saison pour appareiller, et Tyne a du mal à réunir un équipage complet. Alfred Pierre — un gigantesque et adorable Jamaïcain de New York — est tapi avec sa petite amie dans l'une des chambres du *Nest.* À un moment, il dit qu'il va partir, et la minute suivante, il ne part plus — c'est comme cela toute la journée. Bobby rôde quelque part en ville avec un œil au beurre noir et une gueule de bois. Bugsy est d'une humeur de chien parce qu'il n'a pas trouvé de femme. Murph se plaint des conditions financières et se lamente sur l'absence de son fils. Enfin — la goutte d'eau qui fait déborder le vase — un nouvel équipier s'est retiré ce matin sans un mot d'explication.

L'homme s'appelait Adam Randall, et il était censé remplacer Doug Kosco. Il était venu le matin même, en voiture, d'East Bridgewater en compagnie de son beau-père afin d'embarquer. Il s'était garé au parc de stationnement derrière Rose et était descendu de voiture pour aller jeter un coup d'œil au bateau. C'était un garçon de trente ans, mince et remarquablement beau, avec une tignasse blonde de vedette de rock et des yeux bleus au regard froid. Il avait des qualifications de soudeur, de mécanicien, de plongeur sous-marin et il avait pêché toute sa vie. Il savait reconnaître un bateau peu sûr quand il en voyait un — il les appelait des « veaux » —

et l'*Andrea Gail* n'était certes pas du genre. Il avait l'air capable d'encaisser sans broncher une bordée de 210. De plus, Randall connaissait presque tout l'équipage, et sa compagne l'avait pratiquement averti que s'il ne prenait pas cet emploi, il était inutile qu'il se représente à la maison. Il était sans travail depuis trois mois. Traversant le parc de stationnement, il revint à la voiture, dit à son beau-père qu'il avait une mauvaise impression, et tous deux gagnèrent un bar.

Les gens exerçant des métiers où l'on risque sa vie ont souvent des prémonitions, et c'est constamment le cas chez les marins-pêcheurs, dont l'activité demeure l'une des plus dangereuses de toutes. Le tout est de savoir quand en tenir compte. En 1871, un cuisinier nommé James Nelson se trouvait embarqué à bord de la goélette *Sachem*, qui pêchait sur le Georges Bank. Une nuit, il fut réveillé par un rêve déjà connu et se précipita auprès du capitaine. Pour l'amour de Dieu, supplia-t-il, prenons le large, j'ai encore eu mon rêve ! Et j'ai déjà fait deux fois naufrage après l'avoir eu.

Le capitaine était un vieux loup de mer nommé Wenzell. Il demanda en quoi consistait le rêve. Nelson répondit qu'il voyait des femmes en blanc debout dans la pluie.

Il y avait à peine un souffle de vent, et Wenzell ne s'alarma donc pas. Il ordonna à Nelson de retourner se coucher. Moins d'une heure plus tard, le vent soufflait en tempête, et le *Sachem* était contraint de réduire sa toile. Puis la coque céda et l'équipage dut se mettre aux pompes. Mais on ne put venir à bout de la voie d'eau, et Wenzell dut envoyer des signaux de détresse à une goélette de Gloucester, le *Pescador*, qui se trouvait à proximité. Le *Pescador* mit ses doris à la mer et réussit à sauver l'équipage du *Sachem*. Moins d'une demi-heure plus tard, celui-ci chavirait, flottait un instant quille en l'air puis coulait.

Maintenant encore, on tient compte des mauvais pressentiments. Randall parti, Tyne avait de nouveau un trou à boucher. Il battit le rappel et recruta finalement un garçon de 28 ans, David Sullivan, plus connu sous le nom de Sully. Sully était assez célèbre à Gloucester pour avoir sauvé tout son équipage lors d'une glaciale nuit de janvier. Son bateau, l'*Harmony*, était à couple avec un autre navire quand il commença à faire eau. Ses hommes d'équipage se mirent à crier au secours mais ne parvinrent pas à réveiller ceux de l'autre bateau. Sully passa alors par-dessus bord, s'accrocha à un câble reliant les deux embarcations et gagna le navire voisin, les jambes dans l'eau glacée de l'Atlantique Nord. En d'autres termes, c'était un élément précieux dans un équipage.

Tyne lui avait dit qu'il passerait le prendre dans une demi-heure. Sully prépara son sac et donna quelques coups de téléphone pour avertir des amis qu'il serait absent pendant un certain temps. Brusquement, ses projets pour la soirée se trouvaient annulés ; sa vie serait en suspens pour tout le mois suivant. Billy survint vers deux heures et ils gagnèrent le quai juste à temps pour voir Bobby et Bugsy arriver. Merveilleux, se dit Sully. Il alla dire bonjour à Chris, puis Billy l'expédia au supermarché du Cap Ann acheter les vivres nécessaires au voyage. Murph y alla avec lui. Sully se retrouvait avec quatre mille dollars en espèces dans les poches.

L'une des caractéristiques de la pêche industrielle est que tout semble s'y passer par extrêmes. Les pêcheurs ne travaillent pas au rythme de tout le monde. Ils passent un mois en mer, puis une semaine entière à faire la fête. Ils ne sont pas non plus payés comme tout le monde ; ils reviennent fauchés ou avec un quart de million de dollars de prise dans leurs cales. Et lorsqu'ils vont chercher des vivres pour leur mois en mer, cela ne ressemble en rien à des achats normaux, mais plutôt à un raz de marée commercial.

Murph et Sully gagnent le supermarché du Cap Ann par la Route 127 et commencent à circuler entre les rayons en lançant de pleines brassées de boîtes, de cartons et de paquets dans leurs chariots. Cinquante miches de pain — de quoi remplir deux chariots —, cinquante kilos de pommes de terre, quinze kilos d'oignons, cent litres de lait, des steaks... Quand un chariot est rempli, ils le poussent au fond du magasin et en prennent un autre. Les rangées de chariots commencent à s'allonger — dix, quinze, vingt. Les gens regardent, ahuris, et s'écartent. Murph et Sully font main basse sur tout ce qui les tente, en ne lésinant pas sur la quantité : crèmes glacées, œufs, bacon, beurre de cacahuète, céréales au chocolat, spaghetti, lasagnes, pizza congelées. Ils choisissent toujours la meilleure qualité, et la seule chose qu'ils n'achètent pas, c'est du poisson. Ils finissent par rafler trente cartouches de cigarettes, puis ils rassemblent leurs chariots comme du bétail métallique qu'ils poussent vers deux caisses ouvertes spécialement pour eux. Il faut néanmoins une demi-heure pour enregistrer toutes leurs emplettes. Presque tout l'argent remis par Tyne à Sully y passe. Ils rapportent leur butin jusqu'au quai, puis descendent leurs quatre mille dollars de vivres dans la soute à poisson de l'*Andrea Gail*.

L'*Andrea Gail* a un réfrigérateur dans sa cuisine et vingt tonnes de glace dans sa cale. La glace sert, à l'aller, à préserver le poisson à appâter et les provisions de l'équipage, et, au retour, à préserver les espadons pêchés. (Et, en cas de nécessité, elle peut même être utilisée pour conserver le corps d'un membre de l'équipage mort en mer. Un jour, un vieux pêcheur, alcoolique irrécupérable, trépassa à bord de l'*Hannah Boden*, et Linda Greenlaw dut le faire mettre dans la cale car les Gardes-Côtes refusaient d'évacuer le cadavre par hélicoptère.) Sans la glace, la pêche industrielle serait tout simplement impossible. Elle serait peut-être possible sans le moteur diesel, sans le radar, la radio ou le winch hydraulique, mais pas sans la glace. Il n'y a aucun autre moyen d'acheminer du poisson frais jusqu'aux points de vente. Dans l'ancien temps, les pêcheurs des Grands Bancs allaient faire sécher et saler leur prise à Terre-Neuve avant de regagner leur port d'attache, mais l'apparition des chemins de fer, vers 1840, changea tout cela. Il était brusquement possible de transporter des denrées alimentaires avant qu'elles aient eu le temps de se gâter, et, pratiquement d'un jour à l'autre, les compagnies vendant de la glace se précipitèrent pour exploiter ce nouveau marché. Elles faisaient découper des blocs de glace dans les étangs en hiver, les faisaient entourer de sciure et les vendaient aux goélettes de pêche durant les mois d'été. La glace convenablement préparée et emballée durait si longtemps — et était si précieuse — que ces marchands pouvaient l'expédier jusqu'en Inde en réalisant encore un bénéfice.

L'ouverture du marché du poisson frais changea à tout jamais le caractère de la pêche en mer. Le temps où les capitaines de goélettes pouvaient regagner le port quand ils le voulaient avec une cale pleine de morue salée était révolu. Dorénavant, ce n'était plus qu'une grande et unique course de vitesse. Plusieurs goélettes aux cales pleines se présentant en même temps au port pouvaient saturer le marché et réduire à zéro les efforts des équipages suivants. Dans les années 1890, une goélette dut précipiter 200 tonnes de flétan dans le port de Gloucester parce qu'elle avait été prise de vitesse par six autres bateaux. Des goélettes construites comme des bateaux de course mais chargées à ras bord affrontaient les tempêtes d'automne avec toute leur toile et leurs ponts presque submergés. Par gros temps, ces élégantes embarcations coulaient par douzaines, mais beaucoup de gens gagnaient beaucoup d'argent. Et dans des villes comme New York et Boston, on s'était soudain mis à manger de la morue fraîche.

Depuis, rien n'a changé, ou presque. Les grands bateaux continuent ces courses folles vers la côte amorcées il y a cent cinquante ans, et les plus petits, ceux qui n'ont pas de machines à glace, achètent toujours celle-ci à la société Cape Pond Ice, installée dans un bâtiment en briques entre Felicia Oil et Parisi Seafoods. Autrefois, Cape Pond embauchait des hommes pour aller découper directement la glace des étangs gelés avec de gigantesques scies, mais, maintenant, la glace est produite en série sous la forme de blocs de 170 kilos. Ces énormes glaçons sont extraits de congélateurs installés dans le sous-sol même de l'usine, hissés jusqu'au troisième étage par des monte-charge et, de là, poussés sur un toboggan par des hommes munis d'énormes crochets d'acier et revêtus de maillots avec cette inscription : *Cape Pond Ice : un personnel toujours frais.* Ils glissent ainsi jusqu'à un broyeur qui les réduit à grand fracas en de minuscules glaçons. Ceux-ci sont alors projetés le long d'un tuyau jusque dans la cale du navire amarré devant l'usine.

Cape Pond n'est que l'une des innombrables sociétés dont les locaux se pressent sur le front de mer de Gloucester. Les bateaux arrivent au port, déchargent leur prise et passent la semaine suivante en réparations et en réarmement. Une vague de grande taille peut transformer un bateau de pêche en sous-marin pendant quelques secondes — « Il fait drôlement noir, à ce moment-là », précise Linda Greenlaw, qui parle d'expérience — et il faut des jours, et parfois même des semaines, pour effacer les effets de ce genre de douche. (On peut citer un bateau qui est rentré au port avec la coque *tordue*.) La plupart des bateaux sont réparés dans les chantiers de la Gloucester Marine Railways, une société qui opère depuis 1856. Sortant d'un massif hangar en bois, deux tronçons de voie ferrée plongent dans la mer. Des bateaux de 600 tonnes y sont véhiculés sur des trains de roulement tirés par une double chaîne de deux centimètres et demi, mue par d'énormes engrenages d'acier installés il y a cent ans et jamais remplacés depuis. Il y a trois dispositifs de ce genre en tout, un dans le bassin intérieur et les deux autres sur Rocky Neck, au milieu des pianos-bars et des boutiques de souvenirs où viennent vagabonder les touristes.

L'*Andrea Gail* avait commencé à être révisé à la Gloucester Marine Railways, mais l'essentiel du travail avait été fait à St. Augustine, en Floride, en 1987. On avait prolongé la poupe de près de soixante centimètres pour pouvoir loger deux réservoirs de 6 500 litres de carburant, tandis que la passerelle était allongée de quatre-vingt-dix centimètres vers l'avant et qu'à bâbord, le pavois était rehaussé et prolongé de plus de cinq mètres. De plus, vingt-huit barils de carburant, sept barils d'eau et la machine à glace se trouvaient stockés sur le pont.

En tout, quelque dix tonnes supplémentaires venaient s'entasser sur le pont, formant une masse de près de deux mètres cinquante de haut — cinq mètres au-dessus de la ligne de flottaison. Le centre de gravité du bateau s'en trouvait légèrement modifié. L'*Andrea Gail* allait dorénavant être plus bas sur l'eau et se rétablir plus lentement sur les coups de roulis.

En revanche, le bateau allait pouvoir rester six semaines d'affilée en mer. C'était, après tout, l'essentiel, et nul à bord ne l'aurait contesté.

LE TERRITOIRE DE DIEU

« Aller en mer c'est aller en prison, avec, en plus, une chance de se noyer. »

SAMUEL JOHNSON

Vers le milieu de l'après-midi, l'*Andrea Gail* est prêt. Les vivres et les appâts ont été convenablement arrimés, les barils de réserve sur le pont. Tout est en ordre et le moteur est en état de marche. Tout ce qu'il reste à faire, c'est partir. Bobby descend à terre sans adresser un mot à Bugsy — ils sont encore en froid après la bagarre qu'ils ont eue — et se dirige vers la Volvo de Chris en traversant le parking. Ils gagnent la demeure de Thea, dont ils montent les marches sous une petite pluie presque tiède. Thea les entend arriver, les fait entrer et, saisissant un rapide regard de Chris, prend congé en leur disant qu'elle a des courses à faire, qu'elle reviendra dans quelques heures. Elle les invite à faire comme chez eux.

Dans la chambre à coucher obscure, ils roulent sur le lit en s'étreignant. La pluie continue à tambouriner sur les vitres. Chris et Bobby ne peuvent voir l'océan, mais ils le sentent. Ils perçoivent ces effluves de sel et de varech qui imprègnent toute la péninsule. Les jours de pluie comme celui-là, on ne peut leur échapper. Chris et Bobby restent un moment étendus sur le lit de Thea, à parler et à fumer, tentant d'oublier que c'est le dernier jour à terre. Mais, au bout d'une heure, le téléphone sonne, et Bobby se lève d'un bond pour répondre. C'est Sully qui appelle du *Crow's Nest*. Il est cinq heures. L'heure d'y aller.

L'humeur n'est pas à la gaieté lorsqu'ils arrivent au *Nest*. Alfred Pierre est toujours enfermé dans une chambre, en haut, avec sa petite amie et se refuse à en sortir. Billy Tyne vient d'avoir une conversation téléphonique de deux heures avec son ex-femme, Jodi. Murph a entassé sur la table de billard des piles de jouets, qu'il emballe dans un carton. Ethel est dans l'arrière-salle, pleurant. Sur un peu tout : les problèmes d'argent de Bobby, l'œil au beurre noir, le mois à passer en mer. Les Grands Bancs en octobre, ce n'est pas une plaisanterie, et tout le monde le sait. De toute la flotte de pêche de la Côte Est, il n'y aura pas une demi-douzaine de bateaux là-bas.

Alfred Pierre se décide finalement à sortir et se glisse dans le bar. C'est un grand costaud, timide et réservé, qu'on ne connaît pas très bien en ville mais que les autres semblent bien aimer. Sa petite amie est venue du Maine pour le voir partir, et elle prend assez mal les choses. Elle a les yeux rouges et elle s'accroche à lui comme si elle s'efforçait de l'empêcher physiquement de monter à bord. Murph finit d'emballer ses jouets et demande à Chris de l'emmener faire une course en ville. Il voudrait aller chercher quelques cassettes de films. Dans un coin, Sully parle à Bugsy, et tout le monde félicite le fils aîné d'Ethel, Rusty, qui doit se marier la semaine suivante. À ce moment-là, la plupart des gens qui se trouvent dans la pièce seront à quinze cents kilomètres de là, dans l'Atlantique Nord.

Chris et Murph reviennent dix minutes plus tard avec un carton débordant de cassettes vidéo. Il y a un magnétoscope à bord de l'*Andrea Gail*, et un homme d'un autre équipage a offert ces films à Murph. Serrant une bouteille de bière dans son énorme main, Alfred continue à maugréer qu'il ne veut pas partir. Debout, en ciré jaune, près de la table de billard, Sully est en train de dire la même chose ; il explique à Bugsy qu'il a un mauvais pressentiment à propos de ce voyage. Mais il y a l'argent, ajoute-t-il, s'il n'y avait pas l'argent, je ne m'embarquerais jamais dans ce truc.

Bon, les gars, dit alors Billy, on prend le dernier. Et tout le monde prend le dernier. Allez, encore un, dit quelqu'un. Tout le monde en prend encore un. Bobby boit de la tequila. Debout à côté de Chris, il regarde le plancher. Elle lui tient la main et aucun d'eux ne dit grand-chose. Sully vient vers eux et leur demande si ça va aller. Chris répond que bien sûr. Puis elle dit que non, en fait, elle n'en est pas sûre. Qu'en fait, elle ne croit pas.

Il y a là six hommes qui partent pour un mois, et on a l'impression qu'ils vont faire un saut dans l'inconnu, s'en aller pour un voyage dont ils risquent de ne jamais revenir. Ethel, tentant de se contrôler, fait le tour de la pièce en les serrant tour à tour dans ses bras. Sauf Alfred parce qu'elle ne le connaît pas assez. Bobby demande à sa mère s'ils peuvent prendre le téléviseur couleur qui est au-dessus du bar. Entendu si Billy est d'accord, dit-elle.

Billy lève la tête et dit : D'accord, Ethel, mais s'ils regardent la télé au lieu de faire leur boulot, elle ira directement par-dessus bord.

Entendu, Billy, entendu, dit Ethel.

La petite amie de Billy aperçoit l'œil au beurre noir de Bobby sous la visière de sa casquette Budweiser et lance un regard significatif à Chris. Elle est de la vieille école : chez elle, les femmes ne pochent pas l'œil de leur homme.

Vous, les filles du Nord, fait-elle d'un ton aigre.

Je ne l'ai pas fait exprès, dit Chris.

Il est maintenant trop tard pour que quiconque se retire de l'affaire. Pas littéralement, bien sûr : n'importe qui serait libre de prendre la porte. Mais ce n'est pas comme cela que les gens se comportent. Ils font plus ou moins ce que les autres attendent d'eux. Si l'un des membres de l'équipage se retirait, il resterait un mois à ne rien faire, puis il irait assister soit à une fête de retour, soit à un service funèbre. Dans les deux cas, ce serait horrible. La moitié des hommes ont mauvaise impression, mais ils y vont quand même ; ils ont franchi une sorte de frontière invisible, et, maintenant, même les plus sombres prémonitions ne peuvent plus les retenir. Tyne, Pierre, Sullivan, Moran, Murphy et Shatford partent pour les Grands Bancs à bord de l'*Andrea Gail*.

Bon, dit Billy, on y va.

Un à un, tous passent la porte. La pluie a cessé, et il y a même, vers l'ouest, quelques lambeaux de ciel bleu. D'un bleu pâle de fin de saison. Chris et Bobby montent dans la Volvo, Alfred et sa compagne dans leur voiture et les autres vont à pied. Ils traversent Rogers Street au milieu de la circulation intense du vendredi après-midi et passent la clôture par le portillon installé entre les chaînes. Derrière Rose, il y a des réservoirs de carburant perchés sur des échafaudages métalliques et des petits bateaux tirés au sec et recouverts de bâches, avec un écriteau fatigué proclamant : CHANTIER NAVAL CARTER. Sur l'un des réservoirs, on a peint un couple de baleines à bosse. Chris dépasse le petit groupe des piétons, ses pneus crissant sur le gravier, et s'arrête devant l'*Andrea Gail*, à quai derrière Old Port Seafoods, près du bateau-pompe et d'un distributeur de mazout. Bobby regarde le bateau.

Je n'ai pas envie d'y aller, dit-il. Vraiment pas.

Chris s'accroche à lui sur le siège avant de la Volvo. Eh bien, n'y va pas, dit-elle. Merde, n'y va pas.

Il faut que j'y aille. Le fric. Il faut.

Billy Tyne va jusqu'à la voiture et se penche à la portière. Ça va aller ? demande-t-il. Chris fait oui de la tête. Bobby commence vraiment à lutter pour réprimer des larmes, et il détourne la tête pour que Billy ne s'en aperçoive pas. Bon, dit Billy à Chris, on se verra quand nous reviendrons. Il traverse le quai et saute à bord de l'*Andrea Gail*. Puis c'est Sully qui arrive. Il connaît Bobby depuis toujours — sans lui il n'aurait probablement pas pris cet emploi — et, maintenant, il s'inquiète pour lui. Ça va, vous deux ? demande-t-il. Vous êtes sûrs ?

Oui, répond Chris, ça va. Juste une petite minute.

Sully sourit, claque de la main le toit de la voiture et s'éloigne. Bugsy et Murph n'ont personne à qui faire leurs adieux. Ils montent donc à bord sans attendre. Ne restent que les deux couples dans leurs voitures. Alfred finit par se détacher de sa petite amie, descendre et commencer à traverser le quai. Sa petite amie reste assise dans la voiture, en larmes. Elle s'essuie les yeux, regarde Chris, puis recommence à pleurer. Il n'y a plus rien à faire, plus rien à dire. Bobby essaie de faire bonne figure à cause des cinq autres, sur le bateau, mais Chris, elle, n'en a rien à faire.

Allez, dit-il, il faut que j'y aille.

Oui.

Et, Christina, tu sais, je t'aimerai toujours.

Elle lui sourit à travers ses larmes, et dit : Oui, je sais.

Bobby l'embrasse et descend de la voiture. Ils se tiennent encore un moment les mains. Puis il referme la portière, lui adresse un dernier sourire et s'éloigne. Comme Chris se le rappelle maintenant, il ne regarde pas en arrière. Pas une seule fois. Et, jusqu'au bout, il se cache le visage.

*

Presque dès la découverte du Nouveau Monde, les Européens se sont mis à y pêcher. Douze ans après Christophe Colomb, un Français nommé Jean Denys a traversé l'Atlantique, opéré sur les Grands Bancs au large de Terre-Neuve et est revenu avec sa cale pleine de morue. Quelques années plus tard, il y avait tant de bateaux portugais sur les Bancs que le roi du Portugal se trouva contraint d'imposer une taxe à l'importation pour protéger les pêcheurs locaux. La légende voulait qu'il y ait tant de morues dans l'eau au large de Terre-Neuve que les bateaux n'arrivaient plus à avancer.

C'était, bien sûr, très exagéré, mais la quantité de morues sur les bancs valait largement qu'on traverse l'Atlantique. Et les poissons étaient faciles à transporter. Les équipages les salaient directement à bord des bateaux, les faisaient sécher à l'arrivée et les vendaient par centaines de milliers. L'autre solution consistait à prévoir deux équipages, l'un qui pêchait et l'autre qui préparait la prise sur le rivage. Les poissons étaient ouverts par le milieu et mis à sécher sur des râteliers tout l'été, à l'air vif de Terre-Neuve. D'une façon ou d'une autre, on obtenait un bloc de protéines dur comme du cuir et aussi facile à manier et transporter, qu'une macération ramenait ensuite à une forme comestible. Ces opérations dans l'Atlantique Nord étaient périlleuses mais infiniment lucratives.

Pendant les cinquante premières années, les puissances européennes se contentèrent de pêcher au large de Terre-Neuve sans s'occuper des côtes. Celles-ci, déchiquetées et menaçantes, ne semblaient guère offrir que des possibilités de naufrage. Puis, en 1598, un aristocrate français, le marquis Troïlus de Mesgouez, tira de prison soixante détenus pour les installer sur une île désolée, Sable Island, au sud de la Nouvelle-Écosse. Laissés à eux-mêmes, ils chassèrent, se construisirent des cabanes à l'aide de bois provenant des navires naufragés, réussirent à extraire de l'huile des poissons qu'ils pêchaient, mais ne tardèrent pas à s'entre-tuer. En 1603, il n'en restait que onze. Ils furent ramenés en France et, vêtus de peaux de bêtes et pourvus de barbes qui leur descendaient jusqu'à mi-poitrine, ils furent présentés au roi Henri IV. Celui-ci leur accorda sa grâce et même une prime pour les souffrances qu'ils avaient endurées.

C'est à peu près à cette époque que le Cap Ann fut découvert par les Européens. En 1605, le grand explorateur français Samuel de Champlain, venant de Casco Bay et se dirigeant vers le sud, doubla les côtes rocheuses des îles de Thatcher, de Milk et de Salt et jeta l'ancre devant une plage de sable. Les indigènes lui dessinèrent une carte de la côte qui s'étendait au sud, et Champlain s'en alla explorer le reste de ce qui allait devenir la Nouvelle-Angleterre avant de revenir au Cap Ann l'année suivante. Remontant la côte par très gros temps, il trouva refuge dans un port naturel qu'il n'avait pas remarqué lors de son précédent voyage. Il y fut accueilli par des Indiens Wampanoags dont certains portaient encore les lambeaux de vêtements acquis auprès des Portugais une centaine d'années auparavant. Les Indiens se livrèrent à de grandes démonstrations d'amitié avant de lancer une attaque surprise à partir des bois de Rocky Neck. Les Français n'eurent aucun mal à les repousser et lorsque, le dernier jour de septembre 1606, Champlain remit à la voile, les Indiens, revenus à de meilleurs sentiments, faisaient de grands signes d'adieu au milieu des chênes et des érables qui prenaient déjà leurs teintes automnales. Pour le parfait abri qu'il offrait et pour le charme de son paysage, Champlain baptisa l'endroit « Beauport ». Dix-sept ans plus tard, en 1623, un équipage anglais vint y jeter l'ancre à son tour.

L'expédition était financée par la Dorchester Company, un groupe d'investisseurs londoniens désireux d'exploiter les richesses du Nouveau Monde, à commencer par la morue. Leur projet consistait en l'installation au Cap Ann d'une colonie chargée de fournir un soutien logistique à une flottille de bateaux qui pêcheraient tout le printemps et l'été et retourneraient en Europe à l'automne. Malheureusement, les hommes de la Dorchester eurent le sort contre eux dès le départ. Le premier été, ils réussirent une pêche extraordinaire, mais les cours de la morue s'effondrèrent, et ils ne parvinrent même pas à amortir leurs frais. L'année suivante, les cours redevinrent normaux, mais la pêche fut presque nulle, et la troisième, de violentes tempêtes endommagèrent les bateaux et les contraignirent à regagner l'Angleterre. La compagnie fut obligée de tout liquider et de rapatrier ses hommes.

Quelques-uns des colons, toutefois, se refusèrent à partir. Ils s'unirent à un groupe de laissés-pour-compte rejetés par la puritaine et tyrannique colonie de Plymouth, et formèrent ainsi le premier noyau d'une nouvelle communauté à Gloucester. La Nouvelle-Angleterre était alors une terre impitoyable, où seuls semblaient survivre les dévots et les desperados. Gloucester récolta plus que sa part de ces derniers. Son citoyen le plus célèbre était le Révérend John Lyford, dont la conduite était si impie qu'elle fut jugée impossible à rapporter par un historien local. Une autre grande figure était un « aventurier naufragé » nommé Fells, qui avait fui Plymouth où il était menacé d'une flagellation publique pour « relations illicites » avec une jeune femme.

Gloucester était un endroit idéal pour des hommes comme Lyford et Fells, trop pauvre et trop éloigné pour que les Pères fondateurs puritains se soucient particulièrement de ce qui s'y passait. Gloucester prit forme de ville en 1631, et, presque immédiatement, ses habitants se tournèrent vers la pêche. Le Cap Ann n'étant guère plus qu'un gros rocher, ils n'avaient pas le choix, mais, en même temps, cela assurait leur liberté. Attachés à leur terre, les paysans sont faciles à contrôler, mais tel n'est pas le cas des pêcheurs, partant en mer pour des campagnes de trois mois et peu enclins à respecter les strictes conventions puritaines lorsqu'ils revenaient à terre. Gloucester acquit ainsi une réputation de tolérance, si ce n'est de franche débauche, qui attira des gens de toute la colonie. La ville ne tarda pas à s'animer et à se développer.

D'autres communautés avaient également leur part de paillardise, mais celle-ci se limitait généralement aux environs de la ville. (À Wellfleet, par exemple, une île située à l'extrémité du port avait été sacrifiée aux plaisirs des jeunes pêcheurs. Il s'y était construit un bordel, une taverne et un observatoire à baleines — tout ce que pouvait demander une clientèle de marins délurés.) Mais à Gloucester, tout se passait en pleine ville, directement sur le front de mer. Les jeunes femmes évitaient certaines rues, les agents du guet gardaient l'œil sur les pêcheurs en goguette et les propriétaires de vergers installaient des pièges à fusil pour protéger leurs pommiers. Certains pêcheurs de Gloucester, apparemment, ne respectaient même pas le Jour du Seigneur. « Des capitaines du Cap Cod, écrit un historien local nommé Josef Berger, étaient en proie aux pires conflits intérieurs en lisant les Écritures à leur équipage tandis que, très ostensiblement, quelques impies de Gloucester faisaient leur plein de maquereaux ou de morues. »

Dans le dur métier que faisaient les pêcheurs, la mort était souvent au rendez-vous. Au plus fort de son activité, Gloucester perdait chaque année en mer quelque deux cents hommes, soit quatre pour cent de la population de la ville. On estime que, depuis 1650, une dizaine de milliers d'hommes de Gloucester ont ainsi péri en mer, plus que le total des tués de toutes les guerres intervenues dans la période correspondante. Il arrivait qu'une tempête vienne balayer les Grands Bancs et qu'une demi-douzaine de bateaux sombrent en même temps, noyant une centaine d'hommes en une seule nuit. Il n'était pas rare que les habitants de Terre-Neuve, en s'éveillant, trouvent leurs plages jonchées de cadavres.

Si les Grands Bancs sont si dangereux, c'est qu'ils se trouvent sur l'un des pires itinéraires de tempêtes du monde. Des systèmes de basse pression se forment au-dessus des Grands Lacs ou du Cap Hatteras et s'en vont vers la mer, traversant en chemin les lieux de pêche. Dans les temps anciens, il n'y avait pas grand-chose que les bateaux puissent faire, si ce n'est donner du mou à la chaîne d'ancre en espérant que tout irait bien ainsi. Mais si dangereux que fussent les Grands Bancs, le Georges Bank — à 180 milles à l'est du Cap Cod — était encore pire. Les conditions y étaient telles que, pendant trois cents ans, les patrons de pêche refusèrent de s'en approcher. Les courants y suscitaient d'étranges vortex, et l'on disait que la marée y baissait si vite qu'elle laissait parfois les fonds à nu, permettant aux mouettes de venir directement s'y nourrir. Certains parlaient des visions et des rêves étranges qu'ils avaient eus dans les parages, avec la troublante impression que des forces maléfiques s'y rassemblaient.

Malheureusement, le Georges Bank abritait aussi l'une des plus grandes concentrations de vie marine du globe, et il était fatal que quelqu'un vienne tenter d'y pêcher un jour. En 1827, un patron de pêche de Gloucester nommé John Fletcher Wonson se rendit auprès du Georges Bank, mit une ligne à l'eau et en retira immédiatement un flétan. La facilité avec laquelle il avait pêché ce poisson frappa son imagination, et, trois ans plus tard, il retourna sur place pour une campagne de pêche en règle. Rien de catastrophique ne lui arriva, et, bientôt, les bateaux se mirent à appareiller pour le Georges Bank sans arrière-pensée. Ce n'était qu'à un jour de mer de Gloucester, et les superstitions commencèrent à s'estomper. Mais c'est à ce moment-là que le Georges Bank se révéla mortel.

Les lieux de pêche étaient si peu étendus et si proches de la côte que, par beau temps, des douzaines de goélettes pouvaient se trouver ancrées en vue l'une de l'autre. Si une tempête arrivait progressivement, la flottille avait le temps de lever l'ancre et de se disperser en eaux plus profondes. Mais si elle survenait brusquement, les navires étaient projetés les uns contre les autres et tous finissaient par sombrer, dans un enchevêtrement de cordages et d'espars. Des hommes étaient postés à la proue de chaque bateau pour rompre les amarres si une autre embarcation se trouvait projetée vers la leur, mais les chances de s'en tirer ainsi étaient affreusement réduites.

L'une des pires catastrophes en ce domaine survint en 1862, lorsqu'une tempête hivernale vint balayer quelque soixante-dix goélettes travaillant ensemble un épais banc de morues. Sans aucun signe d'avertissement, le ciel devint noir et la neige se mit à tomber en rafales presque horizontales. Un pêcheur décrivit ce qui suivit :

« Mes camarades ne manifestaient aucune peur. Ils étaient, maintenant, tous sur le pont, et le capitaine veillait en permanence. Vers neuf heures, il nous cria : "Navire à la dérive droit devant nous ! Préparez vos hachettes, mais ne tranchez pas les amarres avant mon ordre !" Tous les regards étaient maintenant braqués sur le bateau à la dérive. Il arrivait, là, en plein sur nous. Un instant de plus, et le signal de couper les amarres devrait être donné. Puis, avec la prestesse d'une mouette, le bateau passa à côté de nous, si près que j'aurais pu sauter à bord. Nous n'aperçûmes qu'un court instant les visages décomposés par la peur et le désespoir des membres de l'équipage, tandis que le bâtiment poursuivait sa course fatale. À quelque distance de nous, il alla heurter un autre bateau de la flottille, et nous vîmes les eaux se refermer presque instantanément sur les deux embarcations. »

*

Quelques bateaux modernes de pêche à l'espadon continuent à opérer sur le Georges Bank, mais la plupart font tout le trajet jusqu'aux Grands Bancs. Il faut une semaine pour atteindre ceux-ci avec un bateau moderne. On navigue jour et nuit est-nord-est jusqu'au moment où l'on se trouve à douze cents milles de Gloucester et à quatre cents milles de Terre-Neuve. De là, il est plus facile d'aller aux Açores que de regagner le *Crow's Nest.* Comme au Georges Bank, les eaux, aux alentours des Grands Bancs, sont assez peu profondes pour laisser la lumière solaire pénétrer jusqu'au fond. Un flot d'eau glacée appelé le Courant du Labrador vient traverser ces hauts fonds et y crée un parfait environnement pour le plancton. Les petits poissons viennent s'en nourrir, et les gros poissons viennent à leur tour s'alimenter en dévorant les petits poissons. Les bateaux pêchant ensuite les gros poissons, on peut estimer qu'un circuit alimentaire complet s'est installé sur les bancs.

Les trajets aller et retour sont les seules périodes où les pêcheurs peuvent dormir convenablement. Au port, ils sont trop occupés à vivre le plus intensément qu'ils peuvent pendant cinq ou six jours, et, sur les lieux de pêche, ils sont trop accaparés par leur travail. Ils travaillent vingt heures par jour pendant deux ou trois semaines d'affilée, puis ils s'effondrent sur leurs couchettes pendant que le bateau les ramène vers Gloucester. Cela ne veut toutefois pas dire que les trajets sont uniquement consacrés à manger et à dormir. Le matériel de bord, terriblement malmené par les éléments, doit être constamment réparé. Ne voulant pas perdre une journée de pêche pour des engins abîmés, l'équipage passe une partie du voyage aller à vérifier et à remettre en état tout ce qui se trouve à bord. À la ligne de La Haye — où ils entrent dans les eaux territoriales canadiennes — les pêcheurs doivent remiser leur matériel conformément aux lois internationales, et ils se retrouvent pour un court moment sans rien à faire. Ils dorment, parlent, regardent la télévision et lisent. Il y a, parmi eux, quelques anciens lycéens qui dévorent une demi-douzaine de livres sur les Grands Bancs.

Vers huit ou neuf heures du soir, l'équipage s'entasse dans la cuisine et engouffre tout ce que le cuisinier a pu préparer. (Murph joue le rôle de cuisinier sur l'*Andrea Gail.* Il est payé en supplément et prend le quart pendant que les autres mangent.) Au dîner, l'équipage parle de ce dont parlent les hommes, toujours et partout — des femmes, du manque de femmes, des gosses, du sport, des courses, de l'argent, du manque d'argent, du travail. On parle beaucoup du travail. On en parle comme les hommes qui sont en prison parlent du temps qui s'écoule. Le travail est ce qui empêche les hommes de rentrer chez eux, et tous veulent rentrer chez eux. Plus ils prendront de poisson, plus tôt le voyage prendra fin. C'est là une simple équation qui les transforme tous en adeptes de la biologie marine. Après le dîner, chacun fait la vaisselle à son tour, et Billy s'en va relever Murph sur la passerelle pour qu'il puisse manger à son tour. Personne n'aime faire la vaisselle, et certains échangent parfois la corvée contre un paquet de cigarettes. Plus le voyage dure, plus le prix de la main-d'œuvre baisse. On en arrive à voir un pêcheur à 50 000 dollars par an faire la vaisselle pour une seule cigarette. À la fin d'un voyage prolongé, le dîner peut se résumer à des croûtons arrosés de sauce de salade.

Chacun, à bord, prend le quart deux fois par jour. Les quarts sont de deux heures, et n'impliquent guère plus que d'observer l'écran radar et, de temps à autre, régler le pilote automatique. Quand les lignes sont à la mer, les hommes prenant les quarts de nuit peuvent aller vérifier de temps en temps si elles ne dérivent pas trop. La timonerie de l'*Andrea Gail* comporte un fauteuil capitonné, mais il est installé assez loin du gouvernail pour que personne ne puisse s'endormir en étant de quart. Le radar, le loran, la VHF sont fixés au plafond, le pilote automatique et le traceur vidéo sur un panneau de contrôle, à gauche. Il y a aussi neuf hublots Lexan et un projecteur mobile à poignée-pistolet. La roue de gouvernail a la taille d'une roue de bicyclette. Il n'y a aucune raison d'y toucher si l'on n'a pas débranché le pilote automatique, et il n'y a aucune raison de débrancher le pilote automatique. De temps à autre, l'homme de quart jette un coup d'œil à la salle des machines, mais, autrement, il se contente d'observer la mer. Contrairement à ce que l'on pourrait penser, cela n'a rien de fastidieux ; les vagues y dessinent sans cesse des figures inédites et qui jamais ne se reproduiront. Il faut des heures pour s'arracher à ce spectacle constamment renouvelé.

Billy Tyne s'est déjà rendu des douzaines de fois sur les Grands Bancs. Il a également pêché au large des Carolines, de la Floride et jusque dans la mer des Caraïbes. Il a grandi dans Gloucester Avenue, non loin de l'endroit où la Route 128 traverse la rivière Annisquam, et a épousé, alors qu'elle était encore adolescente, une fille qui vivait dans le même quartier. Billy représentait un cas exceptionnel à Gloucester, car il n'était pas pêcheur et sa famille était relativement aisée. Il fit un peu tous les métiers, dirigeant, un moment, une maison d'importation mexicaine, travaillant pour un fabricant de coffres-forts, vendant des lits hydrauliques. Son frère aîné fut tué par une mine antipersonnel au Vietnam à l'âge de vingt et un ans, et Billy en tira peut-être la conclusion que la vie n'était pas faite pour être gaspillée dans les bars. Il retourna à l'école, étudia la psychologie et s'essaya à réformer des adolescents drogués. Il semblait à la recherche de quelque chose, multipliant les tentatives les plus diverses sans parvenir, apparemment, à trouver sa voie. Il abandonna ses études et décida de se remettre au travail, mais il avait dorénavant une femme et deux filles à faire vivre. Sa femme, Jodi, le poussait à essayer la pêche, car elle avait une cousine dont le mari gagnait très largement sa vie ainsi. On ne sait jamais, lui disait-elle, tu aimerais peut-être cela.

« Ensuite, raconte Jodi, ça a été fini. Une fois qu'ils s'y sont mis, les hommes ne pensent plus qu'à cela. Ils aiment cela, ça les dévore tout entiers. Point final. Il y a des gens qui deviennent accaparés par l'église ou par Dieu, et la pêche, c'est la même chose. C'est dans leurs tripes, et rien ne peut l'en sortir. Ils ne peuvent plus être heureux sans cela. »

De plus, ce qui ne gâtait rien, Billy était doué. Il avait un talent insolite pour trouver le poisson, une sorte d'intuition profonde.

« C'était étrange, dit Jodi. C'était comme s'il avait eu un radar incorporé. C'était l'un des rares qui pouvait sortir en étant sûr à tout coup de prendre du poisson. Tout le monde voulait pêcher avec lui, car il faisait toujours de l'argent. »

Le tout premier voyage de Tyne fut sur l'*Andrea Gail*. Il passa ensuite sur le *Linnea C*, dont le propriétaire était un nommé Warren Cannon. Ils devinrent de grands amis, et, pendant huit ans, Cannon apprit à Tyne tout ce qu'il y avait à savoir. Après ce long apprentissage, Tyne décida de se lancer, et prit le commandement du *Haddit* — « cette foutue bouteille à la mer », comme l'appelait Charlie Reed. (Il s'agissait d'un bateau en fibre de verre.) À ce moment, Tyne était déjà totalement mordu. La mer avait provoqué le naufrage de son mariage, mais il n'était pas question qu'il y renonce. Il se transporta en Floride, pour être plus près de son ex-femme et de ses filles, et il pêcha avec plus d'ardeur que jamais.

Chaque été, les deux filles, Erica et Billie Jo, allaient à Gloucester séjourner chez leurs grands-parents, et Tyne y faisait halte entre deux campagnes de pêche pour les voir. Il restait également en contact avec Charlie Reed, et quand celui-ci abandonna le commandement de l'*Andrea Gail*, le nom de Billy fut immédiatement avancé. Brown lui offrit le commandement du bateau et un tiers de la part de l'équipage. C'étaient de bonnes conditions ; de cette façon, un homme comme Tyne pouvait se faire cent mille dollars par an. Il accepta. De son côté, Reed prit un poste à bord d'un chalutier en acier de vingt-sept mètres, le *Corey Pride*. Il gagnerait moins d'argent, mais pourrait passer plus de temps chez lui.

« J'en avais assez de jouer les vagabonds, explique Reed. Toujours bourlinguer, ne pas rentrer de trois mois... Moi, ça allait encore, mais pour ma femme, c'était l'enfer. Et je me disais que j'en avais assez fait pour assurer les études de mes gosses. Ce n'était pas le cas, mais je le croyais à ce moment-là. »

*

L'*Andrea Gail* se dirige vers les lieux de pêche sur la queue d'un système de haute pression venant du Canada. Les vents sont de noroît, et le ciel est d'un bleu profond et brillant. Ce sont les vents dominants dans cette région. Les goélettes qui, de l'extrémité des Grands Bancs, mettaient cap à l'est en se laissant porter par le vent pouvaient se retrouver à Saint-Jean de Terre-

Neuve ou à Halifax, en Nouvelle-Écosse, dans les vingt-quatre heures. Un moteur diesel de 365 chevaux modifie évidemment les données du problème, mais il demeure plus facile de se laisser porter vers l'ouest que de remonter est. Le 26 ou le 27 septembre, Billy Tyne se trouve à environ 42 degrés nord et 49 degrés ouest, à quelque 300 milles au large de l'extrémité sud-ouest de Terre-Neuve, dans la partie des Grands Bancs connue comme « *The Tail* » — « La Queue ». Les eaux territoriales canadiennes, qui s'étendent jusqu'à deux cents milles des côtes, interdisent une grande partie des Bancs aux bateaux étrangers, mais deux petites zones restent libres, au nord nord-est et au sud-est : le « Nez » et la « Queue ». Les bateaux de pêche à l'espadon opèrent le long d'un arc de cercle centré sur un point situé à peu près à 50 degrés ouest et 44 degrés nord. À l'intérieur de cet arc se trouvent les vastes et fertiles plaines sous-marines des Grands Bancs, interdites à tous, sauf aux bateaux canadiens et aux bateaux étrangers faisant l'objet de dérogations spéciales. Mais, à l'extérieur de cet arc, il y a encore des milliers d'espadons « licites » pouvant être attirés par un maquereau accroché à un gros hameçon d'acier.

Les espadons ne sont pas de douces et aimables créatures. Ils ont coutume de s'introduire au milieu des bancs de poissons en éventrant, à l'aide de l'« épée » qui prolonge leur mâchoire supérieure, tout ce qui passe à portée avant de s'en repaître. Il est arrivé à des espadons d'attaquer des bateaux, tuant des pêcheurs jusque sur le pont ou les précipitant par-dessus bord vers un épouvantable trépas. Le nom scientifique de l'espadon est *Xiphias gladius*, le premier mot signifiant « épée » en grec et le deuxième voulant dire « épée » en latin. Cette insistance sur l'arme naturelle dont est muni ce redoutable poisson se retrouve dans presque toutes les langues modernes : espadon en français, *swordfish* en anglais, *Schwertfisch* en allemand, etc.

Cette fameuse épée est une extension osseuse de la mâchoire supérieure, terriblement tranchante sur les côtés et pouvant atteindre une longueur d'un mètre vingt à un mètre cinquante pour un poisson de quatre mètres. Appuyée par quelque quatre cent cinquante kilos de chair compacte et de muscles, elle peut faire d'indescriptibles ravages. Certains espadons sont parvenus à percer la coque de bateaux. Cela ne se produit généralement que si le poisson est pris à un hameçon ou harponné, mais, au dix-neuvième siècle, on a vu un espadon attaquer un grand voilier sans raison apparente. Le navire fut tellement endommagé que l'armateur demanda des dédommagements à son assureur, et l'affaire se termina devant le tribunal.

Les espadons des Grands Bancs vont se reproduire dans la Mer des Caraïbes, puis, durant les mois d'été, ils remontent vers le nord, vers les eaux froides et riches en protéines au large de Terre-Neuve. Durant le jour, ils peuvent descendre jusqu'à des profondeurs de près de 1 000 mètres, chassant calmars, merluches, morues, maquereaux, bonites, et, la nuit, ils suivent leur proie jusqu'à la surface. Leurs petits apparaissent avec des écailles et des dents, mais sans la redoutable épée qui se développera ensuite s'ils restent en vie. Si toutes sortes de poissons prennent pour cibles les bébés espadons, seules les baleines à sperme, les baleines tueuses et les requins marteaux se hasardent à attaquer les espadons adultes. Ceux-ci sont considérés comme la proie la plus dangereuse du monde en ce qui concerne la « pêche sportive ». Ils luttent sans relâche pendant trois à quatre heures lorsqu'ils sont au bout d'une ligne, et ont parfois, ce faisant, coulé de petites embarcations. Pour la pêche sportive à l'espadon, il faut des appâts vivants sur de gros hameçons d'acier accrochés à un câble d'acier ou à une chaîne. Il faut également un énorme gourdin pour assommer le poisson. Pour la pêche industrielle, on ne recherche pas particulièrement les émotions superflues, on emploie une méthode totalement différente ; on accroche un millier d'hameçons dûment appâtés à soixante-cinq kilomètres de monofilament et on va se coucher.

Bob Brown ne sait pas où et quand Billy a amorcé sa première opération de pêche, car Billy déteste lui parler à la radio. Il lui est arrivé de laisser des messages à Linda Greenlaw pour éviter de parler à Bob Brown, et même de simuler de la friture sur son propre émetteur. Mais il est raisonnable de supposer que cela s'est produit au soir du 27 septembre. L'océan a déjà pris les teintes sombres de la mi-automne, et le vent a viré au sud-est. À la surface, des lignes de remous marquent le changement.

L'appâtage est une opération à peu près aussi excitante qu'un travail à la chaîne en usine, mais considérablement plus dangereuse. La ligne se déroule sur un gros tambour Lindegren installé à bâbord. Elle traverse le pont en diagonale, passe par une grosse poulie et se replie droit vers la poupe où un anneau d'acier la guide vers l'eau par-dessus le pavois. C'est là que se tiennent les hommes chargés de l'appâtage. Installée sur le pavois arrière se trouve ce qu'on appelle la table d'appâtage — en fait, une cuve de bois contenant calmars et maquereaux, avec, de chaque côté, une bobine, autour de laquelle sont enroulés des centaines de segments de ligne appelés gangions. Chacun fait sept brasses de longueur et comporte un gros hameçon à une extrémité et un mousqueton en acier inoxydable à l'autre.

Tendant la main derrière lui, l'appâteur reçoit de son assistant des segments de ligne que celui-ci détache un à un de la bobine. L'appâteur empale alors un calmar ou un maquereau sur l'hameçon, attache le segment à la ligne principale et projette le tout par-dessus bord. L'hameçon est de taille à transpercer entièrement la main d'un homme, et, s'il accroche n'importe quelle partie du corps de l'appâteur ou même ses vêtements, à le faire, lui aussi, passer par-dessus bord. C'est pourquoi les appâteurs ont le contrôle complet de l'opération ; nul ne touche à leur matériel pendant qu'ils sont à l'œuvre. Il y a également un couteau dans un fourreau fixé à la table d'appâtage, pour, si l'appâteur en a le temps et la présence d'esprit, trancher la ligne en cas d'accident.

Les espadons mordant la nuit, chaque hameçon est accompagné d'un Cylume capable d'illuminer l'appât. Les Cylumes sont des tubes en plastique de la taille d'un cigare contenant des matériaux chimiques phosphorescents qui entrent en action lorsqu'ils sont sectionnés. Ils coûtent un dollar pièce, et un bateau de pêche à l'espadon peut en utiliser environ cinq mille par voyage. Hameçons et tubes luminescents sont en principe espacés d'une dizaine de mètres, mais l'intervalle exact est déterminé par la vitesse du bateau. Si le capitaine désire pêcher avec des hameçons plus rapprochés, il ralentit, et s'il veut les espacer davantage, il accélère. La vitesse habituelle sur les Grands Bancs est de six à sept nœuds. À cette allure, il faut environ quatre heures pour dérouler une cinquantaine de kilomètres de ligne.

Tous les trois hameçons, l'appâteur accroche un flotteur destiné à empêcher la ligne de plonger jusqu'au fond. Habituellement, la ligne se retrouve à cinq brasses et les hameçons à une douzaine — soit une vingtaine de mètres de profondeur. Avec des variations dues aux courants et à la température, c'est là que l'espadon mord le plus volontiers. Tous les six kilomètres et demi environ, l'appâteur croche sur la ligne un flotteur spécial surmonté d'une tige d'aluminium supportant un écran de réflexion radar. Ondulant à la surface de l'océan, l'engin apparaît très clairement sur le radar du bateau. Enfin, tous les douze kilomètres, c'est un émetteur radio qui est mis en place. Équipé d'une antenne-fouet, il transmet au bateau un signal à basse fréquence et permet au capitaine de suivre le comportement de son matériel de pêche si la ligne se rompt.

Une ligne complètement appâtée et équipée représente une somme considérable, et certains capitaines n'ont pas hésité à risquer la vie de leur équipage pour la récupérer. Il faut compter 1 800 dollars pour soixante-cinq kilomètres de ligne monofilament. Chacune des bouées émettrices coûte également 1 800 dollars, et il y en a six sur une ligne. Les simples flotteurs reviennent à six dollars pièce, et il y en a, comme il a déjà été précisé, un tous les trois hameçons à raison de mille hameçons par ligne. Les hameçons eux-mêmes coûtent un dollar, les tubes luminescents un dollar, les calmars un dollar et les gangions deux dollars. En résumé, un bateau de pêche à l'espadon met à l'eau chaque nuit pour 20 000 dollars de fournitures diverses. L'une des plus grandes controverses qui puissent éclater à bord est sur le point de savoir s'il faut ou non mettre la ligne à la mer. Des équipages se sont retrouvés en train de haler la ligne en pleine tempête parce que le capitaine s'était trompé dans sa prévision du temps.

L'appâtage terminé, tard dans la soirée, les hommes de l'*Andrea Gail* retirent leurs cirés et gagnent la cuisine. Ils dînent rapidement, et, dès qu'ils ont fini,

Billy monte relever Murph à la barre. Il vérifie sa position sur la carte, et celle de la ligne. Le radar fonctionne en permanence. Il a une portée d'environ quinze milles, et les flotteurs-repères apparaissent comme de petits carrés sur l'écran. La VHF est réglée sur le Canal 16 et l'émetteur sur 2182 mégahertz. Ce sont là des fréquences d'urgence, et si deux bateaux ont besoin de communiquer, ils prennent contact ainsi, puis passent sur un autre canal.

À 23 heures, la *National Oceanic and Atmospheric Administration* (NOAA) diffuse un bulletin météo dont les capitaines discutent habituellement avec tous les membres de leur équipage. Mais ce soir-là, à bord de l'*Andrea Gail*, presque tout le monde est déjà couché. On se trouve dans une période de vingt journées de vingt heures, et le sommeil est devenu aussi précieux que les cigarettes. Les couchettes sont à l'avant, contre les parois de la coque, et les hommes s'y endorment en écoutant le bruit du moteur diesel et le choc des vagues contre l'étrave. Sous l'eau, l'hélice gémit inlassablement et des centaines de milliers de bulles d'air se répandent tout autour, dans l'océan. Les vibrations à basse fréquence se prolongent presque indéfiniment sous la mer et les bruits de machines de l'*Andrea Gail* doivent affecter sournoisement toute forme de vie sur les Grands Bancs.

*

L'aube en mer : un vide grisâtre émergeant d'un immense vide noir. « Le monde était sans forme et l'obscurité flottait sur les profondeurs. » Celui qui a écrit cela connaissait la mer — connaissait la pâle émergence, chaque matin, d'un monde totalement vide, totalement et absolument vide.

Un long appel de la sirène.

Les hommes émergent en trébuchant de leurs couchettes et vont, sous les lumières fluorescentes de la cuisine, se verser du café, les paupières gonflées et l'humeur maussade. Lorsqu'ils arrivent sur le pont, c'est à peine si on y distingue déjà les formes. Le froid est mordant, et, sous leurs cirés, ils ont entassé chandails, chemises de flanelle et maillots thermiques. Le jour ne se lèvera vraiment que dans une heure, mais ils se mettent au travail dès qu'ils peuvent distinguer quelque chose. À 43 degrés nord, une semaine après l'équinoxe, il est 5 heures 30 du matin.

Le bateau se trouve à l'extrémité de sa ligne, à une centaine de milles des eaux territoriales canadiennes. On s'arrange généralement pour mettre la ligne à l'eau dans le Gulf Stream et la ramener à bord également dans le Gulf Stream. Ils ont donc mis la ligne à la mer l'après-midi précédent alors qu'ils faisaient route vers l'ouest dans le courant chaud. Puis ils ont viré de bord et remis le cap à l'est, revenant à la queue de leur ligne. Ils sont maintenant prêts à haler, la proue tournée vers l'Amérique.

Ramener la ligne à bord est moins dangereux que de la mettre à l'eau, mais les hameçons peuvent encore faire des dégâts considérables et causer d'horribles blessures ; il est arrivé à un marin de recevoir en pleine figure un hameçon dont le crochet est entré sous sa pommette pour ressortir par l'orbite. Le bateau, de plus, est une plate-forme rarement stable et encore plus rarement sèche. Conserver son équilibre alors que cinquante centimètres d'eau balaient le pont avant de s'écouler par les dalots constitue un exploit presque surhumain.

Mais c'est aussi son gain personnel que l'on tire à

bord en même temps que la ligne, et même le pêcheur le plus chevronné est impatient de voir ce qui a été pris. La ligne remonte par une ouverture pratiquée dans le pavois à tribord. Pendant ce temps, le capitaine gouverne à l'aide d'une barre auxiliaire sur le pont, en se précipitant de temps à autre dans la timonerie pour vérifier au radar si d'autres bateaux ne se trouvent pas sur leur chemin. L'homme préposé à la ligne est appelé le haleur. Il lui revient d'en détacher les gangions pour les remettre à son assistant, qui, après en avoir décroché les appâts, les replace autour des bobines de la table d'appâtage. Le travail de haleur engendre une telle tension que l'un d'eux, raconte-t-on, dut, un jour, demander qu'on détache un à un ses doigts de la manivelle hydraulique sur laquelle ils s'étaient crispés. Les haleurs, qui reçoivent une paie supplémentaire, doivent pouvoir détacher un gangion toutes les quelques secondes pendant quatre heures d'affilée.

Si un espadon a été pris, il pèse sur la ligne de façon significative, et lorsque le haleur le perçoit, il fait fonctionner la manivelle hydraulique au ralenti afin d'éviter que l'hameçon ne se décroche. Dès que le poisson est en vue, deux autres hommes d'équipage le saisissent avec des gaffes qu'ils lui plantent dans les flancs pour le tirer à bord. Si le poisson est encore vivant, on le harponne parfois pour plus de précaution. Il gît ensuite sur le pont, les yeux exorbités, la bouche s'ouvrant et se refermant. Si la prise a été bonne, il peut y avoir trois ou quatre espadons à demi morts glissant sur le pont au rythme de la houle et venant parfois heurter les matelots au travail. Ceux-ci doivent faire attention, car une blessure infligée accidentellement par l'« épée » du poisson entraîne une infection grave et presque instantanée. Les espadons ainsi pêchés ont la tête et la queue tranchées, après quoi ils sont vidés et placés sur la glace dans la cale.

Les requins marteaux ont à peu près le même type d'alimentation que les espadons. Il arrive donc qu'ils soient pêchés en même temps. Ils sont très dangereux ; l'un d'eux, un jour, a mordu Murph si gravement qu'il a dû être transporté à terre par hélicoptère. (Le simple fait de toucher la tête tranchée d'un requin marteau peut déclencher une morsure convulsive.) Ils ne sont considérés comme hors d'état de nuire que lorsqu'ils se retrouvent sur la glace dans la cale. Sur certains bateaux, on ne les hisse pas vivants à bord ; si l'un d'eux est pris, l'un des matelots maniant la gaffe le maintient contre la coque, à l'extérieur, et un autre lui fait exploser la tête d'une décharge de fusil de chasse. Ce n'est qu'ensuite qu'il est hissé à bord et vidé.

« Nous pêchons trop loin au large pour prendre le moindre risque, explique un ancien marin de l'*Hannah Boden*. Nous sommes hors du rayon d'action des hélicoptères, et il faut deux jours de navigation pour trouver de l'aide. Et si vous êtes encore vivant quand nous touchons terre, on vous expédie dans un hôpital de Terre-Neuve. Et là, vos ennuis ne font que commencer. »

Un bon équipage peut, un jour favorable, pêcher dix à vingt espadons, soit une tonne de chair comestible. La plus belle prise dont Bob Brown ait jamais entendu parler a été de cinq tonnes par jour pendant sept jours. C'était à bord de l'*Hannah Boden* vers le milieu des années quatre-vingt. Le plus modeste des membres de l'équipage a gagné dix mille dollars au cours de cette campagne. C'est pour cela que les gens vont pêcher. C'est pour cela qu'ils passent dix mois de l'année dans un cercueil métallique de vingt et un mètres.

Mais, pour une campagne comme celle-là, il y a une douzaine de fiascos. Les poissons ne se répartissent pas également dans l'eau ; ils se groupent dans certaines zones. Il faut savoir quelles sont ces zones. Vous vous engagez généralement cap à l'ouest dans le courant. Des instruments de mesure vous indiquent la température de l'eau aux différentes profondeurs, ainsi que la vitesse et la direction des courants sous-marins à trois niveaux. La meilleure solution consiste à amener vos appâts entre les couches d'eau froide et d'eau plus chaude, car c'est là que le circuit alimentaire classique tend à se constituer. Les calmars dévorent le plancton d'eau froide, et les espadons sortent des eaux chaudes du Gulf Stream pour dévorer les calmars. Les sous-courants d'eau chaude propulsés par le Gulf Stream dans l'Atlantique Nord constituent des lieux de pêche particulièrement propices. Les capitaines s'efforcent de les localiser à l'aide des relevés de température de surface quotidiennement fournis par les satellites météorologiques de la NOAA. Il faut, enfin, en préparant une campagne de pêche, éviter la nouvelle lune. Nul ne sait pourquoi, mais, pendant plusieurs jours avant et après, le poisson se refuse à mordre.

La loi exige des capitaines des bateaux de pêche à l'espadon qu'ils tiennent registre de tous les points où ils opèrent, de chaque mise à l'eau de leur ligne, de chaque poisson pris. Cela n'a pas seulement pour but de vérifier qu'ils se conforment aux règlements fédéraux ; cela permet également aux biologistes marins de suivre l'évolution de l'espèce visée. Des renseignements fournis par les capitaines, ils peuvent déduire les processus de migration, les modifications démographiques, les taux de mortalité. De plus, des observateurs du National Marine Fisheries Service accompagnent de temps à autre les équipages en mer pour mieux connaître et comprendre l'activité qu'ils sont chargés de réglementer. Le 18 août 1982, l'un des principaux collaborateurs du Massachusetts Coastal Zone Management Program, Joseph Pelczarski, s'embarqua ainsi à New Bedford à bord du *Tiffany Vance*, un bateau de pêche californien tentant sa chance sur les bancs de l'Atlantique Nord. Son rapport donne quelques aperçus précis de la vie et du travail à bord.

« Le *Tiffany Vance*, écrit-il, arriva à Shelburne, en Nouvelle-Écosse, le 21 août aux premières lueurs de l'aube. Nous étant réapprovisionnés en vivres et carburant, nous repartîmes le même jour à 17 heures 30 et fûmes escortés hors du port par des dauphins encardant notre proue. Nous aperçûmes deux bateaux de pêche espagnols (un membre de l'équipage du *Tiffany Vance* était originaire d'Espagne) se dirigeant vers l'ouest et de nombreux cargos en route pour le Canada. Nous arrivâmes à la Queue des Bancs le 25 août. Nous commençâmes à vérifier constamment la température de la mer, à la recherche de ces " bordures ", où les eaux froides et les eaux chaudes se rencontrent. Le 26 août, le capitaine trouva une eau propice en même temps qu'un espace libre entre les autres bateaux de pêche, et nous mîmes la ligne à la mer dans la soirée. L'opération prit une heure et demie, avec cinq cents hameçons.

« Le halage commença à 5 heures 10 du matin. Le premier poisson pris était un espadon. Nous vîmes son " épée " crever la surface de l'eau, puis il roula sur le dos, mort, et fut hissé avec la ligne. Saisi avec des gaffes, il fut amené à bord, on scia son épée et on le vida, en examinant le contenu de son estomac et prenant la température interne du corps pour savoir dans quel genre d'eaux le poisson s'était trouvé.

« Les deux journées de pêche qui suivirent se déroulèrent dans la même zone, au sud de la Queue des Bancs. Le deuxième jour, nous prîmes onze espadons, quatre requins bleus, un requin marteau, une tortue de mer (remise à l'eau vivante) et une raie. Nous gardâmes le requin marteau en plus des espadons. Le troisième jour, nous eûmes une collision de matériel. Malgré toutes les précautions prises par les capitaines pour déterminer leur rayon d'action et prendre contact avec les autres bateaux, ces accidents arrivent. À cinq mètres au-dessous de la surface, nos stabilisateurs se prirent dans une ligne. Celui de bâbord tint bon, mais celui de tribord céda.

« Pour échapper à de nouveaux incidents de ce genre, nous remontâmes vers le nord-est. La séance de pêche suivante, du 30 au 31 août, fut sans histoire. Compte tenu de l'état de la mer, jugé médiocre, le capitaine ne fit mettre à l'eau que trois cents hameçons. Nous prîmes néanmoins neuf espadons. Durant le halage, notre ligne se rompit et nous mîmes une heure à récupérer le matériel. Afin de trouver des eaux plus propices, nous naviguâmes toute la nuit, cap nord-est en direction du Cap Flamand. Des baleines furent aperçues au loin. Le 4 septembre, nous mîmes quatre cents hameçons à la mer, et notre prise comprit douze espadons, un requin marteau, trois raies, un requin bleu et une tortue, qui fut remise à l'eau vivante.

« Le soir du 5 septembre, notre bateau rejoignit, conformément au plan prévu, l'*Andrea Gail*, qui devait me ramener à terre. Les deux bateaux s'amarrèrent poupe à poupe, et l'on transféra mon matériel et mon bagage par un va-et-vient. Puis les bateaux larguèrent les amarres, l'*Andrea Gail* vint aligner son flanc tribord sur la proue du *Tiffany Vance*, et je fis à la nage la trentaine de mètres qui séparait les deux bâtiments. On me hissa à bord de l'*Andrea Gail*, et, deux jours plus tard, nous atteignîmes le port de Burin, à Terre-Neuve. L'armateur de l'*Andrea Gail*, Robert Brown, qui s'était rendu à Terre-Neuve pour assurer le remplacement de générateurs défaillants, nous ramena en avion à l'aéroport de Beverly le 9 septembre 1982. Le *Tiffany Vance* arriva à New Bedford le 18 octobre, après soixante-trois jours de mer et avec douze tonnes d'espadon. »

*

Durant les derniers jours de septembre et la première semaine d'octobre, l'équipage de l'*Andrea Gail* pêche sans relâche. Les journées sont chaudes, et, l'après-midi, les hommes, en T-shirt, bronzent au soleil en travaillant sur le pont. Le soir, ils enfilent chandails et parkas et s'affairent à la table d'appâtage avec leurs capuches relevées. Vers dix heures du soir, ils s'effondrent sur leurs couchettes pour quelques heures de sommeil.

Pour un pêcheur, les Grands Bancs sont aussi caractéristiques que, disons, le grand désert d'Arizona ou les marais de Géorgie. Ils ont leur eau, leur lumière et leur vie particulières, et ils éveillent une sensation unique. Aucun marin-pêcheur digne de ce nom ne pourrait s'éveiller sur les Grands Bancs et s'imaginer qu'il est au large du Georges Bank ou de Long Island. De véritables falaises de brume glissent sur les eaux et engloutissent les bateaux pendant des semaines entières. De violents courants d'air froid venus du plateau canadien font fumer les eaux. La mer est si riche en plancton qu'elle en devient presque opaque, avalant la lumière au lieu de la refléter. À des centaines de milles de la côte, les pétrels tournent autour des bateaux, tandis que rôdent, fantomatiques dans la brume, des créatures à l'allure préhistorique appelées baleines à bec. Dans le même temps, les baleines tueuses parcourent les lignes de pêche, ne mangeant — curieusement — que les nageoires pectorales des requins bleus.

Billy pêche à deux cents milles environ à l'est de la Queue, près d'une série de hauts fonds connus comme les *Seamounts* de Terre-Neuve. À l'horizon, il distingue de temps à autre les superstructures blanches d'un bateau nommé le *Mary T*, que commande un Floridien appelé Albert Johnston. Johnston et Billy pêchent de conserve pendant à peu près une semaine, étendant leurs lignes au sud-ouest en deux longues parallèles. Il leur arrive de se voir directement pendant le halage, mais la plupart du temps, l'un n'est rien de plus qu'une image neigeuse sur l'écran radar de l'autre. Les pêcheurs ne sont pas portés sur les mondanités en haute mer. Ils réservent leur appétit de relations humaines pour les salles de bar, à terre, ou pour les lits de leurs épouses et petites amies. (Plaisanterie classique du front de mer : Quelle est la deuxième chose qu'un pêcheur fait en arrivant chez lui ? Il pose son sac.)

Le quatrième ou le cinquième jour d'octobre, Johnston hisse à bord sa dernière prise et prévient les autres qu'il s'en retourne. Tandis que le bateau roule sur les flots, les hommes de l'équipage s'efforcent de compenser les heures de sommeil perdues durant la campagne et se relaient à la barre. Il n'y a plus d'autre bruit, à bord, que celui de la mer venant battre la coque d'acier et la toux grasse du moteur diesel. Le *Mary T* touche terre le 12 octobre à Fairhaven, Massachusetts, après plus d'un mois en mer.

Fairhaven est une version réduite de New Bedford,

qui se trouve à moins d'un kilomètre, au-delà de la rivière Acushnet. Toutes deux sont des petites villes décrépites et mal famées qui n'ont jamais réussi à se reconvertir lors du long déclin, amorcé cent ans plus tôt, de l'industrie de la pêche en Nouvelle-Angleterre. Si Gloucester est le gamin dissipé qui a connu quelques ennuis avec la loi, New Bedford est le grand frère foncièrement vicieux qui finira bien, un jour, par tuer quelqu'un. Un bar de New Bedford a servi de cadre à un épouvantable viol collectif, et un autre employait un Doberman pour maintenir l'ordre parmi la clientèle. Des chargements entiers d'héroïne passent par New Bedford, et bien des pêcheurs y connaissent les pires ennuis. Un membre de l'équipage de Johnston, ayant encaissé un chèque de 13 000 dollars à New Bedford, en est revenu une semaine plus tard sans même ses souliers.

Johnston va s'amarrer au Quai de l'Union, devant la McLean's Seafood and North Atlantic Diesel. C'est un bâtiment bas et lépreux, avec, en bas, un sol en ciment sur lequel peut s'écouler le sang des poissons, et, à l'étage, un labyrinthe de petits bureaux où se concluent les transactions. Dans la salle du bas, des jeunes gens bruns, en botte de caoutchouc, traitent les poissons fraîchement arrivés en s'interpellant en portugais. Avec de longs couteaux, ils désossent les poissons, détachant des arêtes la chair, qu'ils enferment dans des sacs sous vide avant de charger ceux-ci dans des camions. Un bon ouvrier peut désosser ainsi un poisson de grande taille en deux minutes. McLean's traite chaque année un million de kilos d'espadon et cinq cent mille kilos de thon, exportés outre-mer, expédiés dans tout le pays ou tout simplement vendus au magasin du coin.

Il faut presque une journée pour décharger le bateau

de Johnston. Le lendemain, il établit les comptes et commence à réarmer le bateau. Réparations, vivres, carburant, eau — toute la gamme habituelle. Plus tôt tout est fait, mieux cela vaut. Il est, de toute manière, préférable que l'équipage n'ait pas trop le temps de succomber aux charmes douteux de New Bedford, mais, surtout, il est déjà tard dans la saison pour retourner sur les Grands Bancs. Plus on attend, pires sont les tempêtes.

« Par ce genre de temps, souligne Johnston, s'il y a un pépin quelconque — si un panneau d'écoutille s'en va ou s'il y a de la casse dans les haubans — vous vous retrouvez vraiment dans le pétrin. Certains des gars finissent par se croire invulnérables, mais ils ne comprennent pas qu'entre ce qu'ils ont déjà connu et ce qui risque toujours d'arriver, la marge est très étroite. Je connais un type qui a perdu un bateau de 270 mètres sur les Bancs. Il s'est cassé en deux et a sombré avec trente hommes. »

Johnston est encore en train de se rééquiper quand le gros temps commence. Une dépression qui balaie la côte et projette des vents violents vers le sud-ouest. La tempête s'intensifie au-dessus de la mer et surprend Billy un matin, en plein halage. Le vent atteint les trente nœuds et les vagues viennent noyer le pont, mais l'équipage ne peut cesser le travail tant que la ligne n'est pas remontée. En fin de matinée, ils vont manquer chavirer.

Une vague de près de dix mètres, survenue sans préavis, s'abat sur le pont et engloutit l'*Andrea Gail* sous des tonnes d'eau. Le bateau se couche sur le flanc, puis, lourdement, avec une insupportable lenteur, finit par se redresser. Billy vire et se fait rendre compte des dégâts subis. Dans la salle des machines, les batteries sont sorties de leurs boîtiers, mais c'est à peu près tout.

Dans la soirée, Billy raconte par radio à Charlie Johnson, le capitaine du *Seneca*, ce qui lui est arrivé. Charlie est dans un port de Terre-Neuve pour une réparation, et Billy l'appelle chaque soir pour le mettre au courant de la situation de la flottille de pêche.

« Nous avons pris une putain de vague ! lui dit Billy. On s'est retrouvés sur le flanc. J'ai cru qu'on n'allait pas s'en sortir. »

Ils parlent encore quelques minutes du temps et de la pêche, puis ils mettent fin à la communication. L'histoire de la vague fait se poser des questions à Charlie Johnson ; l'*Andrea Gail* est connu comme un petit bateau particulièrement robuste et il n'aurait pas dû se coucher comme cela. Pas avec une ancre flottante et dix tonnes de poisson dans la cale.

« Je ne voulais rien dire, explique Johnson, mais cela m'inquiétait. Là-bas, on est sur le territoire de Dieu. On ne peut pas se permettre d'erreurs. »

L'*Andrea Gail* continue à pêcher à l'est de la Queue pendant une semaine encore, mais avec un médiocre succès. La campagne semble tourner au fiasco. Mais un navire ne peut rester éternellement en mer : les réserves s'épuisent, l'équipage devient fou, le poisson vieillit. Il faut que l'*Andrea Gail* trouve très vite de nouvelles prises. Vers la mi-octobre, l'équipage récupère ses engins de pêche, et le bateau met cap au nord-est et navigue toute la nuit vers une série de hauts fonds connus sous le nom de Cap Flamand. Le reste de la flottille est maintenant loin au sud et à l'ouest : Tommy Barrie sur l'*Allison*, Charlie Johnson sur le *Seneca*, Larry Horn sur le *Miss Millie*, Mike Hebert sur le *Mr. Simon* et Linda Greenlaw sur l'*Hannah Boden*. Il y a aussi un Japonais de quarante-cinq mètres, l'*Eishin Maru 78*. Il transporte une observatrice des Pêcheries Canadiennes,

Judith Reeves, qui est la seule personne à son bord à avoir un équipement de survie et à parler anglais. Le *Mary T* est en train de regagner la côte, et un autre bateau nommé le *Laurie Dawn 8*, vient d'arriver à New Bedford pour y être réarmé. Billy est à 41 degrés ouest, presque au-delà des zones de pêche répertoriées. Le temps est devenu particulièrement rude. Les hommes travaillent en ciré et combinaison, avec plusieurs couches de chandails. C'est la fin de la saison, leur dernière chance de réaliser une campagne décente. Et c'est tout ce qu'ils veulent faire.

LE CAP FLAMAND

« Et je vis comme une mer de verre
mêlé de feu... »

Révélation, 15

Les hommes de Nouvelle-Angleterre ont commencé à pêcher les espadons au tout début du dix-neuvième siècle en les harponnant à bord de petits bateaux à voile. Les espadons ne se déplaçant pas en groupe, on plaçait un homme en vigie en tête de mât pour repérer les nageoires isolées à la surface de l'eau. Si le vent se levait, les nageoires devenaient indétectables, et les bateaux rentraient au port. Quand la vigie repérait un poisson, elle guidait le patron du bateau dans sa direction, et le harponneur entrait en action. Pour jeter son harpon, il devait tenir compte du roulis, des mouvements du poisson et de la réfraction dans l'eau. On pêche encore de cette façon le thon géant à nageoire bleue, mais avec des avions de reconnaissance pour trouver la proie et des harpons électriques pour la tuer. Le thon géant à nageoire bleue, qui peut peser, adulte, une demi-tonne ou trois quarts de tonne, fournit une chair particulièrement recherchée au Japon, où on l'achemine par avion de l'Atlantique et où elle se vend sur la base de quatre-vingts dollars la livre. Un poisson entier peut atteindre trente à quarante mille dollars.

Les avions d'observation furent introduits en

Nouvelle-Angleterre en 1962, mais ce fut l'adoption de la ligne longue qui changea véritablement le caractère de la pêche. Pendant des années, les Norvégiens avaient utilisé cette sorte de ligne pour les requins marteaux, prenant en même temps, de cette façon, quelques espadons, mais jamais ils n'avaient employé cette technique pour pêcher systématiquement ces derniers. Puis, en 1961, des pêcheurs canadiens modifièrent quelque peu la ligne longue et triplèrent presque la prise totale d'espadon dans l'Atlantique Nord. Mais l'euphorie fut de courte durée ; dix ans plus tard, la Food and Drug Administration américaine estima que la chair de l'espadon contenait un taux de mercure dangereux, et les gouvernements des États-Unis et du Canada interdirent la commercialisation de ce poisson. Certains continuèrent à en pêcher, mais en risquant de voir leur prise saisie.

Finalement, en 1978, le gouvernement américain assouplit ses normes sur la teneur en mercure du poisson, et la course au trésor reprit. Mais, entre-temps, les techniques de pêche avaient évolué ; les bateaux utilisaient la navigation guidée par satellite, les détecteurs électroniques et les sondeurs les plus divers, tandis que le monofilament permettait le déploiement de cinquante à soixante kilomètres de ligne d'un seul tenant. Vers le milieu des années quatre-vingt, la flotte américaine de pêche à l'espadon était passée à quelque 700 bateaux mettant à l'eau une cinquantaine de millions d'hameçons par an. « L'évolution technologique semble mettre à l'épreuve les ressources naturelles », soulignait une étude officielle de l'époque.

Jusque-là, la pêche avait été fort peu réglementée, mais, au début des années quatre-vingt, un nouveau type de chalut mit en marche les rouages de l'administration. Ce chalut avait un kilomètre et demi de longueur, vingt-sept mètres de largeur, et il restait déployé toute la nuit à la poupe d'un bateau spécialement aménagé. Bien que la largeur des mailles permît aux poissons par trop jeunes de s'échapper, le National Marine Fisheries Service s'inquiéta des conséquences qu'allait avoir la mise en service de ce filet sur la population d'espadons. Il publia un plan de gestion de celle-ci pour l'Atlantique Nord proposant de nombreuses modifications des règlements et sollicita l'avis de tous les organismes officiels intéressés aussi bien que celui des pêcheurs eux-mêmes. Une série de réunions publiques furent tenues sur toute la Côte Est des États-Unis en 1983 et 1984, et les pêcheurs qui ne purent y assister — ceux qui étaient justement en train de pêcher — firent des interventions écrites. Parmi eux se trouva Bob Brown, qui, de son écriture à peine lisible, expliqua qu'il s'était livré à cinquante-deux opérations de pêche cette année-là et qu'il semblait y avoir encore abondance de poissons adultes, mais qu'ils demeuraient dans des eaux plus froides qu'on ne le présumait généralement. Alex Bueno, du *Tiffany Vance*, soulignait dans sa lettre que les estimations faites de la population d'espadons étaient inexactes car elles ne tenaient pas compte des poissons se trouvant au-delà de la ligne des deux cents milles. Dans le même temps, les adeptes de la pêche sportive accusaient les praticiens de la pêche commerciale de dévaster les océans, les pêcheurs commerciaux accusaient les pêcheurs sportifs de gâcher des ressources économiques, et presque tout le monde accusait le gouvernement d'incompétence manifeste.

En fin de compte, le plan adopté ne prévoyait pas de quota de prise pour les espadons de l'Atlantique, mais il exigeait de tous les bateaux de pêche à l'espadon qu'ils se fassent enregistrer auprès du National Marine Fisheries Service, qui dépendait du ministère américain du Commerce. Des propriétaires de bateaux n'ayant jamais, jusque-là, pêché l'espadon se précipitèrent pour demander des permis afin de garder toutes possibilités d'action, et le nombre de bateaux inscrits doubla presque, alors que, selon toutes les indications disponibles, le stock d'espadons continuait à baisser. Entre 1987 et 1991, le total des prises d'espadon dans l'Atlantique Nord tomba de 22 millions de kilos à un peu plus de 16 millions de kilos, et le poids moyen des poissons de 80 kilos à 55 kilos. C'était ce que les experts appelaient « le drame des pâtures communes », en référence à un phénomène constaté dans l'Angleterre du dix-huitième siècle. « Dans le cas de pâturages communs, expliquait un document officiel, on voyait l'herbe disparaître rapidement, les habitants mettant de plus en plus de moutons sur le même terrain, et personne ne faisant d'efforts de conservation ou de renouvellement en partant du principe que d'autres allaient en profiter sans apporter de contribution. »

C'était bel et bien ce qui se produisait pour toutes les sortes de pêche : les prises d'églefin étaient tombées à un cinquième de ce qu'elles étaient en 1960, et les prises de morue avaient décliné des trois quarts. La responsabilité en incombait — comme presque toujours dans le domaine de la pêche — à une brutale évolution technique. De nouveaux procédés de réfrigération permettaient à des navires de parcourir d'incroyables distances en traitant leur poisson en cours de route, ce qui rendait totalement dérisoire la zone de trois milles censée protéger la plupart des pays. D'énormes navires-usines russes prenaient la mer pour plusieurs mois d'affilée en ratissant les fonds avec des filets capables de récolter trente tonnes de poisson en une seule prise. Ils allaient pêcher presque en vue des côtes américaines, et, en quelques années, les populations marines avaient connu des pertes de l'ordre de cinquante pour cent. Le Congrès américain se trouvait contraint d'agir, et, en 1976, il vota la loi Magnuson sur la protection et la gestion de la pêche, qui portait à deux cents milles des côtes la zone de souveraineté nationale. La plupart des autres nations suivirent cet exemple.

Mais, bien sûr, la véritable préoccupation n'était pas la préservation des poissons, mais la prospérité de la flotte de pêche américaine. Ayant chassé la concurrence, les États-Unis se mirent en devoir de construire une industrie de la pêche capable de dépeupler le Georges Bank avec autant d'efficacité que n'importe quel navire-usine russe. Après le passage de la loi Magnuson, les pêcheurs américains purent obtenir des prêts garantis par le gouvernement fédéral et s'équiper de bateaux à coque d'acier d'un quart de million de dollars.

Trois ans après l'adoption de la loi, la flotte de pêche de Nouvelle-Angleterre avait presque doublé, passant à 1 300 bateaux. Leur équipement nouveau amena des prises si gigantesques que les cours s'effondrèrent, et que les pêcheurs durent, pour compenser cette baisse des prix, employer des méthodes encore plus dévastatrices. Une ou deux bonnes saisons vers le milieu des années quatre-vingt vinrent masquer un moment la réalité, mais la fin était proche, et beaucoup de gens le savaient. Le premier, de toute éternité, à proposer une fermeture du Georges Bank, fut, en 1988, un pêcheur de Chatham nommé Mark Simonitsch, lors d'une réunion du conseil des pêcheries de Nouvelle-Angleterre. Simonitsch avait passé toute sa vie à pêcher au large du Cap Cod, et son frère, James, était un conseiller en sécurité maritime ayant travaillé pour Bob Brown. Tous deux connaissaient les pêcheurs, connaissaient le poisson et savaient où l'on allait.

Simonitsch proposait que le Georges Bank soit fermé à toute pêche pour une période indéfinie. Des hurlements le firent taire, mais un départ était donné.

La population d'espadons déclina moins vite que celle de certaines autres espèces, mais elle n'en déclina pas moins. En 1988, la flotte de l'Atlantique Nord mit plus de cent millions d'hameçons à la mer, et les registres de prises indiquaient des espadons de plus en plus jeunes. Finalement, en 1990, la Commission Internationale pour la Préservation des Thons suggéra un quota de pêche pour les espadons de l'Atlantique Nord. Et, l'année suivante, le National Marine Fisheries Service limita à trois millions et demi de kilos de chair d'espadon la prise des bateaux sous licence américaine, soit environ les deux tiers de la prise de l'année précédente. Chaque bateau sous licence américaine devait signaler sa prise dès son arrivée au port, et dès que le quota d'ensemble était atteint, les opérations de pêche étaient arrêtées. Une bonne année, le quota pouvait être atteint dès septembre. Une mauvaise, il pouvait ne pas être atteint du tout. Cette situation aboutissait au fait que les équipages ne faisaient plus seulement la course avec la saison ; ils faisaient également la course les uns contre les autres. Quand l'*Andrea Gail* quitta le port de Gloucester le 25 septembre, son équipage devait, pour la première fois, tenir compte d'un quota.

*

Albert Johnston ramène le *Mary T* sur les lieux de pêche le 17 octobre, et met sa ligne à la mer dès le premier soir. Il se trouve à une centaine de milles au sud de la Queue, sur la frange même du Gulf Stream, à environ 41 degrés nord et 51 degrés ouest. Il pêche le thon et s'en tire très bien. Une nuit, un groupe de baleines tueuses lui fait perdre pour 20 000 dollars de poissons, mais, le reste du temps, il en pêche quatre à cinq tonnes par nuit. C'est assez pour limiter une campagne à dix passes. Le *Mary T* se trouve dans les eaux chaudes du Gulf Stream, avec le reste de la flottille bien à l'est.

« À cette époque de l'année, souligne Johnson, c'est bien agréable de pêcher dans le Gulf. On a un peu moins mauvais temps qu'ailleurs. On peut encore récolter la pire des tempêtes mais, en moyenne, cela va mieux. »

Comme la plupart des capitaines de la région, Johnston a commencé à pratiquer la pêche professionnelle avant même de savoir conduire une voiture. Il était patron d'un bateau dès l'âge de dix-neuf ans, et a acheté sa première embarcation à vingt et un. Maintenant, à trente-six ans, il a une femme, deux enfants et une petite affaire de commerce de matériel de pêche en Floride. Il arrive un moment dans la vie d'un capitaine-propriétaire — après tous les efforts de la prime jeunesse, les angoisses de l'investissement initial — où il se dit qu'il peut ralentir un peu. Il n'a plus besoin d'aller sur les Bancs trop tard dans la saison. Il n'a plus besoin d'être en mer un mois sur deux. À trente-six ans, il est temps de donner leur chance aux plus jeunes, à ceux qui n'ont guère plus qu'une petite amie à Pompano Beach et une pile de courrier au *Crow's Nest.*

Et puis il y a, bien sûr, le problème des risques. Plus on sort, plus on risque de ne jamais revenir. Les dangers sont nombreux et divers : la grosse vague qui, sans prévenir, vous balaie du pont, l'hameçon qui vous transperce la paume, le pétrolier qui vient soudain couper votre bateau en deux. La seule façon de se garder de ces dangers est de cesser de faire rouler les dés, décision qu'un homme ayant une famille et une affaire à son nom est plus susceptible qu'un autre de prendre. Il y a plus d'hommes tués sur les bateaux de pêche qu'en tout autre emploi aux États-Unis. Johnston serait plus en sûreté en étant pompier, parachutiste ou flic à New York qu'en mettant sa ligne à l'eau au large du Cap Flamand. Johnston a connu beaucoup de pêcheurs morts en mer, et plus encore qui ont frôlé la mort d'horriblement près. La mort est toujours là à vous attendre, au milieu d'une tempête ou par un jour d'été sans un nuage. Vos équipiers regardent de l'autre côté, l'hameçon vous attrape, et brusquement, vous vous retrouvez au fond, au royaume des espadons.

En 1983, un ami de Johnston se trouva pris dans une tempête d'automne à bord d'un bateau de vingt-six mètres appelé le *Canyon Explorer*. Les vents soufflèrent à cent nœuds pendant un jour et demi, et la surface entière de l'océan entra en ébullition. Bien que faisant fonctionner son moteur à pleine puissance, le bateau fut repoussé de soixante milles en arrière. À un certain moment, le capitaine vit arriver sur lui une énorme vague grisâtre et bouillonnante qui fit exploser les vitres de la timonerie.

Cette tempête fut d'ailleurs si violente qu'elle dévasta le reste de la flottille de pêche. Un bateau appelé le *Lady Alice* eut ses superstructures arrachées et un membre de son équipage si grièvement blessé qu'il en resta paralysé à vie. Le *Tiffany Vance*, qui, une semaine plus tôt, avait transféré Joseph Pelczarski à bord de l'*Andrea Gail*, faillit sombrer en même temps que son navire jumeau, le *Rush*. Les deux bateaux se trouvaient à un mille l'un de l'autre lorsque la tempête frappa, et tous deux perdirent leur ancre. Celle du *Tiffany Vance* était accrochée à une chaîne, et, sans les cent kilos d'acier de l'ancre pour la tenir, celle-ci se mit à frapper contre la coque. Il fallut la couper. En caleçon et maillot de corps, attaché par la taille à l'aide d'une corde, Alex Bueno, le capitaine, s'aventura sur le pont avec un chalumeau. Il y avait de tels flots d'eau sur le pont, qu'il avait du mal à garder le chalumeau allumé. Néanmoins, il finit par arriver à sectionner la chaîne. Puis il rentra et attendit que le bateau coule.

« Nous n'avons même pas pris la peine d'appeler les Gardes-Côtes, raconte-t-il. Nous étions trop loin. Dans ces cas-là, vous ne pouvez compter que sur les gars qui sont avec vous. »

Le *Rush* avait de pires ennuis encore que le *Tiffany Vance*. Son ancre avait un câble au lieu d'une chaîne, et ce câble rompu était allé s'enrouler autour de l'arbre de propulsion, bloquant complètement l'hélice. Le bateau stoppa net dans l'eau et se mit en travers. Dans cette position et par ce temps, l'avenir d'un bateau peut normalement se compter en heures, si ce n'est en minutes. Wayne Rushmore, le capitaine, appela Bueno par radio et lui dit qu'il allait couler et avait besoin d'aide. Mais Bueno lui répondit qu'il coulait aussi. L'équipage du *Rush* se hasarda alors sur le pont, et, prenant des risques extraordinaires, réussit à dégager l'hélice. Pendant les quelques jours qui suivirent, les deux bateaux affrontèrent la tempête de conserve. À un moment, Bueno vit littéralement disparaître le soleil, et il s'aperçut que c'étaient tout simplement les plus hautes vagues qui bloquaient le ciel devant lui.

*

Billy passe un très mauvais moment. Après quatorze passes, il a moins de dix tonnes de poisson dans sa cale, ce qui est à peine suffisant pour couvrir les frais, et ne l'est certes pas pour payer six hommes d'un mois de leur existence. Quand Linda Greenlaw arrive sur les lieux de pêche, Billy lui dit qu'il est écœuré, et qu'il va lui falloir plus de carburant s'il veut essayer de gagner quand même un peu d'argent. Les bateaux de pêche se prêtent fréquemment des vivres ou du carburant en haute mer, mais Billy a, tout particulièrement, la réputation de pousser les choses à l'extrême. Ce n'est pas la première fois que Linda le tire d'affaire. Les deux bateaux se retrouvent au sud du Cap Flamand, et Linda lance un câble de remorque et un tuyau à Billy, qui vient se placer proue à poupe derrière elle. Les deux bateaux poursuivent un moment leur route, l'*Hannah Boden* remorquant l'*Andrea Gail*, tandis que, par le tuyau, le carburant est pompé dans les réservoirs de Billy. C'est une manœuvre dangereuse. Avec tout autre, Bob Brown insisterait pour que Linda se contente d'attacher des flotteurs à des barils de carburant et de mettre ceux-ci à la mer, mais, entre bateaux appartenant au même armateur, les choses sont différentes. Leurs équipages feraient presque n'importe quoi pour prendre l'avantage sur le reste de la flottille. Quand l'opération est terminée, Linda tire à son bord câble et tuyau, et les équipages se saluent longuement de la main tandis que les deux bateaux se séparent. Une demi-heure plus tard, l'un et l'autre ne sont plus que des carrés blancs sur leurs écrans radars respectifs.

Le carburant n'est toutefois que le premier des problèmes qui vont se poser à Billy. Tout au long du voyage, il a eu du mal à faire fonctionner correctement la machine à glace. Normalement, celle-ci devrait fournir trois tonnes de glace par jour, mais, le compresseur se révélant défaillant, elle n'arrive même pas à la moitié. Jour après jour, en conséquence, la qualité du poisson déjà pêché se détériore. Une perte d'un dollar par kilo aboutirait à diminuer la valeur de la prise de quelque 20 000 dollars. On ne peut y remédier qu'en prenant plus de poisson, ce qui entraîne qu'on reste encore plus longtemps. C'est le dilemme classique des pêcheurs depuis des siècles.

Et puis il y a l'équipage. Le climat, en son sein, se détériore presque à la même cadence que le poisson. Vers la fin d'un long voyage, les hommes risquent de commencer à se battre entre eux, à détourner clandestinement des vivres, à brimer les plus jeunes — en bref, à se conduire comme des détenus dans une prison, ce qu'ils sont à certains égards. On raconte que certains bateaux de pêche à l'espadon sont revenus au port avec des membres de leur équipage attachés à leur couchette. Billy est bien décidé à éviter ce genre de choses à son bord — tous les membres de son équipage sont plus ou moins amis, et il entend qu'ils le restent — mais il sait qu'on ne peut enfermer six hommes ensemble aussi longtemps sans que quelqu'un perde la tête. Ils sont en mer depuis trois semaines, et en ont encore deux au minimum devant eux. Il leur faut prendre très vite du poisson.

Billy continue à s'entretenir par radio avec les autres capitaines, à étudier la température et la qualité de l'eau. Il recherche activement cette concentration de plancton, de maquereaux et de calmars qui pourrait le sauver. En cinq bonnes passes, son équipage et lui pourraient inverser la situation. Il le sait. Et, avec ou sans glace, il ne prendra pas le chemin du retour avant d'y être arrivé.

*

Comme il se doit pour un capitaine, Billy Tyne a la seule cabine personnelle de l'*Andrea Gail.* À bord de certains bateaux, la cabine du capitaine est en haut, sur le pont, mais Billy, lui, est installé en bas, près du cabinet de toilette. Sa cabine a à peu près les dimensions d'un compartiment de wagon-lit. Elle recèle essentiellement un sac plein de linge sale et quelques photos collées à la cloison. Ces photos sont celles de ses deux filles, Billie Jo et Erica. Sept ans plus tôt, quand Billie Jo est née, Billy est resté à la maison pour s'occuper d'elle pendant que sa femme allait travailler. Billie Jo a donc pris l'habitude d'avoir un père auprès d'elle et a durement ressenti son absence quand il a repris la mer. Erica est née quatre années plus tard et n'a jamais rien connu d'autre ; pour elle, les pères sont des hommes qui disparaissent pendant des semaines et reviennent en sentant le poisson.

Petit et obscur, le poste d'équipage se trouve à tribord avant, au-delà de la cuisine. Il y a des couchettes de tous côtés, et le plancher est recouvert de tout ce que peuvent accumuler autour d'eux de jeunes hommes : vêtements, cassettes, boîtes de bière, paquets de cigarettes, magazines. Il y a aussi des douzaines de livres de poche, dont quelques romans de Dick Francis. Le fait que ceux-ci se déroulent dans le milieu des courses semble séduire les pêcheurs. Après tout, les courses représentent une autre façon de gagner ou de perdre beaucoup d'argent d'un seul coup. On se repasse les livres d'un équipage à l'autre, et certains se sont sans doute trouvés sur les Grands Bancs plus souvent encore que les pêcheurs eux-mêmes. Sur les cloisons, les

Billy Tyne (George Clooney) est le capitaine de l'*Andrea Gail*.

Bobby Shatford (Mark Wahlberg) a grandi à Gloucester,
une communauté de pêcheurs sur la côte Est des U.S.A.

Après son divorce, Bobby souhaiterait commencer une nouvelle vie avec son amie Christina Cotter (Diane Lane).

Bobby embarque sur l'*Andrea Gail* pour payer ses dettes.

Le *Crow's Nest* est la seconde maison des pêcheurs quand ils ne sont pas en mer.

Christina est heureuse et soulagée lorsque Bobby revient de son premier voyage.

Ce sont des hommes endurants aux opinions affirmées.

Bobby et Murph (John C. Reilly) stockent leur prise dans la chambre froide.

Billy Tyne est un marin aguerri qui sait d'instinct où trouver du poisson.

Le voyage d'octobre 1991 devait être le dernier de la saison pour Bobby.

Pour accroître ses prises, il navigue vers l'est
en direction du Cap Flamand, ignorant la tempête qui se prépare.

Il arrive qu'un requin se perde au milieu des espadons.

Linda Greenlaw (Mary Elizabethy Mantrantonio), le capitaine de l'*Hannah Boden*, se rend compte du désastre.

Le sloop *Satori* est déjà en détresse.

Billy et Bobby sont confrontés à l'orage.

Des vagues de plus de 30 mètres s'écrasent sur le bateau.

Le capitaine Tyne tente une manœuvre risquée.

L'*Andrea Gail* lors du tournage dans les Studios Warner Bros.

hommes ont collé des photos de leurs petites amies, en même temps que des pages découpées dans *Penthouse* ou dans *Playboy*.

La cuisine est, si l'on excepte la cale, la plus vaste salle du bateau. En plus de ses placards en bois blanc, de ses tubes fluorescents et de son fourneau à gaz à quatre feux, elle comporte un réfrigérateur commercial en acier inoxydable, une table en formica collée à la cloison avant et un banc s'étendant tout le long de la paroi bâbord, avec, au-dessus, un unique hublot. À l'arrière de la cuisine, une porte donne sur une petite réserve et sur une échelle métallique conduisant à la salle des machines. Trois portes étanches permettent, en principe, en cas de très gros temps, d'isoler hermétiquement toute la partie avant du bateau, protégeant l'équipage.

Le moteur, un turbo-diesel huit cylindres de 365 chevaux, a été refait en 1989, après une inondation à quai. Il actionne un arbre de transmission qui traverse la cale à poisson pour s'en aller entraîner l'hélice à l'arrière. La plupart des bateaux ont des protections scellant hermétiquement les parois traversées par l'arbre, mais tel n'est pas le cas de l'*Andrea Gail*. C'est là un point faible ; une inondation dans la cale à poisson pourrait s'étendre vers l'avant et mettre le moteur en panne, immobilisant ainsi le bateau.

À l'avant du moteur se trouvent un générateur de secours et trois pompes automatiques. Le rôle de ces pompes est d'expulser l'eau de la cale plus vite qu'elle y pénètre. Autrefois, il s'agissait de pompes à main, et il arrivait que les équipages passent des journées entières à les actionner. Si la tempête se révélait plus endurante que l'homme, le bateau sombrait. Il y a également des outils de toutes sortes dans des casiers métalliques, et toutes les pièces de rechange nécessaires à la reconstitution du moteur sont stockées dans des cartons et sur des étagères en bois.

Les capitaines cherchent par tous les moyens à éviter d'aller se faire réparer à Terre-Neuve. Cela représente non seulement une grave perte de temps mais aussi d'extravagantes dépenses. On parle encore d'une monstrueuse note de 50 000 dollars pour un travail qui aurait dû revenir à 3 500 dollars, les ouvriers ayant, à ce qu'on dit, mis systématiquement leurs tours au ralenti pour décupler pratiquement leurs heures supplémentaires. En conséquence, les patrons pêcheurs s'entraident autant qu'ils le peuvent en haute mer, se prêtant des pièces de rechange, échangeant des conseils d'ordre technique et fournissant, en cas de besoin, vivres et carburant. La concurrence permanente entre les bateaux opérant en même temps dans les mêmes eaux ne tue heureusement pas la solidarité. Cela semble extrêmement noble, mais c'est peut-être un peu moins désintéressé que cela ne le paraît ; chaque capitaine sait qu'il peut être le prochain à se retrouver avec un injecteur encrassé ou une fuite dans le système hydraulique.

À bord de l'*Andrea Gail*, le carburant est stocké dans deux réservoirs de 7 500 litres situés de part et d'autre de la salle des machines, et deux réservoirs de 6 600 litres à la poupe. Trente barils de plastique amarrés sur le pont contiennent encore 6 200 litres. Il y a en même temps 7 500 litres d'eau fraîche dans deux réservoirs et 1 800 litres dans des barils sur le pont. Et il y a aussi une machine qui purifie l'eau de mer en la faisant passer à travers une membrane si fine qu'elle filtre également virus et bactéries. Constamment couvert de sang et d'entrailles de poisson, le « boucher » du bord doit prendre une douche chaque jour. Les autres membres de l'équipage se douchent tous les deux ou trois jours.

On gagne la cale à poisson par une simple échelle métallique descendant à pic d'une écoutille au milieu du pont. Durant les tempêtes, le panneau d'écoutille est fermé aussi hermétiquement que possible et même assuré avec des câbles — mais les vagues parviennent parfois à l'arracher. Des panneaux en contreplaqué divisent la cale en des compartiments séparés pour empêcher la cargaison de glisser ; une cargaison qui glisse sous l'effet de la tempête peut coucher un bateau sur le flanc et l'y maintenir jusqu'à ce qu'il coule. Il y a, à l'arrière de la cale, une chambre froide de dimensions industrielles où sont stockés les vivres, puis, tout à la poupe, un autre compartiment abritant le mécanisme du gouvernail. Comme la salle des machines, il n'est pas séparé du reste du navire par des portes ou cloisons étanches.

Sur le pont, immédiatement en avant de l'écoutille de la cale, se trouve un abri avec une échelle menant à la passerelle. Derrière cette échelle sont stockées six bobines de pêche ayant la taille de roues de voiture. C'est également là que les hommes de l'équipage rangent leurs équipements de gros temps et, d'une manière générale, tout ce qui risquerait, laissé sur le pont, d'être balayé par la mer. Une avancée de la passerelle protège le gros tambour Lindegren supportant la ligne principale, et le pavois a été surélevé à bâbord. Des coffres contenant flotteurs et les bouées radios sont alignés contre lui.

À la poupe, un autre abri en bois léger, destiné à donner quelque protection aux appâteurs. Une forte vague venant de l'arrière risque toujours d'emporter cette construction un peu frêle, mais, autrement, elle est relativement protégée par la masse de la passerelle et du poste de pilotage. Le pont d'acier est garni de plaques antidérapantes. Le pavois, qui arrive à peu près à hauteur de la ceinture d'un homme de taille moyenne, comporte des dalots, c'est-à-dire des ouvertures permettant à l'eau qui arrive sur le pont de s'évacuer. Ces dalots sont habituellement obturés par des panneaux empêchant le poisson et les outils de glisser à la mer, mais ces panneaux sont retirés par gros temps. Ou, du moins, ils devraient l'être.

L'aptitude d'un bateau à évacuer l'eau de son pont est essentielle à sa survie par gros temps. Un bateau envahi par l'eau oscille, s'enfonce, ne gouverne plus et se trouve, pendant un certain moment, en extrême péril. Un pêcheur de Gloucester nommé Chris s'est trouvé dans cette situation et a cru sa dernière heure arrivée. Le bateau à bord duquel il se trouvait prit « un terrible coup de tabac ». La poupe se souleva, la proue s'enfonça et le plateau plongea littéralement dans la vague. Chris regarda par un hublot, et tout ce qu'il vit, ce fut du noir.

Si vous regardez par un hublot et voyez de l'eau blanche, cela veut dire que vous êtes encore près de la surface et en relative sécurité. Si vous voyez de l'eau verte, vous êtes au sein même de la vague. Mais si voyez de l'eau noire, c'est que vous vous êtes transformé en sous-marin.

« Je sentis le bateau stopper complètement, raconte Chris. Je me suis dit : “ Mon Dieu, on y a droit ! ” Nous restâmes un moment comme cela, puis l'eau se remit à bouillonner et nous remontâmes comme nous étions descendus. »

Beaucoup de choses auraient pu arriver au bateau de Chris à ce moment. Le moteur aurait pu être noyé.

L'eau aurait pu forcer le panneau d'écoutille et inonder la cale. Les vitres de la timonerie auraient pu éclater, le pavois aurait pu céder ou trente tonnes de poisson et de glace auraient pu se mettre en mouvement dans la cale, déséquilibrant irrémédiablement le petit bâtiment. Mais, même remontant à la surface comme un bouchon, le bateau aurait encore pu succomber sous le simple poids de l'eau accumulée sur son pont si, par malheur, quelque chose — un sac de couchage, un panneau d'écoutille, n'importe quoi — était venu obturer les dalots, empêchant l'évacuation du liquide. Il suffit d'un court moment de vulnérabilité, et la vague suivante retourne le bateau, hélices en l'air, équipage cul par-dessus tête, cargaison sens dessus dessous. Et c'est la fin.

Chaque bateau, quand il commence à rouler, a un point de non-retour. Le *Queen Mary* a été à deux doigts de chavirer au large de Terre-Neuve lorsqu'une vague isolée est venue frapper sa passerelle, à neuf mètres de hauteur. Le navire s'est renversé sur le côté pendant une longue et angoissante minute avant de retrouver son assise. Deux forces sont aux prises dans cette situation : la force de gravité, qui pousse le bateau vers le bas, et la flottabilité, qui le pousse vers le haut. La gravité est représentée par les poids combinés du bateau et de tout ce qu'il porte — équipage, cargaison, matériel — attirés vers le centre de la terre. La flottabilité est la force résultant de tout l'air enfermé dans la coque et s'efforçant d'élever celle-ci au-dessus de la surface de l'eau.

Sur un navire normalement stable, ces deux forces sont égales et s'annulent. Mais tout change quand ce même navire se couche sur l'un de ses côtés. Au lieu de se compenser verticalement, les deux forces se retrouvent aux prises latéralement. Le centre de gravité reste où il était, mais le pôle de flottabilité se transfère dans la partie submergée, où, proportionnellement, une plus grande quantité d'air s'est trouvée transférée en dessous de la ligne de flottaison. Normalement, la force de gravité continuant à s'exercer vers le bas, et la flottabilité s'exerçant vers le haut dans la partie submergée, le navire pivote sur son centre et se redresse. Mais tel n'est pas toujours le cas.

Il faut tout d'abord observer que, plus le bateau est large, plus il a de chances de s'en tirer ; il y a plus d'air emprisonné dans la partie submergée. En revanche, plus haut est le bateau — et plus élevé est son centre de gravité —, plus il risque de chavirer. Il y a toujours, et c'est mathématique, un point de non-retour. Mais, dans la réalité, avant même que ce point soit atteint, bien des ennuis lourds de conséquences peuvent se produire et amener le bateau à couler plutôt qu'à se redresser.

Le problème avec un bateau à coque d'acier qui commence à connaître des ennuis est que la courbe traduisant ceux-ci devient rapidement exponentielle. Plus le bateau connaît de difficultés, plus il est en passe d'en connaître et moins il est capable d'en sortir. Il y a une progression, puis une accélération auxquelles il est presque impossible d'échapper. Quand un bateau a ses fonds partiellement inondés, il est plus bas sur l'eau et encaisse des coups de roulis de plus en plus prolongés. Il gouverne moins et subit des dégâts qui ne cessent de s'aggraver. Au bout d'un moment, à ce régime, les pompes ne suffisent plus, et le moteur risque d'être noyé. Si tel est le cas, le bateau ne gouverne plus du tout et il se met par le travers, s'exposant à la pleine force des vagues. Et là, finalement, les superstructures et même une partie du pont cèdent, et la cale commence à être envahie par l'eau. C'est l'arrêt de mort du bateau.

À Portland, dans le Maine, le Service de Sécurité Maritime des Gardes-Côtes dispose d'une cassette vidéo montrant un bateau de pêche en train de couler de cette façon au large de la Nouvelle-Écosse. Il avait été éperonné en son milieu par un autre bateau dans le brouillard. La séquence vidéo montre le bateau éperonneur reculant de toute la puissance de son moteur immédiatement après la collision. Puis, en vingt secondes, tout est fini ; le bateau de pêche abordé se dresse sur son arrière, la proue pointant vers le ciel, et sombre. Il coule si vite qu'il semble être arraché de la surface de l'eau par quelque main géante. Les dernières images montrent les hommes de l'équipage plongeant de la proue dans la mer et tentant de parcourir à la nage la quinzaine de mètres les séparant de l'autre bateau. La moitié n'y parviendront pas, aspirés par le remous créé par leur bateau en train de sombrer.

Des tests de stabilité — considérés par les Gardes-Côtes comme d'une valeur toute relative — peuvent être effectués à quai avant qu'un bateau ne prenne la mer, mais ils ne sont obligatoires que pour les bâtiments dont la hauteur de la quille au pont dépasse 79 pieds (23 mètres 70). À cet égard, l'*Andrea Gail* n'atteignait que 72 pieds. En conséquence, quand, en 1986, le bateau avait été révisé et modifié, Bob Brown s'était contenté de le mettre en cale sèche et d'exécuter les travaux qu'il jugeait utiles sans consulter le moindre architecte maritime — et sans procéder au moindre test de stabilité. Cette pratique, familièrement surnommée « refonte au pifomètre », est d'ailleurs courante pour les bateaux de pêche ne dépassant pas certaines dimensions. Les travaux sur l'*Andrea Gail* furent exécutés aux chantiers de la compagnie St. Augustine Trawlers, à St. Augustine, en Floride. En tout, huit tonnes de structures et de matériel furent ajoutées au bateau.

Lorsque les travaux furent terminés, le contrôleur maritime James Simonitsch — dont le frère allait proposer, l'année suivante, l'interdiction à la pêche au Georges Bank — se rendit par avion en Floride pour réinspecter l'*Andrea Gail*. Deux ans plus tôt, il avait eu la charge d'évaluer, pour le règlement financier du divorce de Bob Brown, l'*Hannah Boden* et l'*Andrea Gail*, et il avait estimé la valeur de ce dernier à 400 000 dollars. Après son deuxième examen, en janvier 1987, Simonitsch écrivit à Bob Brown en lui faisant quelques suggestions mineures, mais en déclarant l'ensemble satisfaisant.

« Les modifications et le matériel supplémentaire, écrivait-il, donneront au bateau la possibilité de faire de plus longs séjours en mer et d'en revenir avec un produit de haute qualité. »

La question de la stabilité ne fut à aucun moment soulevée.

En 1990, les chantiers de St. Augustine furent mis à l'encan par les services fiscaux pour non-paiement d'impôts. En octobre de la même année, Simonitsch visita l'*Andrea Gail* à Gloucester et fit quelques suggestions de plus, concernant notamment le radeau de sauvetage, le remplacement d'une batterie et la mise en place de fusées de détresse dans la timonerie. Là encore, il ne fut pas fait mention d'un test de stabilité, mais la loi ne l'exigeait nullement. En novembre, le principal contrôleur de la Marine Safety Consultants, la compagnie qui employait Simonitsch, inspecta l'*Andrea Gail* une dernière fois et écrivit :

« Ce bateau présente toutes les caractéristiques requises pour sa fonction. »

Pourtant, si Billy Tyne avait été enclin à se faire du souci, un certain nombre de choses auraient pu lui donner matière à réflexion, surtout après les modifications effectuées à St. Augustine. La passerelle prolongée supportait dorénavant le poids d'une machine à glace et de trois douzaines de barils pleins, au moins au départ. Le centre de gravité du bateau avait été porté plus haut, ce qui l'amènerait à récupérer un peu plus lentement après les coups de roulis. Il n'y avait que deux autres bateaux dans la flottille — l'*Eagle Eye* et le *Sea Hawk* — à placer leur carburant de réserve sur le pont supérieur. Le pavois tribord de l'*Andrea Gail* risquait, lui aussi, de poser un problème. Il avait été surélevé et prolongé pour mieux protéger le matériel de pêche, mais il tendait, en même temps, à retenir l'eau sur le pont.

La réputation de Bob Brown à Gloucester est peu facile à définir d'une seule phrase. D'un côté, c'est un homme d'affaires à la réussite phénoménale, parti de rien et continuant à travailler aussi dur que n'importe quel membre de ses équipages. D'un autre côté, il est difficile de trouver, dans toute la ville, un pêcheur qui lui soit favorable. Il faut toutefois préciser que, dans la profession, on ne réussit pas en se faisant aimer des autres, on réussit en étant dur. Certains — comme, à Gloucester également, « Hard » Bob Millard — sont durs avec eux-mêmes, et d'autres sont durs avec les gens qu'ils emploient. Brown est dur des deux façons. Quand il était jeune, on l'appelait « Crazy Brown » (Brown le Fou) car il prenait les risques les plus terribles, partant tout l'hiver pêcher la morue et l'églefin dans un bateau de bois non ponté. Il n'avait ni radio, ni compas, ni sondeur, et travaillait seul car personne ne voulait venir avec lui. Il se rappelle certains jours d'hiver où il devait utiliser une luge pour gagner son point d'ancrage sur la glace qui bloquait le port.

« J'avais une famille à nourrir, explique-t-il, et je tenais à toutes forces à le faire. »

Il ne lui est arrivé qu'une seule fois dans sa vie de travailler pour quelqu'un d'autre ; il a passé six mois au service d'une société étudiant la population langoustière sur le plateau continental sous-marin. C'était en 1966. Trois ans plus tard, il travaillait pour son compte à deux cents milles au large des côtes à bord d'un bateau en bois de douze mètres.

« Jamais eu un pépin, affirme-t-il. Jamais même une vitre cassée. Les gros bateaux ne sont pas nécessairement les meilleurs. »

En fin de compte, il s'est retrouvé avec quatre ou cinq bateaux opérant à partir de Gloucester et lui rapportant des centaines de milliers de dollars par an. Un hiver, son fils et lui, revenant du Georges Bank, virent la glace qui commençait à s'accumuler sur leur pont.

« Si vous commencez à faire de la glace sur le Georges, dit Bob Brown, vous savez que vous allez vous retrouver dans un vrai pétrin en approchant de la côte. Nous reprîmes le large, et, cette nuit-là, le vent se mit à souffler à cent nœuds du noroît et il se mit à neiger. L'anémomètre ne va pas au-delà de cent et il y est resté bloqué pendant trois jours d'affilée — bloqué comme s'il était cassé. Nous étions sur un bateau à coque d'acier et cela n'allait pas si mal. L'acier est plus dur que le bois, que personne ne vienne vous dire le contraire. Ceux qui vous disent le contraire, ce sont des romantiques. Mais il faut reconnaître que l'acier, cela coule plus vite. Cela coule... eh bien, comme un morceau de ferraille. »

Le ressentiment des gens de Gloucester envers Bob Brown atteignit son comble en 1980, quand Brown perdit un homme à bord d'un bateau nommé le *Sea Fever*. Le *Sea Fever* était un bâtiment en bois de quinze mètres qui relevait des casiers à homards sur le Georges Bank avec un équipage de trois hommes. On était à la fin novembre, et les services météorologiques avaient annoncé plusieurs jours de vents modérés, mais ils se trompaient de façon catastrophique. L'une des pires tempêtes dont on ait souvenir venait juste de souffler au large des Carolines. Durant toute la nuit, les vents remontèrent en hurlant vers le nord, et, vers l'aube, la tempête vint frapper le Georges Bank, soulevant sur des hauts fonds déjà particulièrement traîtres des vagues de vingt mètres de haut. Pour rendre les choses pires encore, une bouée météorologique vitale avait cessé de fonctionner correctement depuis deux mois et demi, et les services en principe compétents ne savaient donc plus exactement ce qui se passait sur le Georges Bank. Les hommes du *Sea Fever* et ceux d'un autre bateau, le *Fair Wind*, de 16 mètres 50, se réveillèrent pour découvrir que la tempête était sur eux et qu'il leur fallait lutter pour leur survie.

Ce fut le *Fair Wind* qui fut le plus durement frappé. Une énorme vague le fit chavirer, et les quatre hommes de son équipage se retrouvèrent emprisonnés dans le poste de pilotage inondé. L'un d'eux, un mécanicien de trente-trois ans nommé Ernie Hazard, réussit à faire provision d'air et à s'échapper par une fenêtre. Il fit surface et nagea jusqu'à un radeau pneumatique autogonflable qui avait jailli, toujours amarré, à côté du bateau. Celui-ci continua à flotter, la coque en l'air, pendant une heure, mais le reste de l'équipage ne parvint pas à sortir, et, finalement, Hazard se décida à larguer l'amarre et partir à la dérive sur le radeau. Pendant deux jours, il dériva ainsi à travers la tempête, se retournant plusieurs fois, jusqu'au moment où un chasseur à réaction P-3 de la Marine le repéra et lança à proximité de lui un pot fumigène de repérage orange. Il fut ensuite recueilli par un navire des Gardes-Côtes et transporté par hélicoptère jusqu'à un hôpital du Cap Cod. Il avait réussi à survivre deux jours dans l'Atlantique Nord seulement revêtu de son maillot de corps et de son caleçon long. Quand on lui demanda ensuite combien de temps il lui avait fallu pour se réchauffer après cette épreuve, il répondit sans la moindre ombre d'ironie : « Oh, trois ou quatre mois. »

Le *Sea Fever* s'en tira un tout petit peu mieux, mais souffrit également. Il perdit toutes ses vitres d'un coup ; le verre renforcé d'un centimètre et demi d'épaisseur éclata comme si un obus l'avait frappé. Le capitaine, qui se trouvait être le fils de Bob Brown, tenta de virer pour éviter l'inondation complète, mais la vague le prit alors par le travers et projeta l'un des membres de l'équipage hors de la timonerie et par-dessus bord. Il s'appelait Gary Brown, mais n'était, lui, aucunement parent de Bob Brown. Tandis qu'un des marins restant à bord descendait remettre le moteur en marche, un autre lança une bouée à Brown. Elle arriva juste devant lui, mais il ne fit aucune tentative pour la saisir. Il dériva loin du bateau, le regard vide.

Les deux survivants lancèrent un message de détresse, et, une heure plus tard, un hélicoptère des Gardes-Côtes vint les survoler dans l'obscurité. Entre-temps, les deux hommes avaient réussi à redresser le bateau et à pomper l'eau qui l'envahissait. « Voulez-vous rester à bord ou préférez-vous être évacués par treuil ? » leur demanda par radio le pilote de l'hélicoptère. « Nous allons rester », répondirent-ils. Le pilote leur fit parvenir une pompe d'appoint, puis remit le cap sur la côte, car sa réserve de carburant commençait à baisser. Sur le chemin du retour, il brancha son projecteur pour tenter d'apercevoir Gary Brown, mais tout ce qu'il pouvait distinguer était l'écume des vagues.

Quatre ans plus tard, un magistrat de Boston, le juge Joseph Tauro, rendit un arrêt accusant le Service Météorologique National de négligence pour n'avoir pas réparé la bouée défaillante et, de plus, pour n'avoir pas informé les pêcheurs que les prévisions qu'il leur fournissait se fondaient sur des informations incomplètes. C'était la première fois qu'un service du gouvernement fédéral était rendu responsable d'une prévision erronée, et la nouvelle sema la terreur dans toute la fonction publique américaine. Tout accident d'avion, de bateau ou même d'automobile pouvait maintenant entraîner une responsabilité des services météorologiques. La National Oceanic and Atmospheric Administration fit appel de la décision, qui fut promptement cassée par une cour supérieure.

Rien en tout cela, bien sûr, n'était la faute de Bob Brown. Ce n'était pas une folie que d'aller sur le Georges en novembre — Brown lui-même l'avait fait toute sa vie, et bien pire encore — et rien ne laissait prévoir la tempête. De plus, le *Sea Fever* était resté à flot alors qu'un plus gros bateau à coque d'acier sombrait. Il n'en demeurait pas moins qu'un homme avait péri sur l'un des bateaux de Brown, et, pour beaucoup de gens, il n'en fallait pas plus. La légende voulait qu'un jour, près des Grands Bancs, Bob Brown ait repéré la plus énorme vague qui se puisse imaginer sans interrompre pour autant ses opérations de pêche, continuant paisiblement à remonter sa ligne. On s'était mis à l'appeler « Suicide Brown », en disant que travailler avec lui revenait à risquer sa vie. Puis, vers le milieu des années quatre-vingt, un autre accident vint renforcer cette impression.

C'était l'époque où certains bateaux faisaient rentrer un bon million de dollars par an. Brown se trouvait sur les Grands Bancs avec l'*Hannah Boden* et il se trouva en train de remonter la ligne par un vent de soixante nœuds. À un moment, une énorme vague vint balayer le pont, et lorsque celui-ci émergea de l'eau, deux hommes étaient passés par-dessus bord. Ils portaient cirés et cuissardes et pouvaient à peine bouger dans les eaux glaciales de Terre-Neuve. L'un d'eux coula immédiatement, mais l'autre se trouva projeté contre la coque du bateau, et l'un de ses camarades à l'esprit vif lui tendit une gaffe par-dessus le bord. Le croc de la gaffe transperça la main de l'homme, mais la situation était trop grave pour qu'on s'en soucie. Ses camarades le hissèrent à bord ainsi. Ils durent faire ensuite quatre cents milles à plein régime pour se retrouver à portée d'hélicoptère et faire ainsi évacuer le blessé vers un hôpital.

Billy, toutefois, se soucie fort peu de la réputation de Brown. Brown n'est pas à bord de l'*Andrea Gail*, il est à douze cents milles de là, à Gloucester, et si Billy ne veut pas l'entendre, il lui suffit de ne pas faire fonctionner sa radio. De plus, Billy faisant rapporter beaucoup d'argent au bateau, Brown n'a rien à lui dire. Tout ce dont Billy a besoin, c'est de cinq hommes, d'un bateau bien entretenu et d'assez de carburant pour faire l'aller et retour au Cap Flamand.

Les cinq premières passes de la campagne de Johnston ont lieu dans la période de lune croissante, où l'on tend à prendre essentiellement des poissons mâles de taille réduite — alors qu'en lune décroissante, les poissons femelles de grande taille sont en principe au programme. Le record réalisé par Johnston durant cette première période est de vingt-sept hameçons successifs avec, sur chacun, un poisson, généralement un petit mâle. Le jour de la pleine lune, il se met brusquement à prendre d'énormes poissons femelles, situation qui se maintiendra pendant environ deux semaines.

« Vous pouvez passer, précise Johnston, de poissons d'un poids moyen de trente à trente-cinq kilos, tous mâles, à quatre ou cinq pièces de près de quatre cents kilos, toutes femelles. La pleine lune leur fait perdre la tête. »

La pleine lune arrive le 23 octobre, et Johnston a calculé sa sortie de façon à profiter de cette date. Il y a des capitaines qui misent tout sur le cycle lunaire. Après les cinq premières passes, les prises de Johnston commencent à devenir intéressantes. À partir du 21, il arrive à prendre à peu près trois tonnes par jour, de quoi compléter sa campagne en une semaine. Le temps a été exceptionnellement clément pour la saison, et, tous les soirs, Johnston met rapidement, par radio, le reste de la flottille au courant de la situation. Comme il commande le bateau le plus à l'ouest, les autres comptent sur lui pour savoir ce qu'il convient de mettre à l'eau. Personne ne tient à avoir soixante-cinq kilomètres de ligne à la mer si une tempête s'annonce. Le 22 octobre, le *Laurie Dawn 8*, commandé par un Texan bien tranquille du nom de Marry Davis, quitte New Bedford pour les Grands Bancs. C'est le dernier bateau de la saison à se rendre sur les lieux de pêche. Le même jour, un navire porte-conteneurs nommé le *Contship Holland* quitte le port du Havre pour celui de New York. Son itinéraire classique, en quittant la Manche et franchissant l'Atlantique, lui fait traverser directement les zones de pêche. Éparpillés au sud du Cap Flamand, il y a l'*Hannah Boden*, l'*Allison*, le *Miss Millie* et le *Seneca*. Le *Mary T* et le *Mr. Simon* sont au sud-ouest de la Queue, à proximité immédiate du Gulf Stream, et Billy Tyne est à près de six cents milles à l'est.

Billy a connu la plus mauvaise phase de la lune, ce qui explique peut-être la maigreur de ses prises, mais les choses commencent à changer vers le 18. Toute la flottille, en fait, se met à prendre un peu plus de poisson à l'approche de la pleine lune. Tyne ne précise à personne l'ampleur de ses prises, mais il compense rapidement trois semaines de pêche médiocre. Il embarque probablement de l'espadon au même rythme que Johnston prend du thon, soit deux tonnes et demie à trois tonnes par jour. Vers la fin du mois, il a près d'une vingtaine de tonnes de poisson dans sa cale, soit la valeur de quelque 160 000 dollars.

« J'ai parlé avec Billy le 24, raconte Johnston, et il m'a dit qu'il avait rempli son bateau. Il s'apprêtait à rentrer alors que nous autres, nous commencions seulement. On le sentait content. »

Billy termine sa dernière passe le 25 vers midi, et — alors que l'équipage continue à ranger son matériel — vire de bord pour prendre le chemin du retour. L'*Andrea Gail* va être l'un des seuls bateaux au port avec une cale pleine, ce qui veut dire, sur le plan commercial, peu de concurrence et des prix élevés. Tout capitaine rêve de rapporter vingt tonnes de poisson dans ces conditions. Le temps est clair, le ciel bleu avec des traces de cirrus et un bon vent de noroît fait friser la mer. Billy, en même temps, a une machine à glace défaillante et douze cents milles à parcourir du Cap Flamand, où il se trouve encore, jusqu'à Gloucester.

Les facteurs qui placent un certain bateau à un certain endroit, à un certain moment sont si divers, si complexes et si soumis au hasard qu'ils ne peuvent être catalogués et encore moins prévus. Nous avons là, au total, cinquante à soixante personnes — pêcheurs et marins de tous genres — qui convergent vers la zone des tempêtes de l'Atlantique Nord. Certains ont pris ce cap des mois auparavant et s'y tiennent, inexorablement. D'autres n'ont fait le mauvais choix que quelques jours auparavant.

*

Au début du mois de septembre, un marin en retraite nommé Ray Leonard a commencé à s'enquérir dans Portland d'un équipage pouvant l'aider à amener aux Bermudes son voilier Westsail de 9 mètres 60. Portland est, dans le Maine, l'une des capitales de la voile ; on y fait des régates l'été, les équipages descendent l'hiver vers les Caraïbes et on pratique un peu de ski nautique hors saison. On présenta très vite à Leonard Karen Stimson, une femme de quarante-deux ans réputée l'un des marins les plus expérimentés du cru. Stimson avait commencé à naviguer comme équipière quand elle était adolescente, avait obtenu vers la trentaine son brevet de maître et avait traversé plusieurs fois l'océan à bord de pétroliers. Entre deux voyages, elle travaillait comme dessinatrice technique pour un ami de Leonard avec une autre femme, Sue Bylander, âgée de trente-huit ans. Leonard leur proposa à toutes deux une place sur son bateau à condition qu'elles reviennent des Bermudes par leurs propres moyens, et leur patron accepta de les libérer le temps nécessaire. Elles saisirent l'occasion, et le départ fut fixé au dernier week-end d'octobre. Un mois plus tard, donc, le sloop de Leonard, qui s'appelait le *Satori*, quitta son mouillage à la Great Bay Marina de Portsmouth, dans le New Hampshire, et descendit lentement au moteur la rivière Piscataqua en direction de l'océan.

Il faisait si doux que l'équipage était en T-shirts sur le pont. Le ciel avait le bleu délavé de l'été indien, et une légère brise soufflait de l'ouest, poussant le bateau. Celui-ci retrouva un autre voilier à l'embouchure de la rivière, arrondit la pointe de Kittery et mit cap à l'est. Les deux bateaux se dirigeaient de conserve vers le Grand Chenal Sud entre le Georges Bank et le Cap Cod, d'où ils allaient piquer plein sud en direction des Bermudes. Bylander resta dans le carré à ranger vivres et matériel, pendant que Stimson et Leonard bavardaient, installés sur le pont. Le brouillard se leva alors qu'ils atteignaient l'île de Shoals, et, à la nuit tombée, le *Satori* se retrouva seul sur une mer étrangement calme.

Quand Bylander eut terminé ses rangements, tous trois s'installèrent autour de la table du carré pour manger des lasagnes préparées par la mère de Stimson.

Stimson a des cheveux blonds couleur de paille et un regard gris à la fois direct et réfléchi, le regard d'une personne capable d'apprécier une situation, d'en évaluer les risques et d'en tirer la décision qui s'impose dans le même instant. Ce n'est pas une romantique — « si vous cherchez le grand frisson, ce n'est pas sur un pétrolier que cela va arriver » — mais elle est profondément amoureuse de l'océan. Elle n'est pas mariée et n'a pas d'enfants. C'est l'équipière idéale pour ce genre de croisière.

Ray, demande-t-elle pendant le dîner, tu as écouté un bulletin météo récemment ?

Leonard hoche la tête.

Tu as entendu qu'il y a un front orageux qui arrive ?

Ce ne devrait pas être un problème, répond-il. Nous pouvons toujours couper par Buzzard's Bay.

Buzzard's Bay se trouve à l'extrémité ouest du canal du Cap Cod. Par vraiment gros temps, on pourrait presque aller de Boston à New York par des voies navigables protégées. Ce n'est pas particulièrement beau, mais on est en sécurité.

« Ray avait l'habitude de naviguer en solitaire, explique Stimson, et peut-être que le fait de m'avoir à bord le faisait se sentir encore plus invulnérable. Et puis, il y a un moment où vous êtes déjà si loin que vous ne voulez pas faire demi-tour et vous continuez à vous éloigner de la côte. Dans l'avenir, c'est *moi* qui écouterai les prévisions météo, et c'est *moi* qui déciderai, en tant qu'équipière, si je veux continuer. Le degré d'expérience du capitaine n'aura aucune importance pour moi. »

On était le 26 octobre. Les destins de Stimson, de Bylander et de Leonard allaient se mettre à converger avec ceux de quelques douzaines d'autres personnes au large de la côte de Nouvelle-Angleterre.

*

Billy, comme Leonard, a indubitablement entendu le bulletin météo, mais il est encore moins enclin à en tenir compte. Les bulletins météorologiques semblent aux capitaines d'une importance vitale pour la pêche, mais beaucoup moins dignes d'attention quand on est simplement sur le chemin du retour. Quand la campagne est finie, les patrons de pêche se contentent généralement de remballer leurs outils et de mettre le cap sur leur port d'attache.

Les erreurs tendant à s'enchaîner et à s'accumuler, plus le voyage a été long, plus le capitaine doit faire attention lorsqu'il détermine le cap initial pour son trajet de retour. Une erreur d'un seul petit degré fait dévier un bateau de trente milles avant qu'il regagne Gloucester, et un mois de telles erreurs peut facilement allonger d'un jour entier le voyage de retour. Lorsque Billy Tyne amorce le sien, un cap à 260 degrés pourrait l'amener directement au Cap Ann, mais il lui faudrait, en même temps, passer trop près de Sable Island, qui présente un très grave danger pour la navigation. (« J'essaie toujours de l'éviter d'au moins quarante ou cinquante milles », précise Charlie Reed.) Le chenal entre Sable et la Nouvelle-Écosse bénéficie d'un bon contre-courant froid qui s'amorce au Labrador et embrasse la côte jusqu'au Cap Hatteras, mais, pour une raison ou pour une autre, Billy décide de ne pas passer par là. Il choisit de traverser la Queue vers les 44 degrés nord, puis, après avoir laissé Sable au loin, de mettre le cap à l'ouest vers Gloucester.

Pour la navigation en eaux normales, les bateaux de pêche utilisent le GPS (*Global Positioning System*), qui détermine une position par rapport aux satellites militaires tournant autour de la terre puis la traduit en longitude et latitude. Le résultat est précis à quatre ou cinq mètres près. Les pêcheurs se servent du GPS en complément du loran, qui fonctionne en mesurant le temps qu'il faut à deux signaux radio à basse fréquence émis par deux stations côtières séparées pour atteindre le bateau.

Mais, même avec deux dispositifs électroniques différents, des erreurs peuvent se produire — dues à de multiples causes allant de phénomènes magnétiques à des interférences électriques. De plus, ces combinaisons donnent une direction idéale, ne tenant pas compte de la courbure de la surface terrestre, alors que les bateaux doivent, bien sûr, décrire un arc pour aller d'un point à un autre, ce qui, par exemple, implique une correction de onze degrés nord entre Gloucester et le Cap Flamand.

Le 24 octobre au soir, Billy Tyne procède à ses relevés et à ses calculs, détermine un cap à 250 degrés vers la Queue et apporte les corrections nécessaires. Cela devrait l'amener à la Queue en trois jours environ. Là, il remontera de quatorze degrés et déterminera une autre route pour Gloucester, entre le Gulf Stream au sud et Sable Island au nord. C'est un itinéraire relativement direct qui évite le courant contraire chaud du Gulf et ne se rapproche pas trop de Sable. En maintenant l'allure jour et nuit, Billy envisage un voyage d'une semaine environ. Cela fait maintenant un mois que le diesel tourne sans relâche, et, sans la diversion créée par un travail également constant, il paraît soudain horriblement bruyant à l'équipage. Il n'y a aucun moyen d'échapper à ce vacarme, qui vous secoue le crâne et les tripes, qui vous fait bourdonner les oreilles. Si les hommes n'avaient pas un tel retard de sommeil, le bruit en arriverait sans doute à les empêcher de s'endormir.

Au bout de deux jours et demi, l'*Andrea Gail* a couvert 450 milles environ. Le temps est beau, et il y a une bonne houle venant du nord-est. À 15 heures 15, l'après-midi du 27 octobre, Billy Tyne entre en contact par radio avec les Gardes-Côtes canadiens pour leur signaler qu'il entre dans leurs eaux territoriales.

« Ici le bateau de pêche américain *Andrea Gail*, WYC 6681, dit-il. Nous trouvons à 44,25 nord, 49,05 ouest. Destination Nouvelle-Angleterre. Tous nos engins de pêche rentrés. »

Les Gardes-Côtes de Saint-Jean de Terre-Neuve lui

donnent l'autorisation de poursuivre sa route. Le reste de la flottille de pêche à l'espadon se trouve, dans l'ensemble, à deux cents milles à l'est, et Albert Johnston, quant à lui, est à deux cents milles au sud. Billy remonte de quatorze degrés, mettant le cap directement sur Gloucester. L'*Andrea Gail* va dorénavant plein ouest en pilotage automatique. Vers la tombée de la nuit, une carte météo canadienne sort du fax. Il y a un ouragan au large des Bermudes, un front d'air froid descendant du plateau canadien et une tempête en gestation au-dessus des Grands Lacs. Tout cela se dirige vers les Grands Bancs. Quelques minutes plus tard, Linda Greenlaw appelle Billy par radio.

« Billy, tu as vu la carte ? »

« Oui, je l'ai vue. »

« Qu'est-ce que tu en penses ? »

« J'ai l'impression qu'on va en prendre plein la figure. »

Ils conviennent de se rappeler le lendemain afin que Billy donne à Linda la liste de ce dont il va avoir besoin. Billy n'a pas la moindre envie de parler à Bob Brown. La communication terminée, il passe la barre à Murph et descend dîner. Lui-même et son équipage sont dans un grand bateau à coque d'acier avec vingt tonnes de poisson dans la cale, sans compter la glace. Il en faut beaucoup pour faire couler une embarcation de ce genre. Vers 21 heures, une demi-lune apparaît à bâbord. L'air est calme, le ciel étoilé. Mais, à deux mille milles de là, cela se gâte.

L'ENFER VU DE FACE

« De la terre à la mer, de la mer à la terre, les hommes ne pouvaient que se regarder à travers la neige qui tombait et comprendre combien peu d'importance ils avaient. »

SIDNEY PERLEY, *Tempêtes historiques de Nouvelle-Angleterre*, 1891

La pêche à l'espadon exige une bonne dose de fatalisme. Lorsque les bateaux traversent une zone de très gros temps, leurs équipages ferment hermétiquement les panneaux d'écoutille, branchent le magnétoscope et placent leur foi en la robustesse de la coque d'acier qui les entoure. Et cependant, chaque homme sait qu'il y a des vagues capables de la faire éclater comme une simple coquille de noix. Des océanographes ont calculé que, théoriquement, la hauteur maximale pouvant être atteinte par une vague était de soixante mètres. Une vague de cette taille pourrait mettre à mal plus d'un grand pétrolier, pour ne pas parler d'un bateau de pêche de 21 mètres 60.

Mais quand on commence à être fataliste, il est difficile de savoir où s'arrêter. Jour après jour, on voit des capitaines surcharger leurs bateaux, ignorer les avis de tempête, entasser leurs radeaux de sauvetage dans l'habitacle et débrancher leurs dispositifs de détresse. Selon les inspecteurs du Service des Gardes-Côtes, faire naufrage paraît tellement impensable à certains capitaines qu'ils ne prennent même pas les précautions les plus élémentaires. « Nous n'avons pas besoin d'un

EPIRB, car nous n'avons aucune intention de couler », affirment-ils froidement. L'une des cassettes vidéo conservées dans les archives des Gardes-Côtes de Portland — et montrées aussi souvent que possible aux pêcheurs locaux — a été enregistrée dans la timonerie d'un bateau de commerce durant un réel coup de chien. On voit la proue du bateau se soulever et s'abaisser sans cesse, chevauchant d'énormes vagues ourlées d'écume blanche. À un moment, le capitaine déclare devant la caméra, d'un ton légèrement suffisant : « Oui, c'est là que vous devez vous trouver, bien installé dans votre timonerie, votre petit domaine à vous… »

Et, à cet instant, un véritable mur d'eau de la taille d'une maison emplit l'écran. Une vague épaisse, écumante et presque verticale. Elle engouffre la proue, le pont avant et la timonerie elle-même, dont elle fait exploser toutes les vitres. La dernière chose qu'enregistre la caméra est l'eau se précipitant vers elle comme le poing humide d'un boxeur géant.

Plus vous travaillez loin de la côte, moins vous devez être suffisant. Tout navigateur du dimanche peut savoir que, quelles que soient les bêtises qu'il commette, les Gardes-Côtes viendront le chercher, mais les pêcheurs d'espadon n'ont pas ce recours. Ils opèrent à quatre ou cinq cents milles de la côte, hors du rayon d'action des hélicoptères. En conséquence, Billy, comme tout vrai marin, a le plus grand respect pour le poing géant qui peut s'abattre sur son bateau. Quand il reçoit par fax la carte météo, il avertit sans aucun doute son équipage qu'un énorme grain est en route. Il y a des choses très précises à faire pour survivre à une tempête en mer, et pour que les membres de l'équipage les fassent et les fassent bien, il faut qu'ils soient tous en alerte. Billy a pratiqué la pêche toute sa vie. Peut-être pense-t-il que rien ne peut le couler. Ou peut-être la mer est-elle son cauchemar permanent.

Un bon équipage dûment mis en alerte commence par tout verrouiller à bord : panneaux d'écoutilles, hublots, portes étanches. Il faut à toutes forces empêcher les vagues de forcer les ouvertures pour aller inonder la cale. On s'assure tout particulièrement des issues du compartiment abritant le mécanisme du gouvernail. Nombre de bateaux ont coulé parce que ce compartiment avait été inondé. On vérifie les filtres des pompes et on élimine tout débris pouvant flotter sur l'eau des fonds. On dégage le pont de tout ce qui peut y traîner — engins de pêche, gaffes, cirés, bottes — et on range. On retire les panneaux des dalots afin que l'eau arrivant sur le pont puisse s'évacuer. On resserre les attaches de l'ancre et on double celles des barils sur la passerelle. On ferme les arrivées de gaz sur le fourneau à propane. Dans la salle des machines, on attache tout ce qui pourrait partir à la dérive et provoquer des dégâts. On modifie le contenu des réservoirs de carburant de façon que certains soient vides et d'autres aussi pleins que possible, afin d'éviter que le déplacement des masses liquides amène un changement du centre de gravité.

À bord de certains bateaux, on accorde un supplément de paie à l'un des membres de l'équipage pour qu'il s'occupe du moteur, mais tel n'est pas le cas à bord de l'*Andrea Gail.* Billy se charge lui-même du moteur. Après l'avis de tempête, il descend dans la salle des machines et vérifie systématiquement tout : niveau d'huile, système hydraulique, batteries, conduites, prises d'air, injecteurs. Il s'assure que les systèmes d'alarme eau et incendie sont branchés, et que les pompes fonctionnent. Il essaie le générateur d'appoint. Il distribue des pilules contre le mal de mer. Il établit sa position sur la carte et calcule l'effet que pourra avoir le temps sur son parcours. Il enregistre mentalement ses coordonnées et sa direction pour le cas où ses appareils électroniques seraient mis hors d'état de fonctionner. Il vérifie l'éclairage de secours. Il vérifie que les équipements de survie sont en état. Il vérifie que les photos de ses filles sont bien collées à la cloison. Puis il s'installe pour attendre la suite.

Jusque-là, le temps a été couvert mais calme, avec de légers vents de noroît et juste un peu de mer. Avant la grande tempête de Portland, en 1898, un capitaine rapportait que c'était « la soirée la plus molle qu'il ait jamais vue », et, quelques heures plus tard, quatre cent cinquante personnes avaient péri. Ce n'est pas calme à ce point, mais presque. Le vent avoisine les dix nœuds et une houle paresseuse de quelque deux mètres d'ampleur porte le bateau. Durant la nuit, l'*Andrea Gail* passe juste au nord d'Albert Johnston, et, vers l'aube, il a presque atteint l'extrémité ouest des Bancs, à environ 52 degrés ouest. Il est à mi-parcours dans son voyage de retour. L'aube se signale maintenant par quelques lambeaux de ciel rose-saumon, et un vent de nord-est commence à se lever sournoisement. C'est le premier indice du mauvais temps qui arrive, la première et lointaine petite touche du système de basse pression qui se développe.

Puis un autre fax météo arrive :

> OURAGAN *GRACE* EN MOUVEMENT. VA TOURNER NORD-EST ET ACCÉLÉRER, PROVOQUANT DANGEREUSE TEMPÊTE ÉVOLUANT EST À 35 NŒUDS. VA TOURNER SUD-EST ET RALENTIR VERS 12 HEURES. PRÉVISION VENTS 50 À 65 NŒUDS ET VAGUES 6 À 10

MÈTRES À L'INTÉRIEUR DEMI-CERCLE 400 MILLES NAUTIQUES.

C'est un véritable résumé de tout ce qu'un marin-pêcheur ne souhaite pas entendre. Une carte accompagnant le bulletin montre l'ouragan *Grace* sous la forme d'une énorme boucle autour des Bermudes et la tempête en développement sous la forme d'une masse bien serrée de lignes barométriques juste au nord de Sable Island. Tous les bateaux de la flottille de pêche reçoivent ces informations. Albert Johnston, au sud de la Queue, décide de mettre le cap au nord-ouest pour gagner les eaux froides du Courant du Labrador. L'eau froide, dit-il, est plus lourde et semble mieux résister au vent. Le reste de la flottille reste tout à l'est, attendant de voir comment la tempête évolue. De toute manière, aucun des bateaux ne pourrait arriver au port à temps. À cent milles au sud de l'*Andrea Gail*, le *Contship Holland* se dirige tout droit vers la zone de tempête. À deux cents milles à l'est, un autre porte-conteneurs, le *Zarah*, sous pavillon libérien, vogue également vers New York. Ray Leonard, sur le sloop *Satori*, a décidé de ne pas tenter de gagner un port ; il continue, cap au sud, sa route vers les Bermudes. Le *Laurie Dawn 8*, lui, poursuit son chemin vers les lieux de pêche, et l'*Eishin Maru 78*, à 150 milles au sud de Sable Island, se dirige, cap au nord-est, vers le port d'Halifax. Billy a le choix entre perdre plusieurs jours à essayer d'éviter les éléments et continuer stoïquement à faire route vers son port d'attache. Le fait qu'il a une cale pleine de poisson et pas assez de glace influe certainement sur sa décision.

« Il a fait ce que quatre-vingt-dix pour cent d'entre nous auraient fait, explique Tommy Barrie, le capitaine de l'*Allison*. Il a bien verrouillé tous les panneaux et il a continué. Cela faisait plus d'un mois qu'il était parti. Il s'est probablement dit " Hé merde ! Y en a marre ! " et il a continué sa route. »

*

Les bureaux du Service National Météorologique à Boston occupent le rez-de-chaussée d'un bâtiment en briques à l'arrière de l'aéroport de Logan. Des fenêtres aux épaisses vitres teintées ouvrent sur le terminus de la navette USAir et un terrain vague où s'alignent des tas de cailloux et de mâchefer. Quand les météorologues lèvent les yeux de leurs écrans de radar, ils peuvent voir les avions de ligne évoluer sur la piste derrière une grande barrière grise, comme des requins d'argent croisant dans une mer de béton.

Les phénomènes météorologiques traversent habituellement le pays d'ouest en est. Au stade le plus primaire, le travail de prévision consisterait simplement à appeler quelqu'un se trouvant plus à l'ouest pour lui demander ce qu'il voit par sa fenêtre. Dans les premiers temps — tout de suite après la guerre de Sécession — le Service Météorologique National était placé sous l'autorité du ministère de la Guerre parce que celui-ci était le seul organisme capable de transmettre l'information vers l'est plus vite que n'évoluait le temps. Les techniques de transmission ayant évolué, il passa sous la coupe du ministère de l'Agriculture et finalement sous celle du ministère du Commerce, qui supervise les transports aériens et la circulation routière entre les États. Les bureaux météorologiques régionaux tendent à s'installer en des endroits parfaitement sinistres, comme les cités industrielles jouxtant les aéroports. Ils ont des fenêtres scellées et l'air conditionné. Bien peu de l'air naturel qu'ils étudient parvient jusqu'à eux.

À Boston, le 28 octobre est une journée fraîche et ensoleillée, avec une forte brise soufflant de l'océan. Au bureau météorologique, un chef de service nommé Bob Case ne cesse d'aller et venir, consultant tour à tour les météorologues installés à leurs consoles, l'œil fixé sur les colonnes de chiffres — pression barométrique, degré d'hygrométrie, visibilité — s'inscrivant sur l'écran. Derrière un comptoir sont alignés les postes téléphoniques correspondant aux lignes d'urgence. L'un d'eux sonne deux fois par jour et quelqu'un se précipite pour décrocher immédiatement ; ce sont les autorités de l'État de Massachusetts qui vérifient leur aptitude à donner l'alarme en cas d'attaque nucléaire.

Case est un homme d'une cinquantaine d'années, vigoureux, avec un début de calvitie. La photo satellite d'un ouragan sur le point de ravager la côte du Maryland orne son bureau. Il est responsable des prévisions régionales fondées sur les photos satellites et un système appelé LFM (*Limited Fine Mesh*) qui aboutit à une grille se superposant à une carte nationale avec toutes les coordonnées utiles. Deux fois par jour, des centaines de ballons de météorologie LFM sont libérés, mesurant et transmettant température, degré d'hygrométrie, pression barométrique et vitesse des vents. Arrivés à 9 000 mètres d'altitude, les ballons éclatent et leurs instruments sont ramenés vers la terre par des parachutes à ouverture automatique. Quand les gens les trouvent, ils les renvoient par la poste au Service Météorologique. Les renseignements recueillis par ce procédé et ceux provenant d'un bon millier de stations terrestres réparties sur tout le territoire américain sont traités par les gigantesques ordinateurs Cray du Centre

National de Météorologie installé à Camp Springs, dans le Maryland. Les rapports de situation et prévisions ainsi réalisés sont envoyés aux bureaux régionaux, où ils sont corrigés par les météorologistes locaux. Il existe encore, paraît-il, une « valeur ajoutée » humaine aux prévisions météorologiques. Il y a, disent les spécialistes, un élément d'intuition que même les ordinateurs les plus puissants ne peuvent fournir.

Case surveille depuis le matin précédent une étroite zone de dépression qui s'est formée au-dessus des Grands Lacs canadiens et progressant vers l'est. Sur les photos satellites, elle dessine une sorte de « S » dans l'air clair et sec. L'air froid est plus dense que l'air chaud, et, à la limite de leurs zones, se créent et se développent d'amples et lentes ondulations un peu semblables à la houle dans l'océan. Ces ondulations deviennent de plus en plus prononcées à mesure qu'elles se déplacent et finissent par se muer en un tourbillon. L'air se trouve aspiré vers le centre, et une spirale se forme, dont le mouvement devient de plus en plus rapide. Et, au bout de quelques heures, c'est la tempête qui se déclenche.

Le mécanisme de l'ouragan est fondamentalement le même, mais son origine est différente. Il se forme dans les eaux tièdes avoisinant l'équateur. Quand le soleil frappe l'équateur, il le fait avec une brutale précision, un rayon de lumière d'un demi-mètre carré venant chauffer exactement un demi-mètre carré d'eau. Plus on se trouve précisément à l'équateur, plus, évidemment, la frappe est verticale. La mer équatoriale mijote ainsi tout l'été, projetant dans l'air d'énormes quantités de vapeur d'eau. La vapeur d'eau est instable et contient, en puissance, une énergie comparable à celle d'une énorme pierre en haut d'une pente — une simple petite poussée peut engendrer une terrible force de destruction. De la même façon, une baisse de la température de l'air transforme la vapeur d'eau en pluie et libère dans l'atmosphère son énergie latente. Et l'air au-dessus d'un demi-mètre carré de mer équatoriale recèle assez d'énergie latente pour faire avancer une voiture pendant trois kilomètres. Un seul éclair pourrait fournir quatre jours de l'électricité nécessaire aux États-Unis tout entiers.

L'air chaud est moins dense que l'air frais. Il monte de la surface de l'océan, se rafraîchit dans la haute atmosphère, puis se débarrasse de son humidité avant de se précipiter de nouveau vers la terre. D'énormes cumulus se forment au-dessus des zones où l'air s'élève, accompagnés de tonnerre, d'éclairs et de pluies torrentielles. Tant qu'il y a alimentation en eau chaude, l'orage se poursuit, convertissant l'humidité en pluies et vents violents. Mais d'autres nuées orageuses peuvent aller s'aligner à l'avant d'un front froid, en une « ligne de grains » qui s'étend d'un horizon à l'autre.

Les ouragans ou cyclones se déclenchent quand une légère anomalie — une perturbation des vents porteurs, un sirocco venu du Sahara vers la mer — se produit dans la haute atmosphère. La « ligne de grains » amorce un mouvement de rotation autour du point où a surgi l'anomalie, attirant de l'air chaud volatile et le projetant dans le vortex qui s'est ainsi créé. Plus l'afflux d'air est grand, plus le mouvement de tourbillon devient rapide et plus l'eau continue à s'évaporer de l'océan. La vapeur d'eau ainsi formée monte et gagne le cœur du système et libère pluie et chaleur latentes. Finalement, l'ensemble se met à tourbillonner si vite que l'air ne peut plus y dominer la force centrifuge. L'œil du cyclone s'est formé : une colonne d'air sec entourée d'une muraille de vent. Des oiseaux tropicaux s'y trouvent pris et ne peuvent s'en échapper. Une semaine plus tard, quand l'ensemble s'est disloqué, des frégates et des aigrettes se retrouvent parfois au-dessus de Terre-Neuve ou de New Jersey.

Un véritable cyclone représente, de loin, la plus grande mobilisation d'énergie qui puisse se produire sur cette terre ; les arsenaux nucléaires combinés des États-Unis et de l'ancienne Union soviétique ne recèlent pas assez de puissance pour alimenter un cyclone pendant une journée. Lors du grand ouragan de septembre 1935, les vents dépassèrent les 260 kilomètres à l'heure, et les personnes surprises à l'extérieur furent simplement pulvérisées. Les sauveteurs ne retrouvèrent que leurs souliers et leurs boucles de ceinture. Il peut tomber tant de pluie — jusqu'à une douzaine de centimètres en une heure — que le sol se liquéfie. Des collines entières glissent dans les vallées et des oiseaux se trouvent noyés en plein vol, incapables d'abriter leurs conduits respiratoires de l'eau qui s'abat sur eux. En 1970, un ouragan a noyé un demi-million de personnes dans ce qui est maintenant le Bangladesh, et, en 1938, un autre a englouti le centre de Providence, en Rhode-Island, sous trois mètres d'eau de mer. Les vagues soulevées par cette tempête étaient si énormes qu'elles ont littéralement ébranlé la surface terrestre ; des sismographes ont décelé le choc jusqu'en Alaska, à huit mille kilomètres de là.

C'est une version plus modeste du même phénomène qui se dirige vers les Grands Bancs : l'ouragan *Grace*. Normalement, il devrait gagner la terre quelque part dans les Carolines, mais le front froid qui a déjà provoqué la dépression au-dessus des Grands Lacs lui bloque également l'accès de la côte. Selon les schémas produits par les ordinateurs de Camp Springs, *Grace* va se heurter à ce front froid et remonter vers le nord, droit vers la zone de dépression. Le vent est simplement de l'air courant d'une zone de haute pression à une zone de basse pression, et plus la différence de pression est grande, plus il souffle fort.

Le premier indice de la tempête apparaît dans la soirée du 26 octobre, lorsque les images satellites révèlent une légère convexité dans la ligne de tête du front froid, au-dessus de l'Indiana. Cette courbure représente une poche de basse pression barométrique s'étant installée dans le front à quelque six mille mètres d'altitude. C'est l'embryon d'une tempête. La dépression avance vers l'est, à 65 kilomètres à l'heure, en s'accentuant en chemin. Elle suit la frontière canadienne jusqu'à Montréal, coupe à l'est à travers la partie nord du Maine, traverse la Baie de Fundy, puis la Nouvelle-Écosse vers les premières heures du 28 octobre. À l'aube, des vents violents commencent à faire rage au nord de Sable Island. La dépression en altitude a été remplacée par une zone de basse pression au niveau de la mer, et la tempête ne cesse de gagner en force. La pression barométrique baisse de plus d'un millibar par heure, et, partie de Sable Island, la tempête s'éloigne rapidement vers le sud-est avec des vents de 65 nœuds et des vagues de près de dix mètres. À deux cents milles de là, Billy Tyne ne peut en sentir encore les effets.

Les Canadiens ont installé une bouée enregistreuse, la bouée 44139, à soixante-dix milles à l'est de Sable Island, par 43,8 degrés nord et 57,4 degrés ouest, tout près de la position où se trouve Billy. Il y a huit autres bouées de ce genre entre Boston et les Grands Bancs. Elles transmettent d'heure en heure à des stations terrestres des renseignements océanographiques. Durant toute la matinée du 28 octobre, la bouée 44139 n'enregistre pratiquement aucune activité : eaux calmes et temps idéal. Mais, à deux heures, l'aiguille fait un bond soudain : les vagues atteignent brusquement six mètres et les vents quinze nœuds. Cela n'est rien en soi, mais Billy doit avoir compris qu'il voit là les premières manifestations de la tempête. Le vent tombe et la mer se calme progressivement, mais, quelques heures plus tard, un nouveau bulletin météorologique sort du fax :

> AVERTISSEMENT. OURAGAN *GRACE* SE DÉPLAÇANT EST À VITESSE DE 5 NŒUDS. VENTS MAXIMUM 65 NŒUDS MONTANT À 80 VERS LE CENTRE. DANGEREUSE TEMPÊTE PRÉVUE AVEC VENTS DE 50 À 75 NŒUDS ET VAGUES DE 8 À 10 MÈTRES.

Billy se trouve à 44 degrés nord et 56 degrés ouest, allant tout droit vers un enfer météorologique. Pendant l'heure qui suit, la mer est calme. D'un calme menaçant, angoissant. Le seul signe de ce qui va venir est le vent, qui change sans cesse de direction tout l'après-midi. À quatre heures, il est de sud-est. Une heure plus tard, il est de sud-sud-ouest. Une heure encore après, il est redevenu de plein nord. Puis, vers sept heures, il commence à virer au nord-est. Et puis, soudain, il frappe.

C'est un changement brutal. L'*Andrea Gail* entre dans la tempête de Sable Island comme on peut entrer dans une autre pièce. Immédiatement, un vent de quarante nœuds fait crier les haubans. Les marins-pêcheurs affirment qu'ils peuvent évaluer la vitesse d'un vent — et le danger qu'il représente pour eux — au bruit qu'il fait dans leur gréement. Un hurlement veut dire qu'on est à Force 9 sur l'échelle de Beaufort, ce qui implique des vents de quarante à cinquante nœuds. Force 10 se traduit par des sons plus aigus. Force 11 est un râle. Au-dessus de Force 11, on préfère ne plus y penser. Linda Greenlaw s'est trouvée dans une tempête où l'anémomètre a enregistré un vent de 160 kilomètres à l'heure avant d'être purement et simplement arraché du bateau. Le vent, dit-elle, produisait un son qu'elle n'avait jamais entendu auparavant, une vibration profonde rappelant celle d'un orgue. Mais il n'y avait pas de mélodie ; c'était un orgue dont l'organiste était devenu fou.

Vers huit heures, la pression barométrique a dégringolé à 996 millibars et ne donne aucun signe de stabilisation. Cela veut dire que la tempête continue à gagner en violence et qu'un vide encore plus grand se crée en son centre. La nature, comme chacun le sait, a horreur du vide, et elle va s'efforcer de combler celui-là aussi vite que possible. Après neuf heures, les vagues atteignent quatorze mètres, se calment un court moment, puis montent à plus de vingt mètres. Les vents étaient déjà de cinquante nœuds, et ils montent progressivement à cinquante-huit. Les vagues sont si énormes qu'elles bloquent l'anémomètre, et certaines bourrasques atteignent probablement les quatre-vingt-dix nœuds. Cela représente 170 kilomètres à l'heure — Force 12 sur l'échelle de Beaufort. Les câbles gémissent véritablement.

Quelques minutes après le bulletin météorologique du soir, Tommy Barrie entre en contact avec Billy Tyne par radio. Barrie vient de Floride. C'est un gaillard solide, aux épaules carrées, aux cheveux rejetés en arrière et à l'accent rocailleux. Ce qu'il veut savoir avant tout, c'est combien de lignes il peut mettre à la mer ce soir-là. Il est à six cents milles à l'est, et il compte bien prendre autant de poisson qu'il le pourra compte tenu des circonstances. La conversation, telle que Barrie se la rappelle, a été brève et précise :

« Nous sommes vers 46, Billy. Comment est-ce que cela se présente ? »

« Le vent est de cinquante à quatre-vingts nœuds et les vagues sont de neuf à dix mètres. Cela s'est calmé un moment, mais maintenant, c'est reparti de plus belle. Je suis à 130 milles à l'est de Sable. »

« D'accord, on se tient tranquilles, mais on reprend contact à onze heures. Là, on pourra peut-être faire quelque chose. »

« Entendu. Je te tiens au courant. »

« On attend de tes nouvelles. »

Après avoir parlé à Barrie, Billy reprend son micro et adresse son dernier message à la flottille :

« Elle arrive, les enfants. Elle arrive pour de bon. »

La position qu'il a donnée à Linda Greenlaw — 44 degrés nord et 56,4 degrés ouest — ne correspond pas à son cap d'origine. Elle indiquerait plutôt qu'il se dirige vers Halifax ou peut-être même Louisbourg, et non plus vers Gloucester. Louisbourg n'est qu'à 250 milles au nord-est, quelque vingt-quatre heures de navigation quand on est porté par les vagues. Peut-être Billy, ayant aperçu l'enfer en face, a-t-il décidé de remonter vers le nord, comme Johnston. Ou peut-être s'inquiète-t-il pour son carburant ou pour sa glace.

Quoi qu'il en soit, Billy change de cap peu avant 18 heures et néglige d'en informer le reste de la flottille. Tous pensent qu'il se dirige droit sur Gloucester. Albert Johnston sur le *Mary T*, Tommy Barrie sur l'*Allison*, Linda Greenlaw sur l'*Hannah Boden*, tous ont entendu le bulletin météorologique de Billy. Seule Linda s'en inquiète. « Billy et ses hommes donnaient l'impression d'avoir peur, dit-elle. Et nous, nous avions peur pour eux. » Mais le reste de la flottille se montre beaucoup plus détendu. « Nous vivons tous comme ça depuis des années, explique Barrie. Il nous faut regarder les cartes, écouter les bulletins météo, parler avec les autres capitaines et prendre une décision. On ne peut pas se contenter d'attendre qu'il fasse beau. »

*

La tempête est centrée sur Sable Island, mais, tout à l'ouest, elle effleure déjà la côte de Nouvelle-Angleterre. Le *Satori* — qui est maintenant trop loin de la côte pour faire demi-tour — commence à en sentir les effets dès le dimanche matin. Une autre épaisse nappe de brouillard arrive du Georges Bank, et le baromètre amorce une lente glissade vers le bas. Le *Satori* se trouve à l'entrée du Grand Chenal Sud, au large du Cap Cod, et il avance dans une mer dont l'agitation se fait de plus en plus inquiétante. Stimson attire de nouveau l'attention de Leonard sur les prévisions météorologiques, mais son interlocuteur persiste à affirmer qu'il n'y a pas à s'inquiéter. Le dimanche matin, la houle commence à se gonfler de troublante façon, et quand Stimson capte le bulletin météo de la NOAA, elle ressent les premières atteintes de la peur :

« Vent de nord-est de trente à quarante nœuds. Moyenne des vagues deux mètres cinquante à quatre mètres cinquante. Visibilité de moins de trois kilomètres dans la pluie. »

Vers la tombée de la nuit, le vent a viré comme prévu. Il vient du nord-est et sa force s'accroît régulièrement sur l'échelle de Beaufort. Il est clair que le *Satori* et le bateau qui a quitté Portsmouth avec lui ont une mauvaise nuit en perspective. Les deux équipages se parlent à peu près toutes les heures sur la VHF, mais, vers minuit, l'air est devenu si saturé que les radios sont inutilisables. Vers onze heures, Stimson a reçu un dernier appel de l'autre bateau : « Passons de très mauvais moments et avons perdu du matériel de pont. » Il n'y a pas eu d'autre communication ensuite.

Le lundi survient un vrai coup de chien. Les vagues atteignent six mètres et le vent fait vibrer les haubans de façon parfaitement sinistre. La mer a pris une couleur gris marbré, une couleur de viande avariée. Stimson fait de nouveau part de son pessimisme à Leonard, mais celui-ci persiste à penser que la tempête va passer dans les vingt-quatre heures. Je ne crois pas, Ray, lui dit Stimson, j'ai un mauvais pressentiment. Leonard, Bylander et elle mangent un *chili con carne* préparé par sa mère. Ils passent le plus de temps possible dans le carré, à l'abri des intempéries. La table de navigation est à tribord, face au coin-cuisine, et Bylander se charge des instruments, surveillant le radar, captant les bulletins météo et vérifiant la position par GPS. Essayer de gagner la côte en traversant les voies de grande navigation et des eaux pleines de hauts fonds serait maintenant trop risqué. Ils réduisent la toile et restent en haute mer.

Le lundi soir, la tempête franchit la côte pour gagner le large, et les premières rafales passent au-dessus du *Satori*. La NOAA annonce par radio que la situation va se calmer brièvement, puis qu'elle recommencera à se dégrader lorsque la tempête, ayant viré, reviendra vers la côte. Mais le *Satori* a une chance de se trouver assez au sud, lorsque cela se produira, pour éviter le plus gros des éléments. Son équipage navigue à peu près paisiblement toute la soirée du lundi. Le baromètre est légèrement remonté et le vent se calme. Mais, tout à fait en fin de soirée, il revient, comme une mauvaise fièvre. Il ne tarde pas à atteindre une vitesse de cinquante nœuds, et les vagues forment, à l'arrière du bateau, d'énormes montagnes noires. Capitaine et équipières se relaient à la barre, solidement attachés par leurs harnais de sécurité. De temps à autre, une vague passe par-dessus le cockpit. Toute la nuit, le baromètre descend, et, à l'aube, les conditions sont les pires que Stimson ait jamais rencontrées dans sa vie. Pour la première fois, elle commence à penser sérieusement qu'elle va périr en mer.

Pendant ce temps, à cinq cents milles à l'est, la flottille de pêche en voit également de rudes. À bord du bateau d'Albert Johnston, les hommes d'équipage sont si terrifiés qu'ils essaient d'oublier ce qui se passe en regardant des cassettes vidéo dans le poste avant. Johnston reste à la barre en buvant café sur café. Comme la plupart des capitaines, il répugne à céder le gouvernail à quelqu'un d'autre par un temps pareil. Il est probable qu'à bord de l'*Andrea Gail*, il se passe exactement la même chose ; Billy s'accroche à la barre et les autres, en bas, tentent de tout oublier. Certains boivent pour se calmer les nerfs, d'autres dorment, ou, du moins, essaient de dormir. D'autres encore restent simplement étendus sur leurs couchettes, à penser à leurs familles ou à leurs petites amies. À se dire combien ils aimeraient que rien de tout cela ne soit vrai.

« Je me représente les choses ainsi, dit Charlie Reed, tentant d'imaginer la dernière soirée à bord de l'*Andrea Gail*. Les gars sont en bas, en train de lire, et, de temps en temps, le bateau prend un grand coup de mer par le travers. Ils se précipitent dans la timonerie et demandent : "Eh ! Qu'est-ce qu'il se passe, patron ?" Et Billy répond quelque chose comme : "On va y arriver, les enfants, on va y arriver !" Si Billy a une mer arrière, ce doit être un parcours terrifiant. Parfois, vous vous retrouvez en haut d'une de ces énormes vagues et, brusquement, elle se dérobe sous votre coque. Le bateau tombe, tout simplement. Il vaut encore mieux avoir les vagues de face — au moins, vous voyez ce qui vous arrive dans la figure. »

Des hommes se trouvant à bord, ce sont Bugsy, Murph et Billy qui ont le plus d'années de mer — trente-quatre en tout, dont beaucoup passées ensemble. Billy a chez lui une photo des trois posant avec un gigantesque espadon. Billy porte des cuissardes qu'il a rabattues jusqu'aux tibias. Assis sur un panneau d'écoutille, il maintient ouverte avec un crochet la bouche du poisson en regardant droit vers l'objectif de l'appareil. Bugsy se tient juste derrière lui, la tête penchée de côté, le visage maigre et éthéré, comme celui du Christ sur le Suaire de Turin. Murph, tout à l'arrière, regarde la mer en clignant des yeux.

Tous ces hommes ont maintes fois frôlé la catastrophe en mer, mais c'est Murph qui détient le record. Avec son mètre 85, ses 115 kilos et ses formidables tatouages, il est apparemment très difficile à tuer. Un jour, un requin marteau, ayant sauté jusque sur le pont, a refermé ses mâchoires sur le bras de Murph. Les camarades de celui-ci ont dû frapper à mort le requin pour lui faire lâcher prise. Murph a été évacué ensuite par un hélicoptère des Gardes-Côtes. Une autre fois, alors qu'il mettait la ligne à la mer, un hameçon s'est enfoncé dans sa paume, qu'il a entièrement traversée. Sans que personne ne s'en aperçoive, Murph a été arraché au bateau par la ligne et projeté à la mer. Là, impuissant, il vit la proue du bateau s'éloigner progressivement, jusqu'au moment où un autre membre de l'équipage, se retournant, comprit ce qui était arrivé et le remonta à bord comme un espadon. Maman, dit-il plus tard à sa mère, j'ai vraiment cru que ça y était. J'ai cru que j'étais mort.

Le pire accident se produisit par une nuit étouffante et

poisseuse, sans un souffle de vent, au large du Cap Canaveral. Murph avait tenté de dormir sur le pont, mais il y faisait trop chaud. Il était donc descendu voir si la situation était meilleure à l'intérieur du bateau. Mais l'appareil de conditionnement d'air était en panne, et Murph était remonté sur le pont. Il était à moitié endormi quand un terrible bruit de métal froissé le fit bondir sur ses pieds. Le bateau se renversa sur un côté, et de l'eau commença à pénétrer dans sa cale. Les hommes d'équipage virent une haute forme sombre glisser dans l'eau à leur avant. Quand ils eurent mis en marche les pompes et redressé le bateau, ils braquèrent les projecteurs sur la masse sombre ; ils avaient été abordés par l'énorme kiosque conique d'un sous-marin nucléaire britannique. Il avait creusé un trou dans la coque et écrasé la couchette de Murph comme une boîte de bière vide.

Avec tout ce passif, Murph n'avait plus le choix qu'entre deux solutions : estimer qu'il était béni des Dieux ou penser que la mort le guettait à tout moment. Il avait visiblement opté pour la deuxième attitude. Quand il avait rencontré sa future femme, Debra, il lui avait déclaré tout de go qu'il ne passerait pas la trentaine. Elle l'avait quand même épousé, et ils avaient eu un petit garçon, Dale Junior, mais le mariage s'était rompu parce que Dale Senior était toujours en mer.

Quelques semaines avant de signer sur l'*Andrea Gail*, Murph s'était arrêté chez ses parents, à Bradenton, pour des adieux un peu troublants. Sa mère lui avait rappelé qu'il devait penser au renouvellement de son assurance sur la vie — frais d'obsèques inclus — et il s'était borné à hausser les épaules.

Maman, avait-il dit, arrête de t'inquiéter pour mon enterrement. Je vais mourir en mer.

Elle fut prise de court, et, un peu plus tard, il lui

demanda si elle avait encore les médailles qu'il avait gagnées au lycée.

Bien sûr, lui dit-elle. Eh bien, répondit-il, avant de l'embrasser pour prendre congé, garde-les pour mon fils.

« Cela m'a coupé le souffle, raconte sa mère. Il est parti tout de suite après : un instant, il était là à me parler, et le suivant, il avait passé la porte. Je n'ai même pas eu le temps de réfléchir. C'était un dur. Pas un type à rester à la maison. »

Murph quitta Boston à la fin juin par le train. (Il avait peur de l'avion.) Il emportait avec lui un livre de cuisine que lui avait donné sa mère, car il adorait cuisiner à bord des bateaux. Il avait apporté sa couverture de mer à Debra pour qu'elle la lave, mais il avait oublié de la reprendre. En conséquence, Debra avait soigneusement plié la couverture et l'avait mise de côté en attendant son retour. Il lui avait dit qu'il serait là le 2 novembre, et qu'il l'emmènerait dîner pour son anniversaire. Tu as intérêt à ne pas oublier, lui avait-elle dit. Après sa première campagne, il lui avait téléphoné pour lui dire qu'il avait gagné six mille dollars et qu'il allait envoyer un paquet pour Dale Junior. Il n'avait pas appelé ses parents, car Debra lui avait dit qu'elle s'en chargerait. Il parla un moment à son fils, dit au revoir à Debra puis raccrocha.

C'était le 23 septembre. L'*Andrea Gail* devait partir quelques heures plus tard.

*

Vers 22 heures, le vent, qui est nord-nord-est, atteint les quarante nœuds et promet de faire le double. L'*Andrea Gail* est un bateau à poupe carrée, c'est-à-dire qu'il tend, par mer arrière, à chevaucher la vague et à être bousculé de côté par elle. À la barre, Billy doit lutter pour empêcher le bateau de virer et de se retourner. Un bateau à coque d'acier pleinement chargé ne pourrait alors récupérer ; il s'inonderait et coulerait.

Si Billy continue à naviguer mer arrière, il encaisse constamment des vagues par la poupe et court le risque presque permanent d'avoir un panneau d'écoutille arraché ou une porte étanche cédant à la pression. Et, pour rendre les choses pires encore, les vagues ont pris un rythme exceptionnellement bref : au lieu de frapper toutes les quinze secondes à peu près, elles arrivent maintenant toutes les huit ou neuf secondes. Et plus l'intervalle est court, plus rude est le choc. Des lames brisantes de douze mètres sont beaucoup plus ravageuses que d'amples vagues atteignant deux fois cette taille. C'est un traitement qu'un bateau comme l'*Andrea Gail* ne peut supporter très longtemps. À 22 heures assurément — si ce n'est avant — Billy Tyne doit avoir décidé de virer de bord.

S'il est une manœuvre qui donne des sueurs froides à tout capitaine, c'est bien un virement de bord par grosse mer. Le bateau se retrouve exposé aux vagues par le travers pendant une demi-minute environ, et c'est suffisant pour que les lames le fassent rouler sur lui-même. Même un porte-avions se trouve en position hasardeuse dans cette situation.

Mais Billy a déjà affronté plus d'une tempête, et il a probablement viré plus tôt dans la soirée, avant même, peut-être, sa conversation avec Barrie. D'une façon ou d'une autre, cela signifie que l'équipage de l'*Andrea Gail* ne tente plus de gagner son port d'attache mais simplement de survivre. Ce n'est plus Billy qui est maître de la situation, ce sont les éléments. Il ne peut plus agir mais simplement réagir. Il a vu la gamme de ses choix se rétrécir progressivement. Il y a une semaine, il aurait pu décider de prendre immédiatement le chemin du retour pour rentrer tôt au port. Il y a un jour, il aurait pu fuir vers le nord, comme l'a fait Johnston. Il y a une heure, il aurait pu demander par radio s'il y avait d'autres bateaux à proximité. Maintenant, les interférences magnétiques ont rendu la VHF pratiquement inutilisable, et l'autre radio n'opère qu'à très longue portée. Tout cela ne provient pas de tant d'erreurs que de la simple impossibilité de déchiffrer l'avenir. Nul, pas même le Service Météorologique, ne sait de façon certaine comment une tempête va évoluer.

Il y a de nets inconvénients à naviguer face au vent. Les vitres de la timonerie sont exposées aux vagues les plus violentes, le bateau use plus de carburant et l'étrave tend à dévier sous l'action du vent, ce qui doit contraindre Billy à contre-gouverner pour conserver son cap et à peser de toutes ses forces sur le gouvernail, au milieu des montagnes d'eau s'abattant sur lui dans toutes les directions.

L'atroce situation dans laquelle se trouve Billy peut se mesurer à ce qu'a enduré le *Contship Holland*, à quelque deux cents milles à l'est. Le *Holland* est un grand navire — 165 mètres et 10 000 tonnes — capable de transporter sept cents containers sur ses ponts. Il pourrait facilement prendre l'*Andrea Gail* tout armé à son bord. Or, voici quelques extraits de son journal de bord des 29 et 30 octobre :

« 0400 — Navigation difficile en très grosse mer.

« 1200 — Navigation difficile en très grosse mer de tempête (passages d'ouragan). Eau sur pont et cargaison de pont. Le navire fatigue. Vitesse réduite.

« 0200 — Gouvernons avec le vent. Navire n'obéit plus et fatigue terriblement.

« 0400 — Quelques containers perdus. »

*

En d'autres termes, Billy se trouve aux prises avec une tempête qui a contraint un navire de 10 000 tonnes à abandonner son cap et à ne plus gouverner que pour survivre. Le bulletin météo suivant arrive à 23 heures, et Tommy Barrie en médite les termes en attendant un appel radio de Billy. La tempête est censée frapper juste à l'ouest de la Queue, vers 42 et 55 degrés, mais le Service Météo n'est pas toujours omniscient. La position indiquée n'est qu'à une centaine de milles au sud-est de Billy. Celui-ci doit donc être mieux placé que les météorologistes pour dire ce qui se passe. Barrie se dit que l'*Allison* pourrait peut-être, de justesse, pêcher un peu cette nuit-là, mettre à l'eau, par exemple, une douzaine de kilomètres de ligne. Barrie attend vingt, trente minutes, mais Billy n'appelle pas. Barrie ne s'inquiète pas vraiment pour autant. Billy est un grand garçon. Peut-être est-il trop occupé, peut-être est-il descendu dormir un peu. Ou peut-être, simplement, a-t-il oublié.

Finalement, vers minuit, Barrie essaie d'appeler lui-même Billy. Mais il n'aboutit à rien, ce qui est plus grave. Cela veut dire soit que l'*Andrea Gail* a sombré, soit qu'il a perdu ses antennes de radio, soit que la situation est telle, à bord, que personne ne peut atteindre l'émetteur. Barrie se dit que ce doivent être les antennes. Fixées à un mât d'acier derrière la timonerie, elles sont fragiles. Il est arrivé à la plupart des bateaux de pêche de les perdre à un moment ou à un autre, et on ne peut y faire grand-chose tant que le temps ne s'est pas un peu calmé. Par Force 12, il n'est pas question d'aller se promener sur le pont, et encore moins de grimper à un mât.

Perdre ses antennes signifie, pour l'*Andrea Gail*, perdre GPS, radio, loran et fax météo. Et une vague assez puissante pour emporter les antennes a pu également éliminer radar, feux de position et projecteurs. En cette situation, Billy ne saurait plus où il est et serait incapable de communiquer avec les autres ou de détecter les bateaux se trouvant à proximité ; il serait pratiquement revenu au dix-neuvième siècle. Il n'aurait guère eu d'autre possibilité que de maintenir l'*Andrea Gail* face à la vague en espérant que les vitres de la timonerie n'explosent pas. Elles avaient presque un centimètre et demi de verre renforcé, mais il y avait des limites à ce qu'elles pouvaient supporter... Le *Contship Holland* avait reçu, à douze mètres au-dessus de la surface, des vagues qui avaient ouvert les containers comme des boîtes de sardines. Et la timonerie de l'*Andrea Gail* n'était qu'à six mètres à peine.

Vers minuit, une chose curieuse se produit : la tempête de Sable Island se calme un peu. La vitesse du vent se réduit de quelques nœuds et la hauteur des vagues de trois mètres environ.

L'accalmie — toute relative — dure jusqu'à une heure du matin. À ce moment, le centre de la zone de basse pression se trouve directement au-dessus de l'*Andrea Gail* et semble former un « œil » comparable à celui d'un typhon. Deux jours plus tard, des photos de satellite montreront des nuages s'engouffrant en tourbillonnant au centre de la dépression comme de l'eau dans un conduit d'écoulement. De toute manière, la trêve ne dure pas longtemps ; deux heures plus tard, les vagues dépassent de nouveau les vingt mètres. L'état de la mer est pire que tout ce que ceux qui se trouvent sur place ont jamais pu voir dans leur vie.

Quand le *Contship Holland* réussit à gagner tant bien que mal le port plusieurs jours après, l'un de ses officiers quitte le bord en jurant qu'il ne remettra jamais les pieds sur un bateau. Le navire a perdu en mer trente-six containers, et ses armateurs se hâtent d'embaucher un conseiller météorologique américain pour se défendre contre les procès qui vont s'ensuivre.

« La tempête, écrit Bob Raguso dans *Weathernews New York*, a causé d'immenses dommages aux bateaux en mer comme aux installations côtières de la Nouvelle-Écosse à la Floride. Elle a été classée parmi les cinq plus violentes enregistrées entre 1899 et 1991, avec les hauteurs de vagues les plus importantes. Certains scientifiques l'ont appelée la tempête du siècle. »

L'*Andrea Gail* se trouve donc à l'épicentre de cette tempête et presque au-dessus des hauts fonds de Sable Island. Il est très probable qu'il a perdu ses antennes, car, autrement, Billy aurait prévenu Tommy Barrie par radio que les choses se présentaient très mal — et qu'il n'était certainement pas question de pêcher cette nuit-là. En revanche, il n'est pas du tout certain qu'à cette heure de la soirée, le bateau de Billy ait déjà été englouti par la tempête ; le *Fair Wind* ne chavira qu'avec des vents d'une centaine de nœuds et des vagues de plus de vingt mètres. Le plus probable est qu'à vingt-deux heures, Billy est encore là, mais dans d'épouvantables conditions — vitres défoncées, équipement électronique hors d'usage, équipage terrifié.

Pour la première fois, les hommes de l'*Andrea Gail* sont totalement, irrévocablement, livrés à eux-mêmes.

LE CIMETIÈRE DE L'ATLANTIQUE

« En quelques jours, l'expédition vers l'Eldorado était entrée dans une inexorable désolation, qui se refermait sur elle comme la mer se referme sur un plongeur. Longtemps après vint la nouvelle que tous les ânes étaient morts. »

JOSEPH CONRAD,
Au cœur des ténèbres

ALBERT JOHNSTON :

« J'ai été le premier à savoir à quel point cela allait être dur. Halifax annonçait des vagues de vingt mètres, et quand on a entendu ça, on s'est dit qu'on n'avait vraiment pas le temps d'essayer de gagner la côte. Alors, on s'est efforcé d'aller dans les eaux les plus froides qu'on puisse trouver. Plus l'eau est froide, plus elle est dense, et les vagues y sont moins grandes. Je savais, aussi, qu'on allait trouver un vent nord-est nord-ouest. Je voulais faire autant de route que possible, car le Gulf Stream était juste au sud, avec ses eaux chaudes et ses courants.

« Il y avait énormément d'électricité dans l'air et tant d'interférences qu'on n'entendait plus rien à la radio. J'étais en haut, dans la timonerie. Par un temps comme celui-là, j'y reste généralement. Si ça a l'air de se calmer un peu, je m'arrange pour piquer un petit somme. Les hommes regardent des cassettes vidéo. Tous reconnaissaient que c'était la pire tempête qu'ils aient jamais subie — on pouvait s'en rendre compte à la taille des vagues, aux mouvements du bateau, à tout le bruit qu'on entendait. Il y a toujours un moment où l'on se rend compte qu'on est au milieu de l'océan et que si ça se met à aller de travers, ça y est, on y a droit... On voit tant de mauvais temps qu'on finit presque par s'y habituer. Mais, un jour, on voit du *vraiment* mauvais temps. Et cela, on ne s'y habitue jamais.

« On nous signalait dans certains coins des vagues de trente mètres. J'imagine que si toute la flottille de pêche s'était trouvée prise au centre de ce truc, tout le monde y serait passé. Nous n'avons vu, nous, que des vagues de peut-être quinze mètres, maximum. Nous les avons prises de front jusqu'au moment où il a commencé à faire sombre, puis nous avons viré et nous nous sommes laissé porter par elles, en essayant d'être le plus synchronisés possible. Le bateau était lourd, chargé de poisson. Cela nous a drôlement aidés. »

*

Johnston avait conclu sa dernière passe le 28 en fin d'après-midi : dix-neuf espadons, quarante-quatre thons et deux requins marteaux. Il avait immédiatement mis le cap au nord et, au matin, il approchait de la Queue des Bancs. Au nord-est, les vents étaient de cent nœuds et les vagues de six à dix mètres. Cependant, à quelques centaines de milles à l'ouest, tout était devenu hors de proportions. Sur l'échelle de Beaufort, une tempête est définie comme étant de Force 12 si les vents atteignent les 120 kilomètres à l'heure et les vagues sont de quinze mètres. Au sud de Sable Island, dans l'après-midi du 29, la bouée 44137 commence à enregistrer des vagues de près de vingt-cinq mètres, qui persisteront pendant les dix-sept heures qui suivent. La première vague de trente mètres s'enregistre sur le graphique à 20 heures, et la deuxième à minuit. Pendant les deux heures qui suivent, la hauteur maximum des vagues reste de trente mètres et les vents atteignent les cent trente kilomètres à l'heure. Les vagues de trente mètres sont parmi les plus hautes jamais mesurées où que ce soit dans le monde.

Les scientifiques connaissent le mécanisme des vagues normales, mais pas exactement celui des *énormes* vagues, des vagues dont la dimension semble dépasser les forces les suscitant. La hauteur des vagues est, d'une façon générale, fonction de la violence avec laquelle souffle le vent, du temps pendant lequel ce souffle s'exerce et de la quantité d'eau sur laquelle porte le phénomène. Sur le lac Michigan, des vents de Force 12 susciteraient au bout d'une dizaine d'heures des vagues d'un peu plus de dix mètres, mais celles-ci ne pourraient devenir plus hautes car leur réserve d'eau ne le leur permettrait pas. En revanche, les mêmes vents soufflant sur un millier de milles d'océan finiraient, au bout d'une soixantaine d'heures, par soulever des vagues de trente mètres. Certaines, en principe, pourraient atteindre deux fois cette hauteur. On n'en a jamais enregistré de telles, mais cela ne veut pas dire qu'il n'en ait pas existé. Des vagues de cette taille détruiraient tout instrument de mesure.

Toute vague, quelles que soient ses dimensions ultérieures, commence sa carrière à partir d'une sorte d'ornière — ou « patte de chat » — se formant à la surface de l'eau. C'est celle-ci qui donne une prise au vent sur une mer autrement étale, et, dès que le vent dépasse les six nœuds, de véritables vagues commencent à se former. Plus le vent souffle, plus les vagues grossissent — et mieux elles donnent prise au vent. On est entré là dans une sorte de cercle vicieux.

Toutefois, si les vagues se trouvent grossies par le

vent, elles n'en sont pas totalement tributaires. Si le vent s'arrête, les vagues continueront à se propager de leur propre mouvement, par une ondulation à l'infini qui devient la houle. Plus la hauteur et la longueur de la houle sont importantes, plus ses ondulations se déplacent rapidement. Il est arrivé que des tempêtes antarctiques provoquent des houles ayant une longueur de plus d'un demi-mille entre les crêtes et se déplaçant à cinquante ou soixante kilomètres à l'heure ; elles formaient des vagues de douze mètres de haut en arrivant aux îles Hawaï.

Malheureusement pour les marins, la violence des vagues au cours d'une tempête ne s'accroît pas de façon linéaire avec la vitesse du vent. Les vagues provoquées par un vent de quarante nœuds ne sont pas deux fois aussi violentes que celles suscitées par un vent de vingt nœuds ; elles sont dix-sept fois aussi violentes. Des marins qui regardent monter l'anémomètre peuvent parfois y lire leur sentence de mort. De plus, des vents violents tendent à raccourcir la distance entre les crêtes des vagues successives et à rendre plus abrupte la face de celles-ci. Les vagues ne forment plus des ondulations symétriques, mais des arêtes dures dont la hauteur au-dessus de la mer devient supérieure au creux qui se forme dans l'eau. Si la hauteur de la vague est supérieure à un septième de la distance entre les crêtes, les vagues commencent à se briser en remuant d'énormes quantités d'eau.

Selon une loi de la dynamique des fluides, un objet plongé dans l'eau tend à se comporter comme se serait comportée la masse d'eau à laquelle il se substitue. Un bateau pris dans une grosse vague accompagne celle-ci comme s'il en faisait partie. Jusqu'au bout et en subissant une terrible pression.

De nombreux facteurs tendent à indiquer, en même temps, que la hauteur moyenne des vagues s'accroît lentement mais régulièrement au fil des ans, et que des pointes de vingt-cinq ou trente mètres deviennent plus courantes qu'autrefois. La hauteur des vagues au large des côtes d'Angleterre s'est en moyenne accrue de vingt-cinq pour cent au cours de ces vingt dernières années, ce qui correspondrait, en toute logique, à une augmentation de six mètres pour les plus hautes vagues du prochain demi-siècle. L'une des raisons en est peut-être le renforcement des lois destinées à protéger l'environnement, qui a réduit la somme de pétrole rejetée dans les océans. Le pétrole répandu par les navires « dégazant » en pleine mer forme sur l'eau une pellicule épaisse de plusieurs molécules empêchant la formation des vagues embryonnaires, ce qui prive les vents de leur « prise » initiale. De son côté, le plancton libère une matière chimique ayant le même effet, et le taux de plancton a dramatiquement baissé dans l'Atlantique Nord. Une autre des explications avancées est que le récent phénomène de réchauffement que certains appellent « effet de serre » a rendu les tempêtes plus fréquentes et plus violentes. Ainsi, à Terre-Neuve, les vagues ont détruit des installations côtières qui n'avaient jamais été endommagées depuis des dizaines d'années.

En conséquence, les bateaux eux-mêmes sont de plus en plus mis à l'épreuve. Normalement, les bateaux sont construits « à épreuve de vingt-cinq ans » — c'est-à-dire de façon à pouvoir supporter la pire épreuve à laquelle ils pourront vraisemblablement être soumis en vingt-cinq ans d'existence. Malheureusement, il ne s'agit que d'un concept statistique ne présentant aucune garantie réelle quant à ce qui peut se produire dès l'année ou même la semaine suivante. Un navire peut très bien rencontrer plusieurs « vagues des vingt-cinq ans » en un mois ou n'en jamais rencontrer une seule. Les architectes navals décident tout simplement à quelles épreuves un bateau est susceptible d'être, en toute vraisemblance, soumis et font des vœux pour que tout se passe bien. Il est matériellement impossible de garantir un bateau pour cent ans de vie harmonieuse.

Inévitablement, certains bateaux rencontrent des vagues dont la violence excède leur capacité de résistance. Dans la sèche terminologie de l'architecture navale, elles sont appelées « vagues non négociables ». Ces monstrueuses vagues, brutales et solitaires, sont très hautes et abruptes, avec une profonde dépression qui se crée devant elles — un « trou dans l'océan », comme l'a dit un témoin. Les bateaux plongent dans ce trou, leur proue ne peut se relever à temps, et la vague qui vient derrière les brise. L'histoire maritime regorge de drames de ce genre. Quand Sir Ernest Shackleton se trouva contraint de naviguer dans les eaux du Pôle Sud à bord d'un canot de sauvetage non ponté de 6 mètres 60, il vit arriver une vague si haute qu'il prit d'abord l'écume de sa crête pour un nuage illuminé par la lune. Il eut juste le temps de pousser un hurlement avant que la vague s'abatte sur le bateau. Miraculeusement, celui-ci ne coula pas. En février 1883, le vapeur *Clamorgan*, long de quatre-vingt-seize mètres, fut retourné tête à queue dans l'eau par une énorme vague qui arracha la timonerie du pont, emportant tous les officiers du navire, qui sombra un peu plus tard. En 1966, le *Michelangelo*, un paquebot italien de 44 000 tonnes transportant 775 passagers, fut pris par une vague solitaire, sur une mer autrement étale. Son étrave plongea dans le creux précédant l'énorme masse d'eau, qui inonda sa timonerie et tua un matelot et deux passagers. En 1976, le pétrolier

Cretan Star lança un message radio : « …navire frappé par énorme vague ayant balayé le pont… » Le message s'interrompit, et la seule trace du *Cretan Star* qu'on put retrouver fut une traînée de pétrole de plus de six kilomètres au large de Bombay.

La « côte sauvage » d'Afrique du Sud, entre Durban et East London, connaît un nombre démesuré de ces vagues-monstres. Circulant à une vitesse de quatre nœuds le long du plateau continental, à quelques milles de la côte, le Courant Agulhas s'y heurte aux houles résiduelles provenant des tempêtes de l'Antarctique. Il réduit leur longueur, les rendant plus hautes, plus dures et plus dangereuses, prêtes à attaquer les navires qui tentent de profiter du courant. En 1973, le *Bencruachan*, un cargo de 12 000 tonnes, fut assailli au large de Durban par une énorme vague qui fendit sa coque. Il dut être remorqué jusqu'au port, flottant à peine. Quelques semaines plus tard, un autre navire de 12 000 tonnes, le *Neptune Sapphire*, qui effectuait son premier voyage, fut cassé en deux par une vague solitaire dans les mêmes parages. Son équipage, réfugié sur la partie arrière, put être évacué par hélicoptère. En 1974, le pétrolier norvégien de 132 000 tonnes *Wilstar* tomba dans un énorme trou (« Il n'y avait soudain plus de mer devant le navire », dira un membre de l'équipage) avant de recevoir sur sa proue une vague tout aussi énorme. Le choc froissa comme du papier d'argent des plaques d'acier de deux centimètres et demi d'épaisseur et tordit des poutrelles de la taille d'un rail de chemin de fer.

La plus gigantesque vague solitaire dont on ait le souvenir a frappé, dans le Pacifique, le 7 février 1933, le pétrolier-ravitailleur de la Marine américaine *Ramapo*, qui se rendait de Manille à San Diego. On a calculé qu'elle atteignait presque les trente-cinq mètres.

Peu de gens survivent à leur rencontre avec de telles vagues. Les témoignages de première main sont donc rares, mais ils existent. Dans les années soixante, une Anglaise nommée Beryl Smeeton doublait le Cap Horn avec son mari à bord d'un bateau de 13 mètres 80 lorsqu'elle vit soudain une énorme vague avancer en ligne derrière elle.

« L'horizon tout entier, écrit-elle dans son journal, était bloqué par un immense mur gris. Il n'avait pas la crête d'écume habituelle à son sommet mais simplement une mince ligne blanche sur toute sa longueur, et il n'avait pas non plus la courbure d'une vague normale. C'était un véritable mur d'eau, à la face totalement verticale.

Cette vague fit basculer le bateau d'une extrémité sur l'autre, rompit le harnais de sécurité de Smeeton et la précipita par-dessus bord.

Tommy Barrie avait connu une expérience similaire au large du Georges Bank. Une vague sortie de nulle part avait fait exploser les vitres de sa timonerie, arraché de ses bossoirs le canot de sauvetage, enfoncé le panneau de l'écoutille avant et fait voler de toutes parts tout ce qui n'avait pas été arrimé à son bord. Dix minutes plus tard, la même vague était allée frapper le *Miss Millie*, qui avait eu sa coque endommagée.

Des vitres enfoncées par une vague — ce qui est peut-être arrivé à Billy Tyne — donnent lieu à des scènes épouvantables à imaginer : des hommes pataugeant, avec de l'eau jusqu'aux genoux, dans la timonerie tandis que le vent hurle par toutes les ouvertures. Si une grosse quantité d'eau a réussi à pénétrer, elle peut gagner la salle des machines, plus bas, imprégner les câbles électriques. C'est alors le bateau tout entier qui risque d'être chargé de courant, et les hommes se tenant dans l'eau peuvent être électrocutés. Un bateau ayant perdu ses vitres peut se remplir d'eau en quelques minutes. En conséquence, deux hommes s'attachent le plus solidement possible, un cordage autour de la taille, et rampent jusque sur la passerelle avec des feuilles de contre-plaqué pour tenter d'obturer les trous béants laissés par les vitres fracassées.

« Mais le contre-plaqué prend le vent comme un cerf-volant, dit Charlie Reed. Il faut drôlement maîtriser cette saloperie. Pour un capitaine, c'est la trouille majeure : voir quelqu'un s'envoler par-dessus bord. »

De fait, il est difficile d'imaginer besogne plus dangereuse que de s'aventurer sur une passerelle de bateau en pleine tempête pour effectuer une réparation. Sur terre, un vent de cent nœuds vous oblige à ramper littéralement ; en mer, il vous aplatit sur place. Le pont est pratiquement sous l'eau, le bateau roule, les embruns vous assaillent. Vous profitez des creux de vagues pour travailler, et vous vous jetez à plat ventre lorsque les crêtes attaquent le bateau. L'un des deux hommes maintient le contre-plaqué sur l'ouverture, tandis que l'autre, muni d'une perceuse électrique, creuse des trous sur le pourtour. Lorsqu'il a creusé un trou, il y martèle une vis, et quelqu'un, dans la timonerie, y adapte un écrou. Ce jeu difficile et périlleux se poursuit jusqu'au moment où le contre-plaqué a été solidement vissé sur l'ouverture.

Lorsque le contre-plaqué est fixé, l'équipage commence à écoper avec des seaux l'eau qui a envahi la timonerie et à tenter de remettre en ordre celle-ci. Peut-être quelqu'un essaie-t-il de brancher sur pile la radio ou le loran pour voir s'il peut capter quelque message. On tente de rééquilibrer le bateau en faisant passer du carburant d'un réservoir à l'autre. On va voir ce qui s'est passé dans la salle des machines et on s'assure que les dalots sont en mesure d'évacuer l'eau qui balaie le pont. On s'assure aussi que les écoutilles sont bien fermées.

En cette situation — où s'est sans aucun doute trouvé Billy — il n'y a pas grand-chose qu'on puisse faire, si ce n'est foncer tout droit dans la tempête en espérant ne pas recevoir d'autres vagues de grandes dimensions. Si les vagues continuent à attaquer la timonerie de face, brisant vitres ou contre-plaqué, on peut aussi tenter de virer de bord et de naviguer mer arrière, mais cette manœuvre engendre toute une série d'autres problèmes et d'autres périls.

Indiscutablement, Billy Tyne aurait appelé au secours par radio s'il l'avait pu. Tout ce qu'il avait à faire était de répéter *mayday* [1] sur le Canal 16 ou sur 2182 kilohertz en donnant ses coordonnées. L'un et l'autre sont écoutés en permanence par les Gardes-Côtes, la Marine militaire et tous les bateaux se trouvant en haute mer, et, de par la loi maritime, tout navire qui capte un signal de détresse doit y répondre immédiatement, sauf si cela met en danger la vie de son équipage. Les Gardes-Côtes auraient envoyé un avion de sauvetage Aurora pour localiser l'*Andrea Gail* et marquer sa présence en décrivant des cercles au-dessus de lui, tandis qu'à Halifax plongeurs et équipage d'hélicoptère auraient été mis en alerte. La corvette des Gardes-Côtes canadiens *Edward Cornwallis* aurait, quant à elle, immédiatement quitté le port pour un parcours de

1. Signal de détresse international n'ayant rien à voir avec la fête du 1er mai, mais venant tout simplement, à l'origine, du français : « m'aider ». *(N.d.T.)*

l'ordre de trente-six heures. Le *Triumph C*, un remorqueur de haute mer ancré près d'une plate-forme pétrolière au large de Sable Island, aurait également appareillé. Le *Contship Holland*, le *Zarah* et peut-être le *Mary T* auraient tous tenté de converger vers la position indiquée par Billy. Et, ensuite, ils n'auraient pu quitter les lieux qu'avec l'autorisation des Gardes-Côtes.

Mais, selon toute probabilité, les émetteurs de radio de Billy sont hors d'usage. Aucun message ne parvient aux Gardes-Côtes. Le seul lien dont Billy peut maintenant disposer avec le reste du monde est son EPIRB. Installé sur la passerelle dans un étui en plastique, l'instrument a un commutateur avec trois positions : « off », « on » et « armé ». En principe, on le maintient en permanence sur la position « armé », et, si le bateau coule, un dispositif sensible à l'eau déclenche un signal radio relayé par satellite à des postes d'écoute à terre. Ainsi, les Gardes-Côtes connaissent immédiatement le nom du bateau, sa position — et la terrible situation dans laquelle il se trouve. Mais si un bateau perd ses émetteurs radio avant de sombrer vraiment, son capitaine peut envoyer un signal de détresse en plaçant simplement le commutateur sur la position « on ». C'est comme s'il hurlait lui-même *mayday* par radio.

Billy, toutefois, n'en fait rien. Cela ne peut signifier qu'une chose, c'est qu'il croit jusqu'au dernier moment, pouvoir s'en tirer. Il doit se dire qu'il a peu de chances d'être frappé de nouveau par une vague telle que celle qui a cassé ses vitres — ou que, si tel est le cas, il pourra l'encaisser. Statistiquement, un vent de quarante nœuds engendre une vague de neuf à douze mètres toutes les six minutes environ. Toutes les heures, peut-être, Billy peut s'attendre à une vague de quinze mètres

— du genre de celle ayant brisé ses vitres. Et toutes les cent heures, enfin, il peut craindre une vague non négociable — un monstre de plus de vingt mètres risquant de retourner son bateau d'une extrémité sur l'autre. Il peut s'imaginer que la tempête aura cessé avant que ses cent heures se soient écoulées.

Sur un navire en perdition, chacun réagit de façon différente. À bord d'un bateau de Gloucester, on a vu un homme se recroqueviller dans son coin et se mettre à pleurer, tandis que ses camarades continuaient à s'activer sur le pont, apparemment impassibles. Les hommes de l'*Andrea Gail* sont tous des marins-pêcheurs expérimentés. Ils doivent essayer de se dire que ce n'est jamais qu'une tempête de plus dans leur carrière. Ils en ont connu d'autres, ils en connaîtront d'autres, et, au moins, ils n'ont pas le mal de mer. Billy est sans aucun doute trop occupé avec la barre pour penser vraiment à la noyade. Ernie Hazard, qui a vécu la même expérience, affirme que c'était bien là la dernière de ses préoccupations.

« On ne se parlait pas, raconte-t-il. On travaillait simplement. On n'a jamais eu vraiment conscience du danger. On était trop occupés. Très, très occupés. »

Mais certaines réalités doivent quand même finir par s'imposer. À un moment, Tyne, Shatford, Sullivan, Moran, Murphy et Pierre doivent quand même bien se rendre compte qu'il n'y a pas d'issue. Ils pourraient déclencher l'EPIRB, mais un sauvetage de nuit dans ces conditions serait pratiquement impossible. Ils pourraient déployer le radeau pneumatique, mais, par cette mer, ils ne survivraient sans doute pas. Si le bateau coule, ils couleront avec lui, et personne n'y peut rien. Leurs vies se trouvent totalement entre leurs propres mains.

Ce simple fait doit commencer à peser sur l'estomac

de Bobby Shatford comme un plat trop difficile à digérer. C'était lui, après tout, qui avait ces terribles pressentiments le jour de leur départ. Cet ultime après-midi, sur le quai, il avait été à un cheveu de dire non — de dire à Chris de remettre la voiture en route. Ils auraient pu rentrer chez eux ou aller n'importe où sur la côte. Aucune importance. De toute manière, il ne se retrouverait pas maintenant en plein milieu de cette tempête, et les autres non plus. Il aurait fallu au moins un jour à Billy pour le remplacer, et, du coup, le bateau serait maintenant bien à l'est, avec le reste de la flottille.

Au printemps précédent, Bobby et Chris avaient loué un film intitulé *The fighting Sullivans*, qui racontait l'histoire de cinq frères trouvant la mort sur un navire de la Marine américaine durant la Deuxième Guerre mondiale. C'était le film favori d'Ethel. Le regardant avec Chris et pensant à ses propres frères, Bobby s'était soudain mis à pleurer. Ce n'était pas un homme qui pleurait facilement, et Chris ne savait que faire. Devait-elle dire quelque chose ? Faire mine de ne rien remarquer ? Éteindre le poste de télévision ? Finalement, Bobby lui dit qu'il s'était senti bouleversé à l'idée de tous ses frères devenant pêcheurs. Et il ajouta que s'il lui arrivait quelque chose, à *lui*, il voulait être enseveli en mer. Chris lui affirma que rien n'allait lui arriver, mais il insista. Qu'on m'ensevelisse en mer, dit-il. Promets-le-moi.

Et le voilà maintenant en train de se faire ensevelir en mer. De mauvaises, les conditions sont devenues abominables. On en est à Force 10 ou 11 sur l'échelle de Beaufort. L'ouragan *Grace* chemine toujours vers le nord, et quand il se heurtera à la tempête de Sable Island — probablement dans un jour ou deux — on atteindra peut-être Force 12. Très peu de bateaux de la taille de l'*Andrea Gail* peuvent supporter une tempête de Force 12. Billy se trouvant sans doute, à ce moment, incapable d'utiliser sa radio, il n'y a aucun moyen de savoir ce qui se passe exactement à bord de l'*Andrea Gail.* Mais on peut s'en faire une assez bonne idée d'après ce qui arrive à l'*Eishin Maru 78*, le pêcheur d'espadon japonais se trouvant à deux cents milles au sud-ouest. L'*Eishin Maru* a à son bord une observatrice canadienne, Judith Reeves, chargée de s'assurer qu'il respecte les règlements de pêche du Canada. Il est frappé par la tempête à peu près en même temps que l'*Andrea Gail*, mais pas aussi brutalement ; la bouée 44137, à soixante milles au sud, indique un accroissement lent et progressif de la vitesse du vent commençant à 17 heures le 28. À l'aube du 29, le vent souffle à quarante nœuds avec des pointes à cinquante, et les plus hautes vagues ne sont que de quinze mètres. C'est considérablement moins que ce que connaît Billy, mais la situation ne cesse d'empirer. Vers minuit, les vents sont de cinquante nœuds avec des pointes à soixante, et les plus hautes vagues dépassent les trente mètres. Mais c'est à 20 heures 10 le 29 octobre que la première vague vraiment meurtrière frappe l'*Eishin Maru.*

Elle fait éclater une vitre à bâbord avec un bruit comparable à la détonation d'un fusil de chasse. L'eau inonde le pont et se déverse jusque dans la cabine de Reeves. Celle-ci entend des hurlement affolés de l'équipage, puis des ordres qu'elle ne comprend pas. Des hommes se précipitent pour obturer la fenêtre brisée et pour écoper dans la timonerie, et, une heure plus tard, le capitaine a repris le contrôle de la passerelle. Mais le bateau subit une horrible punition. Il a quarante-cinq mètres de long — deux fois la taille de l'*Andrea Gail* — et son pont est complètement recouvert par les vagues.

Il n'y a pas de gilets de sauvetage, pas de combinaisons de survie et pas d'EPIRB.

La deuxième grosse vague frappe juste avant l'aube. Cette fois, elle fracasse quatre fenêtres de la timonerie, y compris celle qui a été obturée avec du contre-plaqué.

« Tous les circuits ont sauté, raconte Reeves. Il y avait de la fumée et des fils crépitant de tous côtés. La VHF, le radar, l'interphone, les appareils de navigation, tout avait rendu l'âme. C'est alors que l'opérateur radio est venu me trouver et m'a fait comprendre — par signes — qu'il voulait que je vienne avec lui. »

L'opérateur radio a réussi à établir un contact téléphonique relayé par satellite avec l'agent de l'armateur, et Reeves doit se charger d'expliquer à celui-ci la situation dans laquelle se trouve le bateau. Tandis qu'elle parle, les Gardes-Côtes de New York interviennent ; ils ont suivi la conversation et veulent savoir si l'*Eishin Maru* a besoin qu'on lui porte secours. Reeves répond que le bateau a perdu presque tous ses appareils électroniques et se trouve dans une situation grave. New York la met en contact avec les Gardes-Côtes d'Halifax, et, tandis qu'elle discute avec ceux-ci des possibilités de sauvetage, l'opérateur radio l'interrompt. Il lui montre une phrase dans un manuel de conversation anglaise : « Nous sommes en perdition et dérivons. Venez à notre secours par tous les moyens. » (À l'insu de Reeves, on vient de s'apercevoir que le gouvernail ne répond plus, mais l'opérateur radio ne sait pas comment l'expliquer à la Canadienne.) C'est à ce moment que celle-ci se rend compte qu'elle va probablement sombrer.

« Nous ne gouvernions plus et nous étions juste dans l'œil de la tempête, raconte-t-elle. C'était une mer très tourmentée, avec des vagues arrivant de différentes directions. Le vent cueillait l'écume au sommet des vagues et la projetait si haut et si loin que quand l'avion de sauvetage en mer est arrivé, nous ne pouvions même pas le voir. Il arrivait que le bateau soit projeté sur le côté et que nous nous retrouvions carrément la tête en bas et complètement sous l'eau. Et pendant la seconde qui s'écoule avant que le bateau commence à se redresser, on attend, retenant simplement sa respiration. »

Selon Reeves, l'*Eishin Maru*, qui reçoit maintenant d'énormes vagues par le travers, fait des tonneaux à 360 degrés avant de se rétablir. Quatre bateaux tentent de répondre à son appel de détresse, mais trois d'entre eux doivent renoncer. Ils ne peuvent continuer sans mettre en péril leurs propres équipages. Le remorqueur de haute mer *Triumph C* quitte Sable Island et essaie de forcer sa voie vers le sud. La corvette des Gardes-Côtes *Edward Cornwallis* a quitté Halifax. Les hommes de l'*Eishin Maru*, impassibles, sont sûrs qu'ils vont périr. Reeves, elle, est trop occupée pour y penser ; elle cherche les gilets de sauvetage, fait fonctionner la radio, feuillette le manuel de conversation japonais. Puis, finalement, elle trouve un instant pour envisager les solutions qui s'offrent à elle.

« Soit je saute à l'eau, soit je coule avec le bateau. Pour ce qui est de la première possibilité, j'y ai pensé un instant, avant de me rendre compte qu'on avait cloué tous les panneaux d'écoutille. Je me suis dit : "Mon Dieu, je ne sortirai jamais de ce foutu bateau. Cela va être mon tombeau." Je me suis dit qu'il faudrait bien faire face à ce qui allait arriver, et que ce n'était pas la peine d'y penser vraiment parce que c'était trop effrayant. Mais je ne pouvais pas me débarrasser de cette impression que j'allais connaître quelque chose de très déplaisant. Que se noyer, ce n'allait *vraiment pas* être drôle. Ce n'est qu'au moment où nous avons cessé de gouverner que j'ai véritablement pensé qu'on allait y avoir droit. Ce que je veux dire, c'est que là, je savais que c'était une véritable possibilité, et que j'allais devoir y faire face. »

Peu après ce moment où le gouvernail a cessé de répondre, un officier radio de New York demande à Reeves comment cela se passe. Pas trop bien, répond-elle. Vous avez sorti votre combinaison de survie ? Oui, je l'ai, dit-elle. Et combien de Japonais vous pouvez y mettre ? Reeves se met à rire. Cette médiocre plaisanterie suffit à faire oublier un bref instant le caractère désespéré de la situation. Deux heures plus tard, le téléphone par satellite sonne. Contre toute attente, c'est un radio-reporter canadien qui voudrait interviewer Reeves. Il s'appelle Rick Howe.

*

« Miss Reeves, est-ce que c'est dur là-bas ? » demande Howe au milieu de la friture, des grésillements divers et des hurlements du vent.

« C'est plutôt dur. »

« Et pour le chalutier, quel est le problème ? »

« Ce n'est pas un chalutier, c'est un bateau à longue ligne. Le problème est que nous avons perdu nos vitres et tous nos instruments. »

« Êtes-vous en danger ou pensez-vous que tout va bien se passer ? »

« Eh bien, nous sommes en danger. Nous sommes vraiment en danger. Nous dérivons avec des creux de douze mètres et des vents de cinquante à soixante nœuds. Si nous prenons encore de l'eau, nous allons perdre tous les moyens de communication qui nous restent. Alors, nous sommes vraiment en danger. »

« Savez-vous à quelle distance de vous est le navire le plus proche ? »

« À une centaine de milles, à ce que nous croyons. Si nous devons abandonner le navire, il y a des hélicoptères qui peuvent être là en trois heures et demie. Malheureusement, ils ne pourront pas arriver la nuit. Alors, si quelque chose arrive la nuit, nous sommes fichus. »

« Vous avez dit que vous espériez voir le temps s'améliorer dans la journée. Qu'est-ce que vous pouvez ajouter à ce sujet ? »

« Les vagues sont censées se réduire à cinq à huit mètres et les vents virer à l'est, vingt-cinq à trente-cinq nœuds. Il y aura alors moins de risques de recevoir ce que je redoute en ce moment, c'est-à-dire un coup de plein fouet. Si nous en prenons un, le bateau se renverse, et si nous en prenons un autre, il sombre. Et nous sommes tous enfermés à l'intérieur. Tout a été bouclé, bloqué, cloué. Si le bateau coule, il n'y a aucun moyen de s'en sortir. »

« Vous en êtes au point où vous pouvez avoir à abandonner le navire. Est-ce que l'équipage et vous-même vous êtes préparés à cette éventualité ? »

« Eh bien, pour vous dire toute la vérité, je n'ai pas l'impression que l'équipage soit très bien préparé à une situation de détresse, ce qui est un peu effrayant. Je suis la seule qui ait une combinaison de survie. Mais, dans l'état actuel de la mer, elle ne me servirait pas à grand-chose de toute façon. »

« Oui, je vois. Eh bien, écoutez, je vous remercie d'avoir bien voulu nous parler, et toute la province prie pour vous. »

« Merci. »

Sur quoi Reeves retourne à ses occupations.

*

Après sa conversation avec Tommy Barrie, Billy doit sans doute pouvoir faire route encore deux ou trois heures au nord-ouest, avant que la mer devienne trop rude. Cela le placerait juste au nord de la bouée 44139 et à proximité directe de Banquereau, l'un des anciens lieux de pêche au large de la Nouvelle-Écosse. La route des 200 brasses de fond bifurque à Banquereau, partant au nord vers le chenal du Saint-Laurent et au sud-sud-ouest vers Sable Island. À environ soixante milles plein est, il y a un chenal sous-marin appelé le « Gully », puis commencent les hauts fonds de Sable Island.

Sable Island est un banc de sable d'une trentaine de kilomètres de longueur qui se prolonge sous l'eau, à l'est et à l'ouest, de soixante à quatre-vingts kilomètres. À distance, les apparences sont trompeuses, et les lames venant se briser sur les hauts fonds ressemblent à une longue étendue de sable blanc. Des marins s'y sont dirigés, en pleine tempête, pensant pouvoir ainsi écoucher leurs bateaux sur une plage, et ont été mis en pièces par des vagues de six mètres sur la barre extérieure.

En 1894, l'historien local George Patterson écrivait : « Partant de l'extrémité est, une barre s'étend sur dix-sept milles vers le nord-est. Les quatre premiers milles restent secs par beau temps, les neuf suivants sont recouverts de fortes vagues et les quatre derniers d'une mer grossie par des courants contradictoires, si incertains qu'ils font parfois, en vingt-quatre heures, le tour complet de la boussole. Un tonneau vide pourra ainsi faire plusieurs fois le tour de l'île, et il en sera de même pour les cadavres provenant des navires naufragés. »

L'île, de plus, est instable et mouvante, perdant du sable à une extrémité pour en retrouver à l'autre, remuant sans cesse depuis des siècles. Depuis 1873, les fondations de six phares ont été ainsi sapées. Des troupeaux de chevaux sauvages, descendants des robustes petits chevaux bretons laissés par les Français, parcourent l'île, où l'oyat est seule à retenir les dunes et où les buissons d'airelle et les rosiers sauvages poussent dans les fondrières du centre. Le Gulf Stream et le courant glacial du Labrador se rencontrent à Sable, enveloppant souvent l'île de brouillard. Cinq mille hommes se seraient noyés dans les hauts fonds, valant à l'endroit le nom de « cimetière de l'Atlantique », et au moins autant ont été amenés à terre par les équipes de sauveteurs qui sont implantées là depuis 1801.

« Nous avons eu, écrivait l'un de ces sauveteurs en 1820, un hiver tolérable, sans épaves, si l'on excepte la coque de la goélette *Junon*, de Plymouth, arrivée à la côte sans voiles ni gréement d'aucune sorte, et sans personne à bord, à part un cadavre dans la cale. »

Par mauvais temps, des hommes faisaient le tour de l'île à cheval pour tenter de repérer les bateaux en détresse. Si tel était le cas, ils allaient chercher à la rame, au milieu des vagues se brisant sur le sable, les éventuels survivants. Quand la tempête s'était calmée, ils s'efforçaient de récupérer la cargaison, ainsi que le bois du bateau, qui était débité et scié pour servir de matériaux de construction ou, plus simplement, de combustible. Les rescapés des navires naufragés passaient souvent tout l'hiver sur l'île. Il arrivait que deux ou trois cents personnes campent ainsi dans les dunes en attendant, au printemps, un navire qui viendrait les chercher.

Aujourd'hui, il y a, sur l'île, deux phares, une station

de Gardes-Côtes, une station météorologique et quelques douzaines de puits de pétrole et de gaz naturel. Trente milles de hauts fonds s'étendent au nord-ouest, avec des profondeurs de dix-huit mètres, et vingt milles à l'est, avec des profondeurs de quinze mètres. Ce sont tout simplement les extrémités du banc de sable. Billy ne s'y trouve pas encore, mais il s'en approche. Dans l'ancien temps, il était notoire que la plupart des naufrages survenant à Sable Island étaient dus initialement à des erreurs de navigation ; le courant vers l'ouest était si fort qu'il pouvait faire dévier des bateaux de soixante à cent milles. Or, si Billy a perdu son matériel électronique, il est revenu, en fait, à l'ancien temps. Il doit avoir devant lui une carte des Grands Bancs et s'efforcer de déterminer sa position d'après la direction indiquée par le compas, sa vitesse et l'état du vent. C'est une navigation à l'estime. Peut-être les courants et les vents poussent-ils Billy plus à l'ouest qu'il ne s'en rend compte, jusque sur les hauts fonds de Sable. Peut-être a-t-il viré et navigue-t-il mer arrière pour éviter que les vagues attaquent sa timonerie ou pour économiser du carburant. Ou peut-être son gouvernail a-t-il lâché et dérive-t-il, comme l'*Eishin Maru*.

Une seule chose est sûre. Vers minuit le 28 octobre — alors que la tempête fait rage au large de Sable Island — la catastrophe frappe l'*Andrea Gail*.

LE POINT ZÉRO

« Je regardai et aperçus un cheval pâle. Le nom de son cavalier était la Mort, et l'Enfer le suivait. »

Révélation, Chapitre 6, verset 8

Dans les années cinquante et soixante, le gouvernement américain décida de faire exploser toute une série d'engins nucléaires dans l'océan Pacifique. On pensait que la profondeur des eaux permettrait d'absorber l'onde de choc et de minimiser les effets sur l'environnement tout en laissant aux experts scientifiques la possibilité de mesurer la force des explosions. Mais un océanographe nommé William Van Dorn, collaborateur du Scripps Institute de La Jolla, en Californie, déclara qu'une explosion nucléaire déclenchée au mauvais endroit « risquerait de transformer l'ensemble du plateau continental en une zone de ressac ».

Inquiétée par ce propos, la Marine américaine se livra à une toute une série d'essais en laboratoire pour voir quels genres d'agression physique pouvaient supporter ses navires. (Elle avait déjà perdu trois destroyers au cours d'un typhon en 1944. Avant de couler, ces navires avaient signalé par radio qu'ils roulaient sur eux-mêmes à 140 degrés. Ils avaient été inondés par les cheminées et avaient sombré.) La Marine soumit des modèles réduits de destroyers et de porte-avions aux différents types de vagues, reconstitués en bassin, et constata qu'une seule vague non brisante, quelle que soit sa taille, ne pouvait couler un navire. En revanche, une seule vague *brisante* pouvait le retourner d'une extrémité sur l'autre si elle était plus haute que le bateau était long. D'une façon générale, le bateau escaladait la vague à un angle de 45 degrés, ne parvenait pas à en gagner le sommet et redescendait le long de sa face. Sa poupe s'enfonçait alors dans le creux, tandis que la proue se trouvait retournée par la crête de la vague.

Il y a aussi la succession de vagues qui, frappant le bateau à répétition, finit par le démolir et le couler. Sur un bateau à coque d'acier, les vitres explosent, les panneaux d'écoutille cèdent et l'eau commence à tout envahir. La violence de son débit, comparable à celui d'une lance à incendie, empêche l'équipage de quitter son poste. En ce sens, mieux vaut encore la première solution — la vague brisante unique qui vous cueille — car un bateau retourné retient l'air dans sa cale et peut continuer à flotter pendant une heure ou plus. Cela peut permettre à l'équipage de s'échapper pour prendre place à bord d'un radeau de sauvetage. Les radeaux pneumatiques sont conçus pour se gonfler automatiquement et se libérer du bateau lorsqu'il sombre. En théorie, l'EPIRB fait de même et commence à émettre à l'intention des stations côtières. Tout ce que les marins ont à faire, c'est d'essayer de rester en vie.

Dans les dernières heures du 28 octobre, l'état de la mer est tel que l'un ou l'autre de ces drames peut arriver à l'*Andrea Gail*. Et s'il a perdu de la puissance de propulsion — un filtre encrassé, une hélice faussée ou n'importe quoi d'autre — il peut aussi se renverser sur le côté et chavirer. La règle est la même que pour un retournement d'une extrémité sur l'autre : la vague qui frappe le bateau par le travers doit avoir une hauteur supérieure à la largeur de l'embarcation. L'*Andrea Gail* a six mètres de largeur. Mais, même si le bateau n'est pas frappé par une « vague non négociable », l'état de la mer laisse à Billy de moins en moins de marge de manœuvre. S'il maintient une vitesse suffisante pour pouvoir gouverner, il expose le bateau à des coups de mer qui risquent de le mettre en pièces, et s'il ralentit, il perd le contrôle du gouvernail.

Si les conditions météorologiques ne changent pas, le plus que Billy puisse raisonnablement espérer est de tenir jusqu'à l'aube. Là, au moins, il y aura une chance de sauvetage. Dans l'état actuel des choses, c'est impensable.

« Durant les violentes tempêtes, écrit Van Dorn, il y a tant d'eau dans l'air et tant d'air dans l'eau qu'il devient impossible de dire où s'arrête l'atmosphère et où commence la mer. »

Dans de telles conditions, un équipage d'hélicoptère ne pourrait en aucun cas évacuer six personnes du pont d'un bateau. Aussi, durant les huit heures qui suivent, l'équipage de l'*Andrea Gail* doit-il continuer à pomper et à actionner le moteur, en espérant ne pas rencontrer quelque grosse vague isolée. Des vagues dépassant la vingtaine de mètres rôdent un peu partout comme des géants mal embouchés, et tout ce que peut faire Billy, c'est les affronter de face et tenter d'en passer la crête avant qu'elles ne se brisent. Et peut-être n'a-t-il même plus de projecteurs pour pouvoir les distinguer d'avance ?

« Avec des vagues de vingt mètres, dit Charlie Reed, je commence à trembler dans ma culotte. Vingt mètres, cela fait plus haut que le plus haut point à bord de l'*Andrea Gail*. Ce qui est arrivé, à mon avis, c'est que Billy s'est fait prendre par le travers et a roulé sur lui-même. Et quand ce genre de chose vous arrive, vous prenez de l'eau automatiquement — même si tout est bouclé et verrouillé. Le bateau est cul par-dessus tête, le contre-plaqué cède, et c'est la fin. »

Lorsque la chose est arrivée à Ernie Hazard sur le Georges Bank, en 1982, il n'a pas eu l'impression d'un choc violent mais d'un lent et irrésistible mouvement qui a retourné le bateau. Hazard avait trente-trois ans à l'époque. Trois ans auparavant, répondant à une annonce parue dans un journal, il avait trouvé une place sur le *Fair Wind*, un langoustier de Newport, dans le Rhode-Island. La tempête avait frappé lors de leur dernier voyage de l'année, à la fin novembre. La veille de leur départ, les marins du *Fair Wind*, qui étaient tous bons amis, avaient célébré la prochaine fin de leur saison de pêche dans un restaurant. Lorsqu'ils étaient partis, le lendemain en fin de matinée, les vents étaient modérés et la météo prévoyait plusieurs jours de beau temps. À l'aube suivante, les vents atteignaient les cent nœuds.

« Nous faisions face en donnant tout ce que nous avions, raconte Ernie Hazard. Vous pointez le bateau vers la vague et vous tenez jusqu'au moment où elle explose — vous restez là et vous encaissez. Vous équilibrez le bateau comme vous pouvez, vous inondez les réservoirs et vous tentez de garer tout ce que vous avez sur le pont. Ce jour-là, on entendait le hurlement typique du vent dans les haubans, et il y avait énormément d'écume à cause de ce vent, de l'écume jaune. Nous perdions de la puissance sur la vague, car il y avait plus d'écume que d'eau, et l'hélice n'arrivait pas à mordre.

« C'est arrivé très vite. Nous approchions de l'extrémité du plateau continental, et les vagues devenaient énormes et brisantes. Je me rappelle avoir vu, de la timonerie, arriver ce monstre, qui a éclaté sur notre étrave et nous a fait reculer. Il n'y avait rien pour nous retenir, et notre étrave a dû plonger, puis virer. Nous étions soudain mer arrière. Il a suffi alors d'une seule vague ; notre proue a plongé dans le trou et nous nous sommes retournés. Je me suis brusquement rendu compte que nous étions à l'envers. Flottant à l'intérieur du bateau.

« Je me suis trouvé faire surface dans une petite poche d'air. Je ne savais plus où j'en étais. J'ai plongé, à l'intérieur de la timonerie, et j'ai vu un peu de lumière — peut-être une fenêtre ou un hublot. Il n'y avait plus d'air. Tout était parti. Je me disais : " Cette fois, ça y est. Tu n'as qu'à avaler une bonne gorgée d'eau, et c'est fini." C'était clair et net. J'étais à la croisée des chemins, et il fallait décider : nager ou crever. Cela ne me faisait pas peur. Je n'ai pas pensé à ma famille ou quoi que ce soit. C'était beaucoup plus terre à terre. Les gens pensent qu'on essaie toujours de survivre, mais ce n'est pas vrai. On peut aussi abandonner. »

Pour des raisons qu'il ne saisit toujours pas, Hazard n'abandonna pas. Il prit le parti de nager. Tout le côté bâbord de la cabine était fait d'acier hermétiquement soudé, et il savait que, s'il prenait cette direction, il était fini. En tâtonnant ailleurs, il se sentit glisser par une étroite ouverture, porte ou fenêtre, et, soudain, il se trouva revenu dans le monde extérieur. Le bateau, la quille en l'air, dérivait rapidement, le radeau de sauvetage se dandinant au bout de son amarre. Pour Hazard, cela représentait le dernier espoir. Il se débarrassa comme il put de ses vêtements et se mit à nager.

Que l'*Andrea Gail* ait roulé, basculé d'avant en arrière, qu'il soit submergé, il se retrouve, d'une façon ou d'une autre, dans une situation dont il ne peut sortir. C'est ce que les architectes navals appellent le « point zéro » — le point de non-retour. Le passage d'une situation critique à la catastrophe a été rapide, probablement moins d'une minute, sans quoi quelqu'un aurait mis en marche l'EPIRB. En fait, celui-ci ne s'est même pas déclenché lorsqu'il a touché l'eau, ce qui veut dire qu'il a eu un défaut de fonctionnement. Dans la majorité des cas, lorsque des hommes sont en train de périr en mer, les Gardes-Côtes le savent immédiatement. Quand cela se produit ainsi, nul n'a le temps de s'emparer d'une combinaison de survie ou d'un gilet de sauvetage — nul n'a même le temps de crier. Le réfrigérateur se déloge de la cloison et traverse la cuisine en balayant tout sur son passage. Les assiettes sales jaillissent de l'évier. Le téléviseur, la machine à laver, les cassettes vidéo, les hommes, tout cela voltige. Et, au bout de quelques secondes, c'est l'eau qui fait son entrée.

Quand l'eau envahit un bateau, la première chose qui se produit est un court-circuit général. Toutes les lumières s'éteignent, et, pendant un moment, le seul éclairage est assuré par les éclairs bleus qui viennent se refléter dans l'eau. On prétend que, dans les situations extrêmes, les gens perçoivent les choses de façon déformée, presque surréelle. Quand les fils électriques ont commencé à crépiter et à brûler, peut-être l'un des membres de l'équipage a-t-il pensé à un feu d'artifice — à la dernière fête du Quatre Juillet[1] à Gloucester, lorsqu'il regardait, avec sa petite amie, les fusées teinter de multiples couleurs les eaux du port. Les touristes

1. Fête de l'Indépendance américaine.

déambulaient dans Rogers Street, les pêcheurs menaient grand train dans les bars, et l'odeur de la poudre noire et des coquillages frits avait envahi la ville. Il avait encore toute sa vie devant lui, en ce soir de juillet ; tous les choix s'offraient à lui.

Et il a fini là, en pleine mer. Il a fini là, au milieu de cette tempête, à bord de ce bateau s'emplissant d'eau, avec une ou deux minutes encore à vivre. Maintenant, il n'est plus question de revenir en arrière, et aucun hélicoptère ne peut venir le sauver. Le seul espoir qui reste est que cela finisse vite.

Quand l'eau gagne les hommes emprisonnés dans le bateau, elle est froide, mais pas paralysante, à dix degrés environ. Un homme peut survivre jusqu'à quatre heures à cette température s'il a quelque chose pour se maintenir à la surface. Si le bateau s'est retourné, les hommes se trouvant dans la timonerie sont les premiers à se noyer. Ce qu'ils connaissent est exactement ce qu'a connu Hazard, à part qu'ils ne réussissent pas à sortir pour gagner un radeau de sauvetage ; ils inhalent, et c'est fini. Après cela, l'eau continue de monter à l'intérieur du bateau renversé, inondant la cuisine et les couchettes avant d'attaquer le panneau fermant la salle des machines. Si des hommes se trouvent dans celle-ci, ils sont les derniers à périr. Ils sont dans une obscurité totale, sous une avalanche d'outils et de pièces détachées, tandis que l'eau envahit la coursive. Le bruit des vagues, lui, est probablement difficile à percevoir à travers la coque. Si l'eau met un certain temps à monter, il se peut qu'ils tentent de s'échapper, profitant de l'air qui reste dans leurs poumons, mais ils n'y parviennent pas. C'est trop loin, et ils meurent en cours de route. Il se peut aussi que l'eau arrive si vite et avec une telle violence qu'ils n'ont même pas le temps de réfléchir. Elle monte jusqu'à leur taille, puis jusqu'à leur poitrine, à leur menton, et, soudain, il n'y a plus d'air dans le compartiment. Juste ce qu'ils ont dans les poumons, une minute à peu près.

L'instinct qui pousse à ne pas respirer sous l'eau est si puissant qu'il l'emporte sur l'atroce sensation provoquée par le manque d'air. Si forte que soit celle-ci, une personne en train de se noyer n'inhale qu'à l'extrême limite de la perte de conscience. À ce point, il y a dans le sang tant de dioxyde de carbone et si peu d'oxygène que les régulateurs chimiques du cerveau déclenchent une respiration involontaire, que l'on soit ou non sous l'eau. C'est ce qu'on appelle le « point de rupture », et des expériences en laboratoire ont montré qu'il survient au bout de quatre-vingt-sept secondes. C'est la manifestation d'une sorte d'optimisme biologique, comme si le corps disait : « Retenir notre respiration nous tue, et respirer pourrait peut-être ne pas nous tuer. Alors, nous ferions aussi bien de respirer. » Si le sujet emmagasine d'abord une quantité exceptionnelle d'air — comme le font les plongeurs en apnée et comme peut le faire une personne saisie de panique —, le point de rupture peut ne survenir qu'au bout de cent quarante secondes. L'hyperventilation préalable chasse le dioxyde de carbone du système de sorte qu'il lui faut nettement plus longtemps pour remonter à un taux critique.

Jusqu'au point de rupture, une personne qui se noie est censée être en état d'« apnée volontaire » ; elle choisit de ne pas respirer. L'absence d'oxygène arrivant au cerveau provoque l'impression que l'obscurité se referme sur le sujet, comme si un obturateur d'appareil photographique s'était déclenché. À la panique se mêle un curieux sentiment d'incrédulité : on ne peut croire que cela arrive vraiment. N'ayant jamais rien connu de tel auparavant, le corps et l'esprit ne peuvent mourir de bonne grâce. Désespoir et étonnement se mêlent. « Alors, c'est *cela* se noyer. Alors, c'est *comme cela* que ma vie se termine. »

En même temps que l'incrédulité survient l'irrésistible impression d'être arraché à la vie au moment le plus banal, le plus inopportun aussi. « Je ne peux pas mourir, j'ai des billets pour le match de samedi prochain. » La personne qui se noie peut même se sentir gênée. Elle imagine les gens secouant la tête d'un air navré devant un trépas aussi stupide.

Toutes ces pensées déferlent pendant la minute qu'il faut approximativement à une personne affolée pour se retrouver à court d'air. Quand la première respiration involontaire se produit, la plupart des gens sont encore conscients, ce qui est malheureux, car la seule chose plus déplaisante que se trouver à court d'air, c'est de respirer dans l'eau. À ce moment, la personne passe de l'apnée volontaire à l'apnée involontaire, et la noyade commence vraiment. Une aspiration spasmodique attire de l'eau dans la bouche et dans la trachée, et là, deux choses peuvent se produire. Chez dix pour cent environ des sujets, de l'eau — ou n'importe quoi d'autre — touchant les cordes vocales déclenche une contraction immédiate des muscles entourant le larynx. C'est ce qu'on appelle un laryngospasme. Il est si puissant qu'il l'emporte sur le réflexe de respiration et finit par faire suffoquer le sujet. Une personne éprouvant un laryngospasme se noie sans trace d'eau dans les poumons.

Dans les autres cas — quatre-vingt-dix pour cent — l'eau vient inonder les poumons et interdit tout transfert d'oxygène au sang. Le processus est alors en cours : à demi consciente et affaiblie par la carence d'oxygène, la personne n'est plus en état de lutter pour revenir à la surface. Le processus même de la noyade rend de plus en plus difficile de ne pas se noyer, selon une courbe exponentielle comparable à celle d'un naufrage.

Il arrive cependant que quelqu'un revienne de cette sombre contrée, et c'est par ceux à qui la chose est arrivée que nous connaissons les sensations éprouvées lors d'une noyade. En 1892, un médecin écossais nommé James Lowson se trouvait à bord d'un vapeur se dirigeant vers Ceylan. Le navire fut pris dans un typhon et sombra au milieu de la nuit. La plupart des cent cinquante personnes se trouvant à bord coulèrent avec le navire, mais Lowson réussit à sortir et à gagner le pont. Le navire coula sous ses pieds, l'entraînant sous l'eau, et la dernière chose dont il se souvint ensuite fut d'avoir perdu conscience au-dessous de la surface. Quelques minutes plus tard, la poussée de son gilet de sauvetage le fit remonter à la surface, la mer le projeta sur une île et il vécut assez vieux pour relater ses expériences dans le *Medical Journal* d'Édimbourg. Il attribuait la clarté et la précision de ses souvenirs au « calme presque surnaturel » qui marque les gens affrontant directement la mort. Son récit est certainement ce qui peut le plus se rapprocher d'une évocation des derniers moments de l'*Andrea Gail.*

« Tout l'après-midi, d'énormes vagues ont continué à marteler le navire condamné, et la nuit n'a fait qu'ajouter l'obscurité aux horreurs que nous connaissions déjà. Peu avant dix heures, trois formidables vagues sont parvenues jusqu'à la soute à charbon et aux chaudières, éteignant les feux. Notre situation était devenue désespérée. La fin est arrivée peu avant minuit, lorsque nous nous sommes écrasés sur un récif. En moins d'une minute, le navire s'est retrouvé au fond du détroit de Formose.

« Ayant à peine le temps de réfléchir, j'ai saisi les gilets de sauvetage à ma portée, et, après en avoir lancé deux à mes compagnons, j'ai enfilé le troisième et me suis rué vers la coursive. Je n'avais guère le temps d'étudier l'humanité en cette situation, mais je ne pourrai jamais oublier l'apparent manque d'initiative de tous ceux que je rencontrai. Tous les passagers semblaient paralysés — même mes compagnons, dont certains étaient des militaires chevronnés. Les stewards du navire, hurlant de désespoir, bloquaient l'accès au pont, et ce n'est que par la force que j'ai réussi à franchir le barrage qu'ils formaient. Comme j'arrivais sur le pont, je me trouvai en face d'une véritable montagne d'eau arrivant de tous côtés, qui me projeta contre le bastingage. Le navire coulait rapidement, et je fus entraîné avec lui, continuant à lutter pour me dégager.

« Je finis par y parvenir sous l'eau et m'efforçai immédiatement de remonter à la surface, mais continuai à couler. Cet effort me fit gaspiller quantité de souffle, et, au bout de dix ou quinze secondes, je ne puis plus m'empêcher d'inspirer. J'avais l'impression d'être pris dans un étau qui se resserrait inexorablement jusqu'à un moment où il me sembla que ma colonne vertébrale et mon sternum allaient éclater. Bien des années auparavant, mon vieux maître d'école nous disait combien facile et indolore était la mort par noyade — “ c'est comme de tomber dans une verte prairie par un jour d'été ” — et ses paroles me traversèrent l'esprit à ce moment. Mes tentations d'inhaler devinrent de moins en moins fréquentes, la pression me sembla insupportable, puis la douleur parut s'apaiser progressivement. Il me semblait flotter dans un rêve plaisant, encore que j'eusse assez de volonté pour évoquer les amis laissés au pays. Les paysages des Grampians, qui avaient été ceux de mon enfance, m'apparurent. Au moment où je perdis conscience, la douleur qui m'étreignait la poitrine avait complètement disparu, et la sensation était, en fait, agréable.

« Quand la conscience me revint, je me trouvais à la surface et je réussis à inspirer profondément une douzaine de fois. La terre était distante d'environ quatre cents mètres, et je m'aidai d'une balle de soie puis d'une longue planche pour gagner le rivage. L'ayant atteint, j'allai m'abriter derrière un rocher et n'eus pas besoin de faire effort pour vomir abondamment. Puis je sombrai dans un profond sommeil qui dura trois heures, après quoi je fus pris d'une violente diarrhée, provoquée, de toute évidence, par l'eau de mer que j'avais avalée. Jusqu'au matin, je fus affecté d'un tremblement musculaire que je ne pouvais contrôler. »

Lowson supposait qu'un laryngospasme avait empêché l'eau de pénétrer dans ses poumons pendant qu'il était inconscient. Les marins de l'*Andrea Gail*, s'ils n'ont pas eu de laryngospasmes, ont les poumons complètement inondés. Ils sont en suspension, inconscients mais les yeux ouverts, dans les eaux emplissant le bateau. L'obscurité est totale, et l'*Andrea Gail* est déjà, sans doute, en route vers le fond de l'océan. À ce stade, seule une dose massive d'oxygène pourrait sauver ces hommes. Ils ont souffert une minute ou deux, au plus. Leurs corps, après s'être imposé des efforts de plus en plus rigoureux pour continuer à fonctionner, ont finalement commencé à céder. L'eau dans les poumons noie et chasse la substance permettant normalement aux alvéoles pulmonaires d'extraire l'oxygène de l'air. Les alvéoles eux-mêmes s'effondrent car le sang n'arrive plus par l'artère pulmonaire. Celle-ci, en effet, s'est contractée pour essayer d'expédier le sang dans les régions des poumons où se trouverait plus d'oxygène. Malheureusement, ces régions n'existent pas. Fonctionnant avec des taux d'oxygène dramatiquement bas, le cœur commence à battre de façon très irrégulière. C'est ce qu'on appelle la fibrillation ventriculaire. Plus ce battement est irrégulier, moins le cœur pompe de sang et plus les fonctions vitales déclinent. Des cœurs d'enfants — proportionnellement plus robustes que les cœurs d'adultes — peuvent continuer à battre jusqu'à cinq minutes sans air. Les adultes meurent plus vite. Le battement décroît progressivement puis s'arrête. Seul le cerveau est vivant.

Le système nerveux central ne sait pas ce qui est arrivé au corps. Tout ce qu'il sait, c'est qu'il n'y a pas assez d'oxygène parvenant au cerveau. Il continue à donner des ordres, mais le corps ne peut y obéir. S'il y avait défibrillation à ce moment, le sujet pourrait peut-être survivre. On procéderait à une ressuscitation cardio-pulmonaire, on le mettrait sous respirateur, on le ramènerait presque de force à la vie.

Quoi qu'il en soit, le corps fait tout ce qu'il peut pour retarder l'inévitable. Quand l'eau froide touche le visage, une impulsion parcourt le nerf trijumeau pour gagner le système nerveux central, qui abaisse le taux de métabolisme. Le pouls se ralentit, et le sang se concentre là où il est le plus nécessaire, dans le cœur et dans la tête. C'est une sorte d'hibernation temporaire qui a pour effet de réduire radicalement les besoins en oxygène du corps. On peut asperger d'eau glacée le visage d'une personne dont le cœur s'est emballé pour déclencher la même réaction.

Le réflexe de plongée, comme on l'appelle, est renforcé par l'effet général des températures froides sur les tissus, qu'elles préservent. Réactions chimiques et processus de métabolisme se ralentissent considérablement, et le cerveau peut se contenter de moins de la moitié de l'oxygène qu'il exige habituellement. En certains cas, des personnes ayant passé quarante à cinquante minutes sous la glace d'un lac gelé ont pu survivre. Plus froide est l'eau, plus vif est le réflexe de plongée, plus lent est le processus de métabolisme, et plus long est le temps de survie. Cependant, l'équipage de l'*Andrea Gail* ne se trouve pas dans une eau particulièrement froide ; elle ne peut guère ajouter que cinq à dix minutes à la vie des marins. Et, de toute manière, nul n'est en position de les sauver. L'activité électrique de leur cerveau ne cesse de se ralentir, jusqu'au moment où, au bout de quinze ou vingt minutes, elle cesse complètement.

Le corps, en ce cas, pourrait se comparer à un équipage ayant recours aux mesures les plus désespérées pour essayer de maintenir son bateau à flot. Finalement, l'ultime court-circuit se produit, et le dernier morceau de pont est submergé. Tyne, Pierre, Sullivan, Moran, Murphy et Shatford sont morts.

LE MONDE DES VIVANTS

« La mer a gardé son corps fini, mais a noyé l'infini de son âme. Il a vu le pied de Dieu sur la pédale du métier à tisser, et il l'a dit. Et ses compagnons de bord l'ont traité de fou. »

HERMAN MELVILLE, *Moby Dick*

La tempête vient frapper Albert Johnston, à cinquante milles au sud de la Queue sur le *Mary T*, quelques heures après l'*Andrea Gail* mais avec une égale violence. Le premier signe est une intense friture sur la VHF, puis survient le vent : trente nœuds, quarante nœuds, cinquante nœuds. Il finit par arracher l'anémomètre de la bouée 44138. Elle se trouve à cinquante milles environ au nord-ouest de la position de Johnston et enregistre cinquante-six nœuds avant de rendre l'âme. Le centre de la dépression dépasse Johnston dans la soirée du 28, tourne et continue sa route vers la côte durant toute la journée du lendemain. Ce mouvement épargne à Johnston le plus fort de la tempête. Et, en même temps, il lui sauve la vie.

Johnston navigue comme il peut au milieu du vent et des vagues jusqu'à la tombée de la nuit, puis il vire de bord et prend le sens de la mer. Il ne tient pas à courir le risque d'une vague solitaire venant lui fracasser ses vitres dans la nuit. Durant les premières heures du 29 octobre, il chevauche, vent arrière, d'énormes vagues, suivant un segment du courant froid du Labrador, puis, à l'aube, il vire de bord et reprend sa lutte pour remonter vers le nord. Il veut prendre assez de champ pour ne pas se heurter au Gulf Stream lorsqu'il repartira vers le sud la nuit suivante. Les hommes d'équipage se hasardent comme ils peuvent sur le pont pour assurer les panneaux d'écoutille et resserrer les attaches de l'ancre. Le soleil s'est montré, jetant une lumière morne sur l'étendue verte de l'océan, et, venu de l'est, le vent fait gémir et miauler les câbles d'acier et projette vers le ciel de longues traînées d'écume. L'air est si saturé que le radar cesse de fonctionner. À un moment, un bateau de pêche japonais non identifié surgit de nulle part, son projecteur fouillant la pénombre, et passe à quelques centaines de mètres à peine du *Mary T.* Face aux plus hautes vagues, son étrave ne parvient pas à se relever à temps, et le bateau plonge tout droit dans la muraille d'eau. On ne voit plus, pendant un moment, que sa timonerie, puis, lentement, sa proue se relève. Les deux bateaux passent l'un à côté de l'autre sans un mot et sans un signe, incapables de communiquer, incapables de se venir en aide, poursuivant chacun sa propre route au milieu de l'enfer.

Si l'on excepte cette unique expédition sur le pont pour vérifier la fermeture des panneaux d'écoutille, les hommes de l'équipage restent dans leurs couchettes, tandis que Johnston, les pieds vissés au plancher de la timonerie, lutte avec la barre, jetant parfois des notes lapidaires dans le livre de bord.

« *Vents de nord-est 80 à 100 nœuds comme nous passons côté ouest de l'œil,* note-t-il le 29. *Vagues 6 à 9 mètres. Tempête dangereuse évoluant est à 15 nœuds avant dériver sud-ouest et rencontrer* Grace. »

Johnston est l'un des capitaines les plus attentifs à la météo de toute la flottille, et il garde un œil sur l'ouragan *Grace*, qui remonte tranquillement la côte. À huit heures du matin le 29, *Grace* se heurte, comme prévu, au front froid et repart vers la haute mer. Il se déplace extrêmement vite, avec des vents de quatre-vingts nœuds et des vagues de neuf mètres. Il devient, bien qu'en bout de course, un élément important du système atmosphérique qui se met en place au sud de Sable. Il franchit le 40e parallèle dans l'après-midi, et vers 20 heures le 29 octobre, se heurte à la tempête de Sable Island.

L'effet est instantané. L'air tropical est une sorte d'accélérateur météorologique qui peut faire littéralement exploser un autre système tempétueux, et, dans les heures qui suivent la rencontre avec l'ouragan *Grace*, le gradient de pression autour de la tempête de Sable Island forme l'équivalent d'une véritable falaise. Les cartes météorologiques représentent la pression barométrique de la façon dont les cartes topographiques représentent les dénivellations, et, dans les deux cas, plus les lignes sont rapprochées, plus brutal est le changement. Les cartes météorologiques des Grands Bancs pour les premières heures du 30 octobre montrent les isobares se joignant en une masse noire unique sur le front nord de la tempête. Comme un rapport de la NOAA le proclamait froidement un an plus tard :

« La tempête dangereuse en prévision était maintenant réalité. »

Le seul avantage de ces tempêtes hivernales pour les habitants des régions côtières est qu'elles tendent à se déplacer d'ouest en est vers la haute mer. Cela signifie que la vitesse de leur mouvement d'ensemble doit être soustraite de la vitesse du vent : un vent de soixante-dix nœuds issu d'une tempête se déplaçant à vingt nœuds devient en réalité un vent de cinquante nœuds. L'inverse peut être vrai — le mouvement s'additionnant à la vitesse du vent — mais cela n'arrive presque jamais sur la Côte Est des États-Unis. Le mouvement atmosphérique est entièrement ouest-est aux altitudes moyennes, et il est presque impossible à un système météorologique de contrarier ce phénomène. Il faut, pour que cela arrive, une exceptionnelle combinaison d'éléments, un troisième rouage dans la mécanique céleste.

D'une façon générale, il faut un ouragan.

Le 30 octobre, la tempête de Sable Island se trouve enfermée entre les vestiges de l'ouragan *Grace* et la zone de haute pression canadienne. Comme tous les éléments de grande ampleur, les ouragans mettent beaucoup de temps à se ralentir, et le mouvement giratoire qu'ils provoquent, dans le sens contraire à celui des aiguilles d'une montre, persiste longtemps après que leurs structures internes se sont disloquées. Dans le même temps, la zone de haute pression canadienne continue à faire tourner dans le sens des aiguilles d'une montre une masse d'air dense et froid. Ces deux systèmes fonctionnent comme deux énormes engrenages saisissant la tempête entre leurs dents et l'expulsant vers l'ouest, c'est-à-dire vers la côte. C'est là une anomalie météorologique qui ne se produit que tous les cent ans environ. Dès le 27 octobre, les ordinateurs géants du Maryland avaient prévu la chose, et Bob Case la suivait, fasciné. Les météorologues voient la perfection en d'étranges choses, et cette exceptionnelle combinaison de phénomènes en est une. Mon Dieu, se dit Bob Case, c'est la tempête parfaite, une tempête exemplaire.

Du fait de cette poussée vers l'ouest, le plus gros de la flottille de pêche — qui se trouve aux environs du Cap Flamand — échappe au pire, alors que tous ceux qui naviguent plus près de la côte souffrent terriblement. *Mr. Simon*, un bateau de trente-deux mètres se trouvant à une centaine de milles à l'ouest de la position d'Albert Johnston, a son panneau arrière emporté, sa timonerie inondée et les attaches de son ancre arrachées. L'ancre étant partie à la dérive sur le pont, un membre de l'équipage doit effectuer une sortie pour la libérer. Le *Laurie Dawn 8* perd ses antennes, puis reçoit par ses conduits d'aération une vague qui noie l'un des moteurs. Plus au sud, le long de la côte, la situation est pire encore. Deux cargos, l'*Eagle* et le *Star Baltic*, se trouvent en grande difficulté au large des Carolines, et tous deux ne parviendront à gagner le port que gravement endommagés. La goélette de vingt-sept mètres *Anne Khristine*, construite cent vingt-trois ans auparavant, coule au large de la côte du Delaware, et son équipage doit être évacué par des hélicoptères des Gardes-Côtes. Le cargo *Zarah*, à cinquante milles au sud de l'*Andrea Gail*, encaisse sur ses ponts des vagues de vingt-sept mètres qui arrachent les verrous d'acier de ses hublots. Trente tonnes d'eau viennent inonder le carré de l'équipage, puis celui des officiers, avant de défoncer deux autres cloisons, d'envahir le poste d'équipage et la coursive et de tuer le moteur. Le *Zarah* est un navire de cent soixante-cinq mètres de long.

Seul à l'embouchure du Grand Chenal Sud, le voilier *Satori* commence à perdre sa bataille pour rester à flot. Accroupie près de la table de navigation, Karen Stimson écoute le bulletin NOAA du mardi matin :

« *L'une des pires tempêtes depuis le blizzard de 78. Déjà trois douzaines de bateaux échoués ou coulés à Nauset Beach. Navire signale vagues de plus de vingt mètres. Graves problèmes en prévision, malgré accalmie temporaire.* »

Au lieu de s'apaiser, comme l'avait affirmé Leonard, la tempête ne cesse d'empirer ; les vagues ont neuf mètres de haut et les vents tournent à l'ouragan. Le bateau roule désespérément d'un bord sur l'autre chaque fois qu'une vague le prend par le travers.

« Nous prenions une terrible branlée, pour employer le terme propre, raconte Stimson. Tout voltigeait dans le carré, nous compris. Il était visible que le bateau n'allait pas tarder à céder. »

Bylander se refuse à aller sur le pont, et Leonard s'est recroquevillé sur sa couchette, maussade et silencieux, buvant du whisky à petites gorgées au goulot de la bouteille. Stimson enfile tous les vêtements qu'elle possède, gravit l'étroite échelle et s'attache dans son harnais.

Quoi qu'elle fasse — attacher la barre, passer sous le vent, rentrer de la toile — elle n'arrive pas à contrôler le bateau. Plusieurs fois, elle se trouve projetée à l'extrémité de son harnais. Stimson sait que si le *Satori* ne maintient pas son étrave face à la vague, il va rouler sur lui-même, et elle estime que la seule solution est d'avancer au moteur. Elle descend demander à Leonard combien il leur reste de carburant, mais Leonard lui donne une réponse différente chaque fois qu'elle pose la question. C'est mauvais signe aussi bien pour le niveau de carburant qu'en ce qui concerne l'état d'esprit de Leonard. Mais celui-ci souligne aussi que le carburant n'est pas leur seul problème : il y a aussi l'hélice. Dans une mer aussi chaotique, elle ne cesse de se soulever au-dessus de l'eau et de tourner à vide, et elle risque de finir par lâcher.

Au plus fort des explications techniques de Leonard, le premier coup dur arrive. Une vague prend le *Satori* par le travers et le renverse, le mât dans l'eau. Tout l'équipage va s'écraser contre la cloison d'en face. Dans le coin cuisine, les boîtes de conserve voltigent, et de l'eau commence à s'introduire dans le carré. Tout d'abord, Stimson pense que la coque a craqué — une sentence de mort — mais la mer a simplement forcé l'écoutille principale. Du verre brisé et des débris divers jonchent le sol du carré, et la table de navigation est inondée. La radio est morte, et la VHF a mauvaise mine.

Stimson a surtout l'expérience des bateaux en bois ; par très gros temps, leur calfatage a tendance à céder et ils coulent ainsi. La fibre de verre est plus résistante, mais elle a, elle aussi, ses limites. Simplement, Stimson ne sait pas quelles sont les limites en question. Il semble qu'il n'y ait pas moyen de maintenir le bateau pointé dans la vague, pas moyen de limiter les dégâts. Même si la VHF peut transmettre un *mayday* — ce dont il est impossible d'être sûr — elle n'a qu'une portée de quelques milles. Ils sont à cinquante milles en mer. Entre deux vagues et entre deux fracas, Stimson hurle : je crois que nous devrions préparer un sac de survie, pour le cas où nous devrions abandonner le bateau !

Bylander, heureuse d'avoir quelque chose à faire, entreprend de trier tout ce qui s'est amoncelé sur le plancher, entassant dans un sac de marin boîtes de conserve, bouteilles d'eau, vêtements et même un fil à couper le fromage. Sue, lui dit Stimson, nous n'avons pas besoin de ça, nous pouvons très bien mordre dans le fromage ! Mais Bylander secoue la tête et répond : j'ai lu quelque part que c'étaient les petits luxes comme celui-là qui faisaient la différence. Ray, où sont les coussins du bateau ?

Pendant qu'ils préparent le sac, ils encaissent un deuxième coup de mer. Il est encore plus violent que le premier, et le bateau met longtemps à se rétablir. Stimson et Leonard se relèvent comme ils peuvent, éberlués et endoloris, et Bylander passe la tête à l'écoutille pour s'assurer de l'étendue des dégâts sur le pont. Mon Dieu, Karen ! hurle-t-elle. Le radeau de sauvetage a disparu !

« J'étais dans un coin en train de me couvrir de vêtements chauds, raconte Stimson. Puis j'ai passé dix minutes à écrire, à la lueur d'une torche électrique, des messages d'adieu que j'ai glissés sous mes vêtements. On était au plus bas. Nous n'avions de contact avec personne, c'était la nuit noire — qui apporte sa propre sorte de terreur — et j'avais le sentiment que les choses allaient devenir encore pires. Mais ce qui est étrange, c'est que je n'avais pas de sentiment de panique, pas le temps d'avoir peur. Pour moi, la peur, c'est de marcher dans une rue à deux heures du matin avec quelqu'un qui me suit — pour moi, c'est une terreur sans nom. Ce que je ressentais à ce moment, ce n'était pas une terreur sans nom. C'était une sinistre conscience de la réalité, un intense effort de réflexion pour déterminer ce qu'il fallait faire, une volonté de rester vivante et de garder les autres en vie et une totale lucidité quant à l'état du bateau. Mais ce n'était pas une terreur sans nom. J'avais juste l'implacable conviction que nous ne nous en tirerions pas. »

Sans que Stimson le sache, Bylander colle son passeport sur son estomac avec du sparadrap afin que son corps soit identifié. Les deux femmes, à ce moment, sont prêtes à mourir. Quand Stimson a fini d'écrire ses lettres d'adieu, elle dit à Leonard que le moment est venu d'envoyer un *mayday*. Leonard est étendu, inerte, sur sa couchette. Il dit qu'il est d'accord. Stimson réussit tant bien que mal à gagner le cockpit, tandis que Bylander s'installe à la table de navigation pour voir si elle peut ramener la VHF à la vie.

À 23 heures 15 le 29 octobre, un cargo au large de Long Island entend sur la VHF la voix terrifiée d'une femme :

« Ici le *Satori*, le *Satori*, 39 degrés 49 nord et 69 degrés 52 ouest. Nous sommes trois à bord. C'est un *mayday*. Si quelqu'un peut nous entendre, qu'il transmette notre position aux Gardes-Côtes. Je répète : c'est un *mayday*. Si quelqu'un nous entend, qu'il donne notre position aux Gardes-Côtes... »

Le cargo, le *Gold Bond Conveyor*, relaie le message au centre d'opérations des Gardes-Côtes à Boston, qui entre en contact à son tour avec la corvette *Tamaroa*, dans le port de Provincetown. Le *Tamaroa* vient juste de revenir du Georges Bank où il se livrait à des opérations de contrôle. Le bâtiment, qui jauge 1 600 tonnes et a soixante-deux mètres de long, lève l'ancre à minuit pour retourner au plus fort de la tempête, tandis qu'un avion à réaction Falcon décolle de la base aérienne du Cap Cod.

L'équipage du *Satori* n'a aucun moyen de savoir si la radio fonctionne ; il ne peut que répéter son message de détresse en espérant qu'il sera transmis. Et même si la radio marche, il faut qu'ils se trouvent à moins de deux ou trois milles d'un autre navire pour que leur signal soit entendu. C'est beaucoup demander par une nuit comme celle-là. Bylander, rivée à la table de navigation, répète à intervalles réguliers leur nom et position pendant une demi-heure sans obtenir la moindre réponse ; elle a l'impression qu'ils sont seuls en ce vaste monde. Elle poursuit néanmoins ses tentatives — que pourrait-elle faire d'autre ? Stimson, elle, retourne sur le pont pour essayer de maintenir le *Satori* pointé dans la vague. Peu après, elle commence à entendre par intermittence, au milieu du fracas de la tempête, le bruit d'un avion. Elle fouille désespérément l'obscurité des yeux, et, une minute plus tard, un jet Falcon, volant bas sous la couverture nuageuse, passe en rugissant au-dessus de sa tête et entre en communication avec Bylander sur la VHF.

« Sue était si excitée qu'elle en perdait la tête, mais pas moi, raconte Stimson. Je me souviens que, venant de rejoindre d'un seul coup le monde des vivants, je ne me suis pas sentie si heureuse et soulagée que cela. »

Tournant très bas au-dessus d'eux, le pilote du Falcon discute la situation avec Bylander sur la VHF. Le *Tamaroa* ne sera pas là avant douze autres heures, et il faut qu'ils maintiennent à flot le bateau jusque-là, même s'ils doivent, pour cela, faire exploser le moteur. Contre l'avis de Leonard, Bylander se décide à actionner le démarreur, et, à sa propre stupéfaction, le moteur se met en route. Avec le tourmentin en place et l'hélice tournant à plein régime, ils réussissent à se maintenir face à la vague et même à gagner un peu.

Toute la nuit, le pilote du Falcon continue à les survoler, leur assurant par radio qu'ils vont s'en tirer vivants. Stimson reste à la barre, et Leonard, toujours étendu sur sa couchette, essaie vainement d'accepter la perte imminente de son bateau. Quand le *Tamaroa* arrivera, il lui faudra abandonner son bord, ce qui est presque impensable pour un capitaine. Le *Satori* est son foyer, sa vie, et s'il se laisse évacuer par les Gardes-Côtes, il ne le reverra probablement jamais. Pas intact, en tout cas. À un moment cette nuit-là, alors qu'il attend l'aube sur sa couchette, Ray Leonard décide qu'il ne quittera pas le *Satori*. Les femmes peuvent s'en aller si elles le veulent, mais lui, il regagnera le port avec son bateau.

Toute la nuit, le *Tamaroa* se fraie un chemin à travers

la tempête. C'est un petit navire terriblement robuste, construit à l'origine pour venir à la rescousse des bâtiments de guerre endommagés, durant la Deuxième Guerre mondiale. Il a la réputation de pouvoir « remorquer n'importe quoi ». Mais là, l'état de la mer est tel qu'il ne peut faire plus de trois ou quatre nœuds — une allure de piéton. Il peine au milieu des vagues, plonge et se redresse, l'écume balayant son pont et des flots d'eau verte s'évacuant par ses dalots. Son commandant, le capitaine de frégate Lawrence Brudnicki, estime qu'il n'arrivera pas sur place avant la fin de l'après-midi suivant. L'équipage du *Satori* doit maintenir son bateau à flot jusque-là. Il n'a ni annexe ni combinaisons de survie, et la base d'hélicoptères la plus proche est à une heure. Si le *Satori* coule, l'équipage est mort.

Brudnicki ne peut s'adresser directement au *Satori*, mais il peut faire relayer des messages par le Falcon, qui continue à décrire des cercles au-dessus du voilier en perdition. La corvette et l'avion sont tous en contact avec le Command Center du Ier District, à Boston — le D1 Comcen, comme on l'appelle chez les Gardes-Côtes. Le D1 Comcen contrôle et coordonne toutes les opérations de sauvetage navales et aériennes des Gardes-Côtes. Toute décision doit être approuvée par lui. Le *Satori* n'étant pas encore en train de sombrer, le D1 Comcen décide de maintenir la couverture aérienne par le Falcon jusqu'à l'arrivée du *Tamaroa*, puis d'évacuer l'équipage par radeau. Un sauvetage aérien dans ces conditions pourrait se révéler si dangereux qu'il n'est envisagé que comme l'ultime recours. Dès que le jour se lèvera, le Falcon sera relevé par des hélicoptères H-3, qui se relaieront jusqu'à l'arrivée du *Tamaroa*. Les hélicoptères ont une autonomie de vol limitée — environ quatre heures, d'une façon générale — mais ils peuvent extraire des gens de l'eau en cas de nécessité. Le Falcon ne pourrait que décrire des cercles au-dessus d'eux et les regarder se noyer.

Le H-3 arrive sur place vers 6 heures 30 et il lui faut près d'une demi-heure pour localiser le *Satori*. Les conditions sont telles que le bateau a disparu de l'écran radar du Falcon. Le pilote du H-3 finit par le repérer presque au-dessous de lui, au milieu des vagues et de l'écume. Le Falcon amorce un virage vers le sud-ouest afin de se préparer à larguer des radeaux de sauvetage, tandis que le H-3 prend position directement au-dessus du bateau. Il sert de point de repère au Falcon, qui, autrement, ne pourrait localiser le petit voilier dans une mer aussi démontée. Le Falcon revient à une vitesse de cent quarante nœuds, son radar fixé sur l'hélicoptère, qui s'écarte au dernier moment pour laisser l'avion procéder au largage. Par une trappe ouverte dans le plancher de l'appareil, le copilote projette vers le *Satori*, dont l'avion effleure presque le mât, deux radeaux de sauvetage reliés par un long câble de nylon. Les deux radeaux tombent de part et d'autre du *Satori*, et, comme par miracle, Bylander cueille le câble à la main.

Malheureusement, les deux radeaux ont explosé en touchant l'eau, et il n'y a rien aux bouts du câble. Il faut encore compter cinq heures pour que le *Tamaroa* arrive, et la tempête a rétrogradé vers la côte, faisant rage à quelque deux cents milles de celle-ci ; dans les vingt-quatre heures, elle sera directement au-dessus du *Satori*. Un sauvetage de jour dans ces conditions est difficile, et une opération de nuit est hors de question. Si l'équipage du *Satori* n'est pas évacué dans les quelques heures qui viennent, il y a de fortes chances qu'il ne soit pas évacué du tout. En fin de matinée, un deuxième H-3 arrive pour relever le premier, et son pilote, le lieutenant de vaisseau Klosson, explique la situation à Leonard. Celui-ci répond par radio qu'il ne quittera pas son bateau.

Il est difficile de savoir si Leonard est sérieux ou s'il essaie simplement de sauver la face. De toute manière, les Gardes-Côtes ne l'entendent pas de cette oreille. Deux hélicoptères, deux avions Falcon, une corvette et une centaine d'aviateurs et de marins ont déjà été mobilisés pour ce sauvetage, et il aura lieu. « Propriétaire refuse de quitter le bateau et dit qu'il a déjà connu des ouragans, est-il consigné à 12 heures 24 dans le registre du Comcen. *Tamaroa* demande avis de navigation manifestement dangereuse afin que propriétaire puisse être évacué de force. »

Un avis de « navigation manifestement dangereuse » donne aux Gardes-Côtes l'autorité légale pour évacuer tout le monde. À 12 heures 47, il est accordé au capitaine de frégate Brudnicki. Le *Tamaroa* n'est plus, alors, qu'à deux milles du *Satori* et à portée de VHF. Brudnicki appelle donc Leonard par radio et lui dit qu'il n'a pas le choix. Tout le monde doit évacuer le bateau. À 12 heures 57, treize heures après avoir levé l'ancre, le *Tamaroa* arrive en vue du *Satori*.

Il y a maintenant beaucoup de monde autour de celui-ci : le Falcon, les H-3, le *Tamaroa* et le cargo *Gold Bond Conveyor*, qui décrit des cercles autour du voilier depuis le premier appel de détresse. La nuit va tomber dans trois heures, et le pilote du H-3 venant d'être relevé ne pense pas que le *Satori* puisse tenir jusqu'au matin. Il va se retrouver à court de carburant, être malmené par les vagues et finalement brisé par elles. L'équipage sera précipité à la mer, et le pilote de l'hélicoptère ne pourra autoriser son plongeur-sauveteur à aller à son secours car il ne pourra être sûr de le revoir.

Il faudrait, en fait, que le *Tamaroa* manœuvre de façon à venir rejoindre les nageurs pour les prendre à son bord, et, dans ce genre de mer, ce serait impossible. C'est donc maintenant ou jamais.

Brudnicki décide alors que la seule solution est d'aller chercher l'équipage du *Satori* avec l'un des radeaux Avon pour le ramener jusqu'au *Tamaroa.* Les Avon sont des radeaux gonflables de six mètres trente équipés de moteurs hors-bord. L'un d'eux doit aller jusqu'au *Satori*, y déposer des combinaisons de survie, puis revenir chercher les trois personnes de l'équipage. Si l'une d'elles se retrouve dans l'eau, elle sera au moins, grâce à la combinaison, protégée et maintenue à flot. La manœuvre n'est, en principe, pas très compliquée, mais personne ne l'a encore tentée dans de telles conditions. Personne, en fait, n'a encore *vu* de telles conditions. À 13 heures 23, à bord du *Tamaroa*, trois hommes prennent place dans l'Avon, que l'on commence à faire descendre lentement vers les flots.

Cela se passe mal depuis le début. Ce qu'on prend pour des zones d'eaux calmes entre les vagues sont en fait des creux de dix ou douze mètres. À mi-descente, l'Avon est cueilli par une vague qui le précipite à bout de câbles. Le treuil manque être arraché, et le maître timonier Thomas Amidon, qui commande l'embarcation, est presque projeté par-dessus bord. Il réussit à reprendre son équilibre, réussit à mettre à flot le radeau et prend la direction du *Satori.*

La hauteur des vagues correspond au double de la longueur de l'Avon. Avec une terrible lenteur, le radeau force son chemin jusqu'au *Satori*, arrive proue contre poupe près du voilier, et l'un des marins lance les trois combinaisons de survie sur le pont de celui-ci. Stimson s'en empare et les distribue, mais Amidon ne réussit pas à dégager le radeau à temps. Soulevé par une vague, le voilier vient percuter l'Avon et crève l'un de ses compartiments pneumatiques. Tout se passe très vite ensuite : l'avant du radeau se dégonfle et s'effondre, une vague vient l'inonder et le moteur s'arrête. Amidon tente désespérément de le remettre en marche et, finalement, y parvient, mais l'Avon est pratiquement hors d'usage, et les hommes ont de l'eau jusqu'à la taille. Ils ne peuvent en aucun cas regagner le *Tamaroa* et encore moins recueillir l'équipage du *Satori.* Ce sont maintenant six personnes et non plus trois qui ont besoin d'être secourues.

L'équipage du H-3 observe tout cela sans parvenir à y croire. L'hélicoptère se maintient juste au-dessus des vagues, la porte ouverte. Son pilote, Claude Hessel, entre finalement en contact par radio avec Brudnicki et Amidon pour leur dire qu'il voit peut-être une autre solution. Il ne peut cueillir directement l'équipage du *Satori* sur le pont du voilier, car le mât a des mouvements incessants et imprévisibles et risque de se prendre dans le câble du treuil, ce qui ferait tomber le H-3 directement sur le bateau. Mais il pourrait larguer à quelque distance son nageur-sauveteur qui irait chercher un à un les gens du *Satori* pour les amener jusqu'au câble de façon à ce qu'ils puissent être hissés à bord de l'hélicoptère. C'est ce qu'ils peuvent faire de mieux, et Brudnicki le sait. Il consulte le Comcen, qui donne son accord.

Le nageur de l'hélicoptère d'Hessel s'appelle Dave Moore. En trois années de service, il n'a encore jamais participé à une opération de sauvetage d'une réelle importance. (« Les bonnes occasions ne se présentent pas si souvent, dit-il. D'habitude, il y a toujours quelqu'un qui est là avant vous. ») Moore est un joli garçon au visage très juvénile — mâchoire carrée, yeux bleus et large sourire franc. Il a un corps robuste et compact, plus massif qu'athlétique.

La profession de nageur-sauveteur a vu le jour à la suite du naufrage d'un pétrolier au large de New York, vers le milieu des années quatre-vingt. Un hélicoptère des Gardes-Côtes se trouvait directement au-dessus des naufragés, mais c'était l'hiver, et les marins, dans l'eau, étaient trop affectés par l'hypothermie pour pouvoir gagner la nacelle qui devait les hisser dans l'appareil. Tous se noyèrent. Le Congrès s'en émut, et les Gardes-Côtes adoptèrent alors un dispositif de sauvetage déjà en usage dans la Marine militaire.

Âgé de 25 ans, Moore est né l'année où Karen Stimson a passé son bac. Déjà revêtu de sa combinaison étanche en néoprène, il met ses bas spéciaux et sa cagoule, boucle ses palmes, ajuste son masque et son appareil respiratoire et enfile ses gants isolants. Il revêt enfin son gilet de sauvetage et fait signe au mécanicien, Vriesman, qui fait aussi office de largueur, qu'il est prêt à sauter. Vriesman, qui barrait de son bras étendu la porte ouverte, s'écarte, laissant Moore s'accroupir devant l'ouverture. Cela veut dire que l'appareil est à « dix et dix » — dix pieds (trois mètres) d'altitude et dix nœuds. Moore, qui n'est plus relié à l'interphone de l'hélicoptère, signale par gestes les ultimes corrections à Vriesman, qui communique les indications au pilote. Moore s'est entraîné trois ans en vue de ce moment. Une heure auparavant, il était dans la file d'attente au réfectoire de la base. Maintenant, il s'apprête à plonger dans le maelström.

Hessel se maintient à très basse altitude au-dessus du *Satori* un peu plus loin à deux heures. D'où il est, Moore peut voir l'équipage réuni sur le pont du voilier, qui continue à affronter lentement les vagues. Vriesman, assis à côté de Moore, est aux commandes du treuil, et un autre technicien, Ayres, se tient derrière le copilote. Tous deux portent des combinaisons de vol, des casques et sont reliés à l'interphone. À 14 heures 07 exactement, Moore repère un point d'arrivée entre deux vagues, inspire profondément et saute.

Il percute l'eau trois mètres plus bas, les pieds les premiers et les bras collés au corps. Il remonte à la surface, vérifie son appareil respiratoire, ajuste son masque et prend la direction du *Satori*. L'eau est tiède — on est dans le Gulf Stream — et les vagues sont si hautes que Moore a l'impression d'être sur des montagnes russes. Parfois, il est obligé de plonger sous une cascade d'eau et d'écume pour revenir à la surface un peu plus loin. Le *Satori* apparaît et disparaît de nouveau derrière les vagues, et le H-3 bourdonne au-dessus de la scène, le souffle de ses rotors aplatissant l'eau par endroits. À la porte de l'hélicoptère, Vriesman observe anxieusement Moore à la jumelle. C'est en effet son rôle de décider de la suite des opérations.

Moore nage de toutes ses forces pendant plusieurs minutes, et, finalement, regarde Vriesman en secouant la tête. Le bateau a son moteur en route, et il n'est pas question, dans ce genre de mer, de le rattraper. Vriesman fait descendre la nacelle de récupération et Moore y prend place. Juste au moment où il va remonter, la vague vient le frapper.

Elle est énorme, quinze à vingt mètres de haut, et elle engloutit complètement Moore et la nacelle. Vriesman a le temps de compter jusqu'à dix avant de voir émerger de l'écume Moore, qui se trouve toujours dans la nacelle. Mais celle-ci n'est plus accrochée au câble du treuil ; elle a été arrachée de son crochet et flotte maintenant au fil de l'eau. Moore a, avec son masque, un champ de vision si limité qu'il ne s'est aperçu de rien. Il reste assis dans la nacelle, attendant qu'on le hisse à bord de l'hélicoptère. Il finit toutefois par comprendre et nage vers le câble en tirant la nacelle derrière lui. Il la raccroche, y reprend place et Vriesman le hisse à bord.

L'équipage du H-3 décide de s'y prendre différemment, cette fois. Hessel amène l'hélicoptère à une quinzaine de mètres seulement du *Satori* et l'on montre à l'équipage de celui-ci une ardoise sur laquelle on a écrit à la craie « Canal 16 ». Bylander disparaît immédiatement à l'intérieur du bateau et dès que Hessel est en contact avec elle sur la VHF, il lui explique comment l'opération de sauvetage va se dérouler. Elle-même et ses deux équipiers devront enfiler les combinaisons de survie, attacher la barre et sauter à la mer.

Lorsqu'ils seront dans l'eau, ils devront rester groupés et attendre que Moore nage jusqu'à eux. Ensuite, il les placera un à un dans la nacelle et l'on les hissera à bord de l'hélicoptère.

Bylander remonte sur le pont et transmet les instructions à ses deux compagnons. À la jumelle, Moore peut les voir enfiler les combinaisons, puis hésiter au bord du bastingage. L'un finit par l'enjamber, un autre se décide et, finalement, les trois sautent à l'eau. Il leur a fallu quatre à cinq minutes pour s'y résoudre. Leonard tient d'une main un sac, mais, au moment où il passe pardessus bord, il lâche prise et le sac tombe sur le pont. Le sac est plein d'affaires personnelles. Leonard tente en vain de remonter, puis se frappe la tête de la main en se rendant compte que ses affaires sont perdues à tout jamais. Moore enregistre la scène en se demandant si Leonard ne va pas lui poser un problème dans l'eau.

Celle-ci est si chaude qu'il se débarrasse de sa

cagoule et de ses gants avant d'ajuster son masque. Cette fois, on y est : si l'opération de sauvetage ne réussit pas maintenant, elle ne réussira jamais. Se tenant toujours très bas au-dessus de l'eau, Hessel prend une nouvelle position, avec le *Satori* à six heures. La manœuvre est délicate. Finalement, Hessel donne le feu vert à Moore, qui inspire profondément et prend le départ.

« Moore est arrivé vers nous comme s'il volait sur l'eau, raconte Stimson. Et quand il est arrivé à côté de nous, il a dit : " Salut, je suis Dave Moore, votre sauveteur, comment ça va ? " Et Sue lui a répondu : " Bien, et vous ? " C'était très chaleureux. Puis il a demandé qui y allait en premier, et Sue a dit : " Je vais y aller." Alors, il l'a attrapée par le dos de sa combinaison et il est reparti à la nage. »

Moore installe Bylander dans la nacelle, et vingt secondes plus tard, elle est dans l'hélicoptère. Ayres note dans son livre de bord que, du saut à la récupération effective, le sauvetage a pris cinq minutes. Le suivant, celui de Stimson, en demande deux, et celui de Leonard trois. Leonard se révèle si inerte qu'il est un poids mort dans l'eau. Moore doit le mettre dans la nacelle à la force du poignet, l'y entassant jambes comprises. Le sauveteur est le dernier à être hissé à bord, à 14 heures 29. L'hélicoptère et son équipage ont été à peine deux heures sur les lieux[1].

---

1. Ray Leonard se révéla impossible à joindre pour des interviews de presse après la tempête, et il fut également impossible à joindre pour l'auteur après la première publication de ce livre. Il a toutefois, depuis lors, contesté la véracité du récit qui a été fait du voyage du *Satori*. Il maintient tout d'abord que ni lui ni son équipage ne se sont à aucun moment trouvés en danger durant la tempête, et qu'ils n'auraient pas dû être contraints par les Gardes-Côtes de quitter le

Moore a déjà commencé à se débarrasser de sa combinaison étanche lorsqu'il s'aperçoit que l'hélicoptère reste stationnaire à proximité du *Tamaroa.* Il met son casque de vol et entend le commandant de la corvette dire à Hessel qu'il lui faut rester sur place, car l'équipage de l'Avon doit encore être secouru. Oh, merde, se dit Moore. Puis il se rééquipe et reprend position à la porte. Hessel a décidé une opération de sauvetage analogue à la précédente, et Moore voit les trois hommes du *Tamaroa* se prendre par la main et, après un moment d'hésitation, abandonner leur radeau pneumatique en perdition. Même à distance, on peut voir qu'ils sont fort nerveux. Hessel reprend position à très basse altitude, avec l'objectif à six heures — un objectif qu'il peut à peine distinguer dans son rétroviseur. Il fait signe à Moore, qui saute pour la troisième fois. La pratique aidant, toute l'opération ne prend que dix minutes. Moore remonte le dernier, « sans nacelle et sur le crochet », précise le rapport. Puis le H-3 vire, pique du nez et prend le chemin du retour.

« Je me souviens que lorsque nous sommes arrivés à bord de l'hélicoptère, raconte Stimson, tous les gars nous ont dévisagées, Sue et moi, pour savoir si nous

---

bateau. Il cite à l'appui de ce propos sa longue expérience de marin, les structures extrêmement robustes du bateau et le fait que celui-ci a survécu à la tempête intact et a finalement été retrouvé au large des côtes du New Jersey. Il dit qu'avoir hermétiquement fermé les panneaux d'écoutille pour se replier sur sa couchette n'était nullement une preuve de passivité de sa part, mais l'application d'une tactique reconnue en cas de gros temps. Contrairement à ce que déclare Karen Stimson, Leonard affirme qu'il a participé activement à la manœuvre et n'a pas absorbé une goutte d'alcool avant l'arrivée des Gardes-Côtes. Il maintient qu'on lui a ordonné de quitter son bord parce que ses deux équipières étaient inexpérimentées et terrifiées.

allions bien. Ils étaient crevés, mais ils avaient encore la force d'être humains — vraiment humains. Ils nous prenaient pas les épaules, nous regardaient dans les yeux et nous disaient : " On est si heureux de vous voir vivantes, on était avec vous la nuit dernière, on priait pour vous." Quand on est du côté des sauveteurs, on a terriblement conscience de la vie et de la mort, et quand on vient d'être sauvé, on n'en a que confusément conscience. À un certain moment, j'avais cessé de voir clairement le danger qui me menaçait, je m'étais presque dédoublée. »

Stimson n'a pas dormi depuis quarante-huit heures, et elle a passé une bonne partie de ces heures sur le pont. Elle commence à délirer. Elle s'effondre sur un siège, à l'arrière de l'hélicoptère, et contemple cet océan qui a failli l'avaler pour toujours.

« J'ai vu les choses les plus effarantes, dit-elle. J'ai vu l'Égypte, en sachant que c'était l'Égypte. J'ai vu des animaux en terre cuite dans les pâturages du Jardin de l'Éden. Je les ai vus, avec de vrais animaux bien vivants, paissant dans ces pâturages. Et je voyais sans cesse des villes dans ce que je savais être l'Orient. »

Tandis que Stimson est en proie à ces hallucinations, le H-3 poursuit sa route face à un vent de soixante-dix nœuds. Il lui faudra une heure quarante minutes pour regagner sa base. À trois milles environ de la côte, l'équipage aperçoit un autre hélicoptère des Gardes-Côtes se posant sur un morceau de terre désolé nommé Norman's Island. Un bateau de pêche floridien, le *Michelle Lane*, s'y est échoué avec un chargement d'espadons, et son équipage a passé la nuit sur la grève, en s'abritant sous un radeau de sauvetage retourné. Un H-3 a été dépêché de la base du Cap Cod pour aller recueillir les marins.

Hessel se pose à 16 heures 40 à cette même base, et l'autre hélicoptère arrive quelques minutes plus tard. Lorsqu'il a atterri sur Norman's Island, le souffle de son rotor a renversé le radeau de sauvetage sous lequel s'abritaient les pêcheurs, assommant l'un d'eux. On dut l'embarquer sur une civière Stokes.

Il fait maintenant presque noir, et la pluie vient zébrer les faisceaux lumineux des projecteurs de l'aérodrome. Tout autour, des bois de pins noircis par l'obscurité s'étendent à perte de vue. Passant en toute hâte devant les caméras de télévision, on conduit les six survivants au premier étage du bâtiment principal. Là, Stimson et Bylander retirent leurs combinaisons de survie. Bylander se couche en boule sur une banquette, mais Stimson redescend presque aussitôt. Le simple fait d'être en vie la fait se sentir trop tendue pour rester en place. Les Gardes-Côtes sont rassemblés avec les journalistes dans une petite salle de télévision. Stimson y pénètre et trouve Leonard assis sur le plancher, adossé au mur et l'air misérable. Il ne dit pas un mot.

Il ne voulait pas quitter le bateau, explique Stimson à un reporter local. C'était son foyer, et tout ce qu'il possédait était à bord.

Dave Coolidge, le pilote du Falcon ayant opéré la nuit précédente, va vers Stimson et lui serre la main. Les flashes éclatent de toutes parts. Bon Dieu, dit Coolidge, on est sacrément heureux de vous voir ici. La nuit a été longue, et j'avais peur que vous ne vous en sortiez pas. Quand on vous a entendu à la radio, répond Stimson en souriant, on s'est dit : ça y est, on va s'en sortir. On ne va pas crever tout seuls, sans que personne n'en sache rien.

Les journalistes se retirent les uns après les autres, et Leonard gagne le premier étage. Stimson reste là, à répondre aux questions des sauveteurs, qui semblent très curieux des relations entre Leonard et les deux femmes. Les réactions de Leonard, reconnaît l'un d'eux, n'ont pas été exactement celles que nous attendions. Stimson explique alors que Bylander et elle ne connaissent pas très bien Leonard, qu'elles l'ont rencontré par l'intermédiaire de leur patron.

Sue et moi, dit-elle, avons travaillé plusieurs mois d'affilée sans souffler. Ce voyage devait être nos vacances.

Tandis qu'ils parlent ainsi, le téléphone se met à sonner. L'un des pilotes de Falcon va répondre. À quelle heure ? demande-t-il au bout d'un instant, et tout le monde dans la pièce cesse de parler. Combien étaient-ils ? À quel endroit ?

Sans un mot, les Gardes-Côtes se lèvent et quittent la pièce, et une minute plus tard, Stimson, entend qu'on actionne des chasses d'eau. Quand ils reviennent, l'un d'eux demande au pilote de Falcon où cela s'est produit.

Au sud de Montauk, répond le pilote.

Les autres remontent la fermeture à glissière de leur combinaison de vol et gagnent la sortie. Un hélicoptère de sauvetage de la Garde Nationale vient de faire un amerrissage forcé à cinquante milles au large, et les cinq hommes d'équipage sont maintenant dans l'eau.

PLONGÉE DANS L'ABÎME

« Le Seigneur descendit des cieux, l'épaisse obscurité sous Ses pieds. On vit alors les rivières de la mer, et les fondations du monde furent mises à nu. »

Samuel, ch. 22

« Je ne savais pas qu'il y avait un problème, raconte Chris Cotter, la compagne de Bobby Shatford. Je savais seulement que l'*Andrea Gail* était censé rentrer d'un jour à l'autre. Je suis allée me coucher, et, juste avant l'aube, j'ai fait ce rêve. Je suis sur le bateau, et le temps est tout gris et vraiment affreux. Le bateau tangue et roule, et moi, je hurle : " BOBBY ! BOBBY ! " Il n'y a pas de réponse, et, donc, je fais le tour du bateau et je descends dans la soute à poissons et je me mets à fouiller. C'est plein de fange, d'algues et de saloperies visqueuses, et je deviens hystérique, folle, et je hurle le nom de Bobby. Finalement, je tombe sur l'un de ses bras. Je m'y accroche, et je sais qu'il est mort. Et, alors, je commence à me réveiller. »

C'est le matin du 30 octobre. On est sans nouvelles de l'*Andrea Gail* depuis trente-six heures. La tempête est si localisée, concentrée, que peu de gens, à Gloucester — à quelques centaines de milles seulement — savent ce qui se passe là-bas, en mer. Chris reste un moment au lit, tentant d'oublier son rêve, puis, finalement, elle se lève et gagne péniblement la cuisine. Son appartement donne sur la baie d'Annisquam, et Christina peut voir l'eau, froide et grise, elle-même couleur de granit, battre contre les côtes granitiques du Cap Ann. L'air est chaud, mais un vent mauvais commence à se lever. Toutefois, personne n'a parlé d'une tempête, et il n'y avait rien à ce sujet dans les bulletins d'information. Assise à la table de la cuisine, Chris fume cigarette sur cigarette en regardant le mauvais temps commencer à agiter la mer. Elle est encore là, à la table, quand Susan Brown vient frapper à la porte.

Susan est la femme de Bob Brown. C'est elle qui établit et distribue les chèques de paie pour la Seagale Corporation, nom officiel de l'entreprise de Brown, et, la semaine précédente, elle s'est trompée en remettant à Christina le chèque destiné à Bobby Shatford. Elle lui a donné le chèque de Murph, au montant supérieur à celui de Bobby, et elle revient pour rectifier son erreur. Chris l'invite à entrer et sent immédiatement que quelque chose ne va pas. Susan paraît mal à l'aise, elle regarde autour d'elle sans se résoudre à fixer Chris dans les yeux.

Écoute, Chris, dit-elle finalement, j'ai de mauvaises nouvelles. Je ne sais pas comment te dire cela. On n'arrive pas à entrer en communication avec l'*Andrea Gail*.

Chris reste assommée sur place. Elle est encore dans son rêve — encore dans l'obscurité malodorante de la soute à poissons — et la nouvelle ne fait que confirmer ce qu'elle sait déjà : il est mort. Bobby Shatford est mort.

Susan lui dit qu'on continue à essayer d'entrer en contact avec le bateau, que celui-ci a probablement perdu ses antennes, et rien de plus, mais Chris sait. Au fond d'elle-même, elle sait que c'est fini. Dès que Susan est partie, Chris appelle Mary Anne Shatford, la sœur de Bobby. Mary Anne lui confirme que c'est vrai, qu'on ne peut joindre le bateau de Bobby, et Chris gagne en voiture le *Nest* et s'y précipite, poussant violemment la lourde porte. Il n'est que dix heures du matin, mais déjà des gens sont là, au bar, la bière à la main, les yeux rouges et la mine consternée. Il y a là Ethel, Susan, l'autre sœur de Bobby, son frère Brian, Preston et tout un groupe de pêcheurs. Rien n'est encore sûr — le bateau est peut-être encore à flot, son équipage est peut-être entassé dans un radeau de sauvetage ou même à se saouler dans un bar de Terre-Neuve — mais on suppose calmement le pire.

Chris se met immédiatement à boire.

« Les gens, raconte-t-elle, ne voulaient pas me donner de détails parce que j'avais complètement perdu la tête. Tout le monde avait bu parce que c'est ce que nous avons l'habitude de faire, mais là, le drame avait rendu les choses encore pires. Nous étions là à boire, à boire et à pleurer, puis à boire encore. Nous n'arrivions pas à imaginer qu'ils étaient partis et qu'on ne les reverrait plus. C'était dans le journal et à la télévision, mais Bobby, c'était mon *amour*, c'était mon *ami*, c'était mon *homme*, c'était le type qui buvait avec moi. Alors tout ça, ça ne pouvait pas être vrai ! Mais, en même temps, il me venait des images — des images de ce qui avait dû arriver. Bobby et Sully et Murph, se rendant compte que c'est la fin, se regardant et faisant circuler la bouteille de gnôle à toute vitesse, car ils veulent s'étourdir, s'assommer. Mais le dernier moment, qu'est-ce que ça a été ? Le tout dernier instant ? »

La seule personne qui ne se trouve pas au *Crow's Nest* est Bob Brown. En tant qu'armateur, il risque de ne pas s'y sentir le bienvenu, et, en plus, il a de la besogne en perspective — il a un bateau à retrouver. Il a un émetteur radio dans sa chambre, au premier étage, et, depuis le matin précédent, il tente de joindre ses deux bateaux sur 2182. Ni Billy Tyne ni Linda Greenlaw ne répondent. À neuf heures et demie, après avoir encore fait plusieurs tentatives infructueuses, Brown prend sa voiture et parcourt une trentaine de kilomètres sur la Route 128. Il finit par se garer devant un hôtel de Danvers, le *King's Grant Inn*, où doit se dérouler durant deux jours une réunion du Conseil de gestion des Pêcheries de Nouvelle-Angleterre. Le vent commence à agiter sérieusement le sommet des arbres, balayant les feuilles mortes sur le sol et faisant jaillir la pluie d'un ciel gris d'acier. Ce n'est pas encore une tempête, mais on y vient.

Brown prend un siège au fond de la salle de conférence, bloc-notes en main, et commence à subir les longs et inintéressants palabres qui s'y déroulent. Quelqu'un vient souligner que, l'Union soviétique s'étant disloquée en plusieurs pays différents, les lois américaines sur la pêche doivent être modifiées en conséquence. Un autre cite un article du *Boston Globe* affirmant que les populations de morues, d'églefins et de carrelets ont tellement diminué que les réglementations sont sans objet, ces espèces ne pouvant plus être sauvées. Une troisième personne conteste le propos. Après une heure de ce genre de bavardages, un ajournement intervient, et Bob Brown a l'occasion de parler avec Gail Johnson, dont le mari, Charlie, est sur les Bancs à ce moment. Charlie est propriétaire du *Seneca*, qui a dû faire relâche à Terre-Neuve quelques semaines plus tôt, à la suite d'une rupture de son arbre de transmission.

Tu as eu des nouvelles de ton mari ? demande Brown.

Oui, mais je pouvais à peine l'entendre. Il est à l'est des Bancs, et ils ont mauvais temps, là-bas.

Je sais, dit Brown. Je sais.

Brown demande à Gail de l'appeler si par hasard Charlie apprend quelque chose sur ses deux bateaux. Puis il se hâte de rentrer chez lui. Dès qu'il arrive, il monte dans sa chambre et essaie de nouveau la radio. Cette fois — Dieu merci — Linda répond. Il ne l'entend que faiblement au milieu de la friture.

« Cela fait deux jours que je n'ai pas réussi à avoir Billy, hurle Linda. Je commence à être inquiète. »

« Oui, je suis inquiet moi aussi, répond Brown. Essaie encore de l'avoir. Je te rappelle. »

À 18 heures, l'heure où il entre généralement en contact avec ses bateaux, Brown tente une dernière fois de joindre l'*Andrea Gail.* Sans aucun résultat. Linda Greenlaw n'arrive à rien non plus. Personne, dans la flottille, n'a de nouvelles. À 18 heures 15 le 30 octobre, deux jours exactement après la dernière communication de Billy Tyne, Brown appelle les Gardes-Côtes de Boston pour signaler la chose. Mon bateau doit être en difficulté, dit-il, et je crains le pire. Il ajoute qu'aucun signal de détresse n'a été reçu. Le bateau a disparu sans laisser de traces. En un sens, c'est bon signe, car cela peut signifier que l'*Andrea Gail* a simplement perdu ses antennes. Un appel de détresse ou un signal de l'EPIRB auraient un tout autre sens. Cela voudrait dire que quelque chose de grave est arrivé.

Cependant, les médias se sont emparés de l'affaire. Le bruit court à Gloucester que l'*Allison* a coulé en même temps que l'*Andrea Gail* et même que le *Hannah Boden* pourrait être en difficulté. Un reporter de Canal Cinq appelle la femme de Tommie Barrie, Kimberly, pour l'interroger sur l'*Allison.* Kimberly répond qu'elle a parlé avec son mari la veille au soir et que, bien qu'elle pût à peine l'entendre, il semblait aller bien. Canal Cinq diffuse l'information dans son bulletin du soir, et, brusquement, toutes les femmes de pêcheur de la Côte Est se mettent à appeler Kimberly Barrie pour lui demander si elle a des nouvelles de la flottille. Elle se borne à leur répéter qu'elle a eu son mari le 29 et qu'elle arrivait à peine à l'entendre.

« Dès que les tempêtes s'éloignent de la côte, explique-t-elle, le service météo cesse de les suivre. Alors, les femmes de pêcheurs sont laissées dans le brouillard et elles se mettent à paniquer. Les femmes paniquent toujours. »

En fait, la flottille de l'est s'en est relativement bien tirée ; elle se laisse porter par une longue houle, sous des vents soutenus, et attend simplement que cela se passe. Barrie a même envisagé de pêcher durant la nuit, mais s'est finalement ravisé ; nul ne sait quelle direction prend la tempête, et il ne tient pas à se laisser surprendre avec son matériel à l'eau. Barrie continue à essayer, toutes les deux heures, de joindre Billy pendant toute la nuit du 28 et toute la journée suivante, et, le 30, il se dit que Billy a peut-être dérivé hors de portée de la radio. Il appelle Linda pour lui dire qu'indiscutablement, quelque chose ne va pas, et que Bob Brown devrait donner l'alerte et déclencher une opération de recherche. Linda est du même avis. Ce soir-là, après avoir mis leurs engins de pêche à la mer, les capitaines confèrent sur le Canal 16 afin d'essayer de déterminer les parages où l'*Andrea Gail* a pu dériver. Ils ont très piètre opinion de la compétence des Gardes-Côtes concernant les courants océaniques, et, en conséquence, ils mettent en commun leurs propres informations, comme lorsqu'il s'agit de traquer les espadons, pour essayer d'imaginer où a pu dériver un bateau ne gouvernant plus ou un radeau de sauvetage.

« Le courant contourne la Queue et pousse vers le nord, explique Barrie. En joignant les bateaux à différents emplacements et réunissant les renseignements qu'ils fournissent, on peut avoir une idée assez précise de la façon dont se comporte le Gulf Stream. »

Tard dans la soirée du 30, Bob Brown appelle les Gardes-Côtes canadiens à Halifax et leur dit que l'*Andrea Gail* fait probablement route vers son port d'attache selon un itinéraire passant juste au sud de Sable Island. Il ajoute que Billy n'appelle habituellement pas lorsqu'il est en mer. La corvette canadienne *Edward Cornwallis* — qui a déjà pris la mer pour aller au secours de l'*Eishin Maru* — commence à appeler l'*Andrea Gail* tous les quarts d'heure sur le Canal 16. « Aucun succès sur la fréquence indiquée », rapporte-t-elle un peu plus tard. Halifax essaie systématiquement toutes les fréquences, mais sans plus de succès. Un bateau de pêche, le *Jennie and Doug*, signale avoir entendu faiblement le nom *Andrea Gail* sur 8294 kilohertz, et, pendant les douze heures qui suivent, Halifax essaie cette fréquence mais n'obtient aucune réponse. Judith Reeves, à bord de l'*Eishin Maru*, pense avoir entendu quelqu'un avec un accent anglais dire par radio à l'*Andrea Gail* qu'il venait à son aide, mais elle n'a pu saisir le nom du bateau et elle n'a plus entendu ce message par la suite. Un balayage radar permet de saisir un objet qui pourrait être l'*Andrea Gail*, mais c'est encore sans succès qu'Halifax essaie d'établir un contact radio. Une demi-douzaine de bateaux au moins autour de Sable Island — l'*Edward Cornwallis*, le *Lady Hammond*, le *Sambro*, le *Degero*, le *Yankee Clipper*, le *Melvin H. Baker* et le *Mary Hitchins* — tentent de joindre par radio l'équipage de l'*Andrea Gail*, mais celui-ci ne répond pas. Il semble avoir disparu de la surface du globe.

Pendant ce temps, le Centre de Coordination des Opérations de Sauvetage, à New York, est encore en train d'essayer d'établir qui, exactement, fait partie de cet équipage. Bob Brown ne le sait pas de façon certaine — souvent, les propriétaires ne *veulent* même pas savoir — et les parents et amis ne sont pas sûrs à cent pour cent. Finalement, les Gardes-Côtes reçoivent un appel téléphonique d'un pêcheur de Floride nommé Douglas Kosco, qui dit avoir appartenu à l'équipage de l'*Andrea Gail* et affirme qu'il connaît la composition de l'équipage. Il en donne la liste suivante : Billy Tyne, capitaine, de Gloucester, Bugsy Moran, également de Gloucester mais résidant en Floride, Dale Murphy, de Cortez, en Floride, Alfred Pierre, le seul Noir du bord, des Îles Vierges mais ayant de la famille à Portland.

Kosco ajoute que le cinquième membre de l'équipage vient du *Haddit* — l'ancien bateau de Billy Tyne — et que la société Merrit Seafoods de Pompano a son nom. J'étais censé être du voyage, précise-t-il, mais je me suis retiré au dernier moment. Je ne sais pas pourquoi. J'ai eu une drôle d'impression, et je suis parti.

Ils ont dû partir avec un équipage incomplet, ajoute-t-il. Je ne pense pas que Billy ait pu trouver quelqu'un d'autre si vite…

Comme nous le savons, il se trompe. Le matin où Kosco a déclaré forfait, Billy a appelé Adam Randall pour lui demander s'il voulait du travail. Randall a répondu par l'affirmative, et Billy lui a alors dit de venir à Gloucester le plus vite possible. Randall est arrivé avec son beau-père, a jeté un coup d'œil au bateau et a eu, comme Kosco, un mauvais pressentiment. Il est reparti. Billy a alors appelé David Sullivan, qui a accepté avec réticence de partir et est arrivé sur le quai une heure plus tard avec son sac sur l'épaule.

L'*Andrea Gail* a donc appareillé avec un équipage de six hommes complet, mais cela, Kosco ne le sait pas. Tout ce qu'il sait, c'est qu'une décision de dernière minute cinq semaines auparavant lui a probablement sauvé la vie.

À peu près au même moment, à East Bridgewater, dans le Massachusetts, Adam Randall s'installe sur son divan pour regarder le journal télévisé du soir. C'est une pluvieuse soirée de veille de Toussaint, et Randall vient juste de rentrer d'une promenade avec ses enfants. Sa compagne, Christine Hansen, est avec lui. C'est une jolie blonde, élégamment vêtue, conduisant une voiture de sport et travaillant pour une importante société. Le journal télévisé commence et Canal Cinq annonce qu'un bateau appelé l'*Andrea Gail* a disparu quelque part à l'est de Sable Island. Randall se dresse sur son divan. C'était mon bateau, chérie, dit-il.

Quoi donc ?

C'était le bateau sur lequel j'étais censé embarquer. Tu te rappelles quand je suis monté à Gloucester ? C'était ce bateau-là. L'*Andrea Gail.*

*

Pendant ce temps-là se déroule, loin au large, le pire drame qu'ait encore connu la Garde Nationale Aérienne. À 14 heures 45 — alors que se déroule l'opération de sauvetage du *Satori* — le District One Command Center de Boston reçoit un appel de détresse d'un marin japonais nommé Mikado Tomizawa, qui se trouve à bord d'un voilier à 250 milles de la côte et commence à couler. Les Gardes-Côtes envoient un avion C-130, puis alertent la Garde Nationale Aérienne, qui dispose d'une unité de sauvetage à la base du Suffolk, dans Long Island. La Garde Nationale Aérienne couvre toute opération se situant au-delà du sauvetage maritime normal, zone à peu près définie par le rayon d'action d'un hélicoptère H-3 des Gardes-Côtes. Au-delà de cette zone — et Tomizawa se trouve bien au-delà — on doit utiliser un H-60 de la Garde Nationale Aérienne, qui peut être ravitaillé en vol. Le H-60 vole en couple avec un avion ravitailleur C-130, et, régulièrement, le pilote de l'hélicoptère vient se placer derrière l'avion et loge un conduit dans l'un des tuyaux installés dans chaque aile. C'est une manœuvre horriblement difficile par mauvais temps, mais elle permet à un H-60 de rester en vol presque indéfiniment.

Quelques minutes après l'appel de détresse, une équipe de sauvetage est réunie à l'ODC (*Operations Dispatch Center*). Dave Ruvola, le pilote de l'hélicoptère, rejoint dans une salle voisine son copilote et les pilotes du C-130, et, ensemble, ils déploient sur une table une carte aérienne de la Côte Est. Ils étudient les prévisions météorologiques et décident qu'ils procéderont à quatre remplissages en vol — un immédiatement au large de la côte, un avant la tentative de sauvetage et deux sur le chemin du retour. Tandis que les pilotes déterminent les points de ravitaillement, deux nageurs-sauveteurs, un nommé John Spillane et un nommé Rick Smith, vont en petites foulées toucher leur équipement : combinaisons d'immersion Mustang, combinaisons étanches, gilets gonflables et gilets de survie. Ces gilets sont ceux que portent tous les aviateurs militaires américains de par le monde. Il contient le matériel minimum permettant la survie dans n'importe quel environnement : radio, fusées éclairantes, couteau, stroboscope, allumettes, boussole, etc. Ils placent cet équipement dans des sacs marins et quittent le bâtiment par une porte latérale pour rejoindre les deux pilotes de l'hélicoptère dans une camionnette qui les attend et démarre sans tarder.

Une équipe a déjà remorqué l'hélicoptère hors de son hangar et a fait le plein. Le mécanicien de vol, Jim Mioli, est en train de procéder à toutes les vérifications d'usage et d'inspecter le moteur et les rotors. Il fait chaud, mais un vent puissant agite les pins le long de la piste, tandis que les oiseaux de mer sillonnent le ciel lourd. Les PJ (*Pararescue Jumpers*) chargent leur équipement à bord de l'hélicoptère, puis vont s'asseoir à l'arrière, contre les réservoirs de carburant. Les pilotes prennent eux aussi leurs sièges, à l'avant, vérifient le tableau de bord et mettent le moteur en route. Les rotors prennent vie, leurs énormes pales se redressent et tournent. L'hélicoptère oscille sur ses pneus et, brusquement, prend l'air et commence, le nez baissé, à survoler les pins. Ruvola pique vers le sud-est, et, quelques minutes plus tard, l'engin se retrouve au-dessus de l'océan. En se penchant, les hommes de l'équipage peuvent discerner l'écume ourlant les vagues qui viennent battre la côte de Long Island. À perte de vue, la rive semble frangée de blanc.

*

En termes officiels, cette tentative pour venir au secours de Tomizawa a été qualifiée de « mission à risque accru », ce qui veut dire en clair que, compte tenu des conditions météorologiques, la personne à sauver est en grand danger de périr, et que, par conséquent, les sauveteurs sont disposés à s'exposer eux-mêmes au-delà des normes. Parmi les sauveteurs, ces missions sont plus simplement qualifiées de « sportives », et dans leur bouche, le terme prend une nuance appréciative. Un PJ de la Garde Nationale Aérienne — équivalent militaire des nageurs-sauveteurs des Gardes-Côtes — connaît peut-être une demi-douzaine de missions « sportives » dans toute sa vie. On parle de ces missions, on les étudie et, parfois, on les envie pendant des années.

Le temps de guerre, bien sûr, est à peu près aussi sportif qu'on peut l'imaginer, mais c'est une situation exceptionnelle dont la plupart des PJ ne font pas l'expérience. (La Garde Nationale Aérienne est considérée comme une milice régionale — ce qui veut dire que sa responsabilité financière est assumée par les divers États américains — mais elle dépend aussi de l'Armée de l'air, et, en conséquence, ses sauveteurs parachutistes sont interchangeables avec ceux de l'Aviation militaire régulière.) Entre deux guerres, la Garde Nationale Aérienne trouve à s'occuper en portant secours aux civils « en haute mer », ce qui veut dire au-delà du rayon d'action d'un hélicoptère H-3 des Gardes-Côtes. Cela représente à peu près, avec des variations dues aux conditions météorologiques, deux cents milles au large de la côte. La mission de temps de guerre de la Garde Nationale Aérienne est de « sauver la vie d'un combattant américain », ce qui implique généralement de sauter derrière les lignes ennemies pour aller chercher des pilotes abattus. Si les pilotes sont tombés en mer, les PJ sautent avec des équipement de plongée sous-marine. S'ils se sont écrasés sur un glacier, ils sautent avec des crampons et des piolets. Il n'est, en fait, nul endroit sur cette terre où un PJ ne puisse se rendre. « Avec le matériel qu'il y a dans mon placard, dit l'un d'eux, je pourrais faire l'ascension de l'Everest. »

Toutes les armes possèdent leur version des *pararescue jumpers*, mais ceux de la Garde Nationale Aérienne — ainsi que leurs équivalents de l'Armée de l'air — sont les seuls à avoir une mission permanente de temps de paix. Chaque fois qu'on lance une navette spatiale du Cap Canaveral, un C-130 de la Garde Nationale Aérienne quitte la base de Long Island pour gagner la Floride. En même temps, une équipe de sauvetage de l'Armée de l'air se rend en Afrique pour couvrir le reste de l'itinéraire. Chaque fois qu'un navire — de quelque nationalité qu'il soit — se trouve en détresse au large des côtes d'Amérique du Nord, la Garde Nationale Aérienne peut être appelée à intervenir. Si, par exemple, un matelot grec a un accident à bord d'un cargo battant pavillon libérien, des PJ peuvent venir à son secours à sept cents milles au large. La base d'Alaska de la Garde Nationale Aérienne, qui procède constamment au sauvetage de nombreux élèves-pilotes de l'Armée de l'air, est en alerte permanente, et les deux autres bases, en Californie et à Long Island, sont en alerte relative. Si un problème survient au large, une équipe est constituée avec les hommes se trouvant sur place et ceux qui peuvent être joints immédiatement par téléphone. Un équipage d'hélicoptère peut ainsi décoller en moins d'une heure.

Il faut dix-huit mois d'entraînement intensif pour devenir un PJ, après quoi on doit au gouvernement quatre années de service actif — contrat qu'on est vivement encouragé à renouveler. (Il n'y a que 350 PJ environ dans tout le pays, et l'entraînement est si complexe et si coûteux que les autorités ont du mal à simplement remplacer ceux qui disparaissent chaque année.) Durant les trois premiers mois, l'élimination des candidats s'opère par des mauvais traitements bien étudiés et froidement prémédités. Le déchet est souvent de l'ordre de quatre-vingt-dix pour cent.

Au cours d'un exercice, par exemple, une équipe de dix élèves commence par nager quelque 4 000 mètres, après quoi l'instructeur jette son sifflet dans la piscine. Les dix hommes se battent pour s'en emparer, et celui qui y parvient et se montre capable de revenir à la surface et de siffler, est autorisé à sortir de la piscine. Son entraînement est fini pour la journée. Puis l'instructeur lance de nouveau son sifflet dans l'eau, et les neuf élèves restants se battent pour sa possession. Ce petit jeu se poursuit jusqu'au moment où il ne reste plus qu'un seul homme dans la piscine, et celui-là est renvoyé de l'école. Lors d'un autre exercice, assez voisin, deux nageurs partagent un seul appareil respiratoire tandis que des instructeurs essaient pratiquement de les noyer. Si l'un ou l'autre revient à la surface pour respirer, il est exclu de l'école.

« Il y avait des moments où nous en pleurions, avoue un PJ. Mais il faut bien que, d'une manière ou d'une autre, il y ait une sélection. »

Après l'entraînement de base, comme on l'appelle, les survivants entament une instruction spécialisée — école de plongée, école de saut, école de chute libre, école d'évasion, école de survie. Les PJ apprennent ainsi à sauter en parachute, à escalader des montagnes, à survivre dans le désert, à résister à un interrogatoire ennemi, à échapper à des poursuivants, à se diriger sous l'eau la nuit. Les épreuves, là aussi, conduisent à d'impitoyables éliminations. Les candidats sont, par exemple, attachés dans un simulateur d'hélicoptère et plongés sous l'eau. S'ils parviennent à s'échapper, on les replonge la tête en bas. S'ils réussissent encore à s'en tirer, on les replonge la tête en bas et les yeux bandés.

Ceux qui s'en sortent alors deviennent des PJ. Les autres sont secourus par des plongeurs aux aguets sur les bords du bassin.

Ces écoles sont ouvertes à toutes les armes, et les candidats aux fonctions de PJ peuvent fort bien s'y retrouver à côté de SEALS et de Bérets Verts[1] tentant d'ajouter la survie en mer à leurs divers talents. La différence est que, si un SEAL échoue à l'une des épreuves, il rejoint la Marine en restant un SEAL, tandis que si un apprenti PJ enregistre un échec, il est purement et simplement exclu. Pendant une période de trois à quatre mois, un candidat PJ court quotidiennement le risque de se retrouver hors course. Et s'il réussit à sortir indemne de l'instruction spécialisée, il a encore près d'un an devant lui pour perfectionner ses connaissances et en acquérir d'autres, à commencer par une formation médicale avec stages hospitaliers, une formation tactique et une expérience des armes les plus diverses : fusils à pompe, lance-grenades, fusils d'assaut M-16 et *mini-guns* à six canons capable de tirer 6 000 projectiles à la minute et de sectionner des arbres. Les futurs PJ sont parachutés de nuit dans l'océan avec des canots pneumatiques ou avec des appareils respiratoires leur permettant de plonger directement. Ils peuvent aussi quitter un sous-marin en plongée pour gagner à la nage une côte désertique. Puis, finalement, lorsqu'ils ont bien maîtrisé toutes les autres techniques, ils apprennent à sauter HALO (*High Altitude Low Opening* — Haute Altitude et Ouverture Basse).

---

1. Les SEALS (abréviation de *Sea-Land* voulant également dire « phoque ») sont des commandos d'élite de la Marine américaine dont les membres sont à la fois parachutistes et nageurs de combat. Les Bérets Verts sont les membres des Special Forces, unité d'intervention hautement spécialisée de l'Armée. *(N.d.T.)*

Cette technique est utilisée en des points particulièrement « chauds », où un autre procédé entraînerait la mort quasi certaine des parachutistes. Mais elle se situe à l'extrême limite des possibilités humaines. Les PJ sautent de si haut — 12 000 mètres, parfois — qu'il leur faut des bouteilles d'oxygène pour respirer. Ils sortent de l'avion avec deux de ces bouteilles sur les flancs, un parachute principal sur le dos, un parachute ventral, des trousses médicales sur les cuisses et un M-16 accroché à leur harnais. Ils sont au sommet de la troposphère, et tout ce qu'ils entendent d'abord est le bruit de leur propre corps fendant l'air. Ils restent en chute libre pendant deux ou trois minutes, et ouvrent leur parachute à trois cents mètres ou même moins. De cette façon, ils sont presque impossibles à tuer.

*

Le H-60 vole sans problèmes pendant la première demi-heure, puis Ruvola avertit par radio le C-130 qu'il vient au ravitaillement. L'opération suppose que l'hélicoptère arrive à bonne vitesse tout près de l'avion ravitailleur. Ruvola réussit le contact du premier coup, prend un peu plus de trois cents kilos de carburant et continue sa route vers le sud-est. Loin au-dessous, on peut voir à l'infini les crêtes blanches des vagues poussées par le vent. L'équipage s'apprête à connaître les pires conditions météorologiques qu'il ait rencontrées de toute sa vie.

Le règlement gouvernant les sorties d'hélicoptères H-60 précise que « le vol intentionnel dans des conditions de turbulence grave constatées ou prévues est interdit ». Le bulletin faxé dans la journée par le service météo de la base aérienne de McGuire annonçait des turbulences « modérées à importantes », et ce simple mot de « modérées » avait été suffisant pour permettre à Ruvola de décoller. Des hommes tels que lui se sont entraînés en vue de sauver des vies humaines, et c'est précisément le genre de jour où des vies ont besoin d'être sauvées. Au bout d'une heure de vol, Ruvola approche le C-130 pour un deuxième ravitaillement en vol. Il réussit à placer sa sonde dans le tuyau à la quatrième tentative, et prend un peu plus de quatre cents kilos de carburant. Puis l'hélicoptère et l'avion se séparent et tous deux poursuivent leur route vers l'homme à sauver.

Ils sont sur place dix minutes plus tard, dans une obscurité presque complète. Spillane a consacré le temps du vol à enfiler lentement sa combinaison de plongée, s'efforçant de ne pas trop transpirer, de ne pas trop se déshydrater. Maintenant, il est assis près de la portière, contemplant la tempête à l'extérieur. Un C-130 des Gardes-Côtes décrit des cercles à cent cinquante mètres d'altitude, et l'avion ravitailleur de la Garde Nationale Aérienne fait de même une bonne centaine de mètres plus haut. Leurs feux de signalisation parviennent à peine à percer l'obscurité ambiante. Ruvola, lui, prend position à basse altitude à l'arrière du voilier en perdition et allume ses projecteurs. Spillane ne peut en croire ses yeux : il voit, dans la zone brusquement éclairée, monter et redescendre d'énormes vagues ourlées d'écume, dont certaines manquent de peu le fuselage de l'hélicoptère. À deux reprises, il doit crier à Ruvola de reprendre un peu d'altitude pour ne pas être balayé du ciel.

Le vent souffle si fort que les remous provoqués par le rotor, qui normalement se produisent juste au-dessous de l'appareil, sont à une douzaine de mètres derrière, comme si l'hélicoptère, qui est présentement au point fixe, volait à quatre-vingts nœuds. Malgré tout cela, Spillane persiste à penser que Rick Smith et lui doivent intervenir, en se laissant glisser jusque dans la mer le long d'une corde de sept centimètres et demi de diamètre. La question est de savoir ce qu'ils feront ensuite. Le voilier semble avancer trop vite pour qu'on puisse le rattraper à la nage, ce qui veut dire que Tomizawa devra être récupéré dans l'eau, comme l'équipage du *Satori*. Mais, par cette mer, cela représente un risque certain pour la personne secourue. Spillane est encore en train de peser les chances de Tomizawa lorsque Jim Mioli intervient par l'interphone. Il a des doutes quant à la possibilité d'une récupération dans l'eau. Les vagues se succèdent trop rapidement et trop violemment pour que la nacelle reste stable, et un homme pris dans le câble risquerait d'être tout simplement coupé en deux.

Pendant les vingt minutes qui suivent, Ruvola maintient l'hélicoptère au-dessus du voilier, tandis qu'à la porte de saut, les membres de l'équipage s'efforcent de déterminer les possibilités. Ils s'accordent finalement à considérer que le bateau a l'air de relativement bien tenir la mer, et que toute tentative de sauvetage mettrait Tomizawa plus en danger qu'il ne l'est déjà. La meilleure solution est qu'il reste à son bord. « Ce n'est pas dans nos cordes, les enfants, annonce en fin de compte Ruvola par l'interphone. On n'y va pas. » Il entre ensuite en contact par radio avec le pilote du C-130 et lui fait part de sa décision. Le pilote du C-130 transmet alors le message au voilier. Désespéré, Tomizawa leur répond qu'ils n'ont pas besoin d'envoyer leurs plongeurs, que si l'on fait simplement descendre la nacelle au-dessus de lui, il y montera seul. « Ce n'est pas là le problème, répond Buschor. Ce n'est pas que nous ayons peur de nous mettre à l'eau, c'est que nous ne pensons pas un sauvetage possible. »

L'hélicoptère s'écarte alors, et l'avion ravitailleur largue deux radeaux de sauvetage reliés par un filin de deux cent quarante mètres pour le cas où le bateau de Tomizawa commencerait à sombrer. Puis les deux appareils prennent la direction de leur base. (Tomizawa devait être finalement recueilli par un cargo roumain.) Au bout de dix minutes de vol, Ruvola vient pour la troisième fois s'aligner sur l'avion ravitailleur, place sa sonde du premier coup et embarque sept cents kilos de carburant. Il leur faudra un ravitaillement en vol de plus pour gagner la côte. Spillane s'installe dans le siège de bâbord et contemple l'océan, à trois cents mètres au-dessous de lui. Si Mioli n'était pas intervenu, Rick Smith et lui seraient peut-être au milieu de ces vagues, essayant de gagner la nacelle. Et ils n'en seraient pas sortis vivants. Dans de telles conditions, il y a tant d'eau imprégnant l'air que les nageurs se noient en essayant simplement de respirer.

*

Des mois plus tard, après avoir reconstitué tout le puzzle, la Garde Nationale Aérienne découvrira les lacunes survenues dans le réseau normalement destiné à assurer le soutien d'une « mission à risque accru ». À tout moment, il y avait *quelqu'un* en possession des informations nécessaires à la poursuite du vol de l'hélicoptère de Rudola, mais, durant la dernière heure, ces informations ne furent pas correctement diffusées et réparties. Plusieurs fois par jour, qu'il y ait ou non une mission en cours, la base aérienne de McGuire, dans le New Jersey, envoie par fax des bulletins météorologiques à la base du Suffolk. Et si les gens du Suffolk préparent une mission difficile, ils peuvent également appeler ceux de McGuire pour qu'ils rafraîchissent verbalement leurs informations. Lorsque la mission est en cours, une personne — habituellement le pilote de l'avion ravitailleur — a la responsabilité de recueillir les renseignements météorologiques et de les relayer à tous les autres pilotes impliqués dans l'opération. Si elle a besoin de renseignements supplémentaires, elle appelle la base du Suffolk. Mais si elle n'appelle pas, la base du Suffolk n'intervient pas. Son personnel est, pour reprendre les termes des experts chargés d'enquêter sur l'accident survenu à l'hélicoptère de Ruvola, « réactif » plutôt que « proactif » dans l'exécution de sa tâche.

Dans le cas qui nous intéresse, la base aérienne de McGuire dispose d'informations satellite immédiates, montrant qu'un front pluvieux massif se forme au large de Long Island entre 19 heures 30 et 20 heures — au moment où Ruvola entreprend de regagner la base du Suffolk. Mais, à aucun moment, Suffolk n'appelle McGuire pour une remise à jour de ses propres informations, pour la simple raison que le pilote de l'avion ravitailleur ne la demande pas, et la base de McGuire ne communique pas les nouveaux renseignements de sa propre initiative pour la simple raison qu'elle ignore tout de la sortie d'un hélicoptère de la Garde Nationale Aérienne. Si Suffolk avait été en communication avec McGuire, on y aurait appris qu'une zone de très mauvais temps se trouvait sur l'itinéraire de Ruvola, mais qu'il pouvait éviter celle-ci en se détournant de quinze minutes vers l'ouest. Mais lorsque le pilote de l'avion ravitailleur appelle Suffolk pour s'enquérir des conditions météorologiques, on lui annonce simplement un plafond de 2 400 mètres, une visibilité de vingt-cinq kilomètres et des vents modérés. Il transmet ces informations à Ruvola, qui, ayant laissé derrière lui le pire de la tempête, suppose raisonnablement que les conditions ne vont faire que s'améliorer à mesure qu'il volera vers l'ouest. Tout ce qu'il a à faire, pense-t-il, c'est de se réapprovisionner une dernière fois en carburant avant d'atteindre la zone de vents un peu plus violents que l'on signale autour du terrain d'aviation. Ruvola se trompe — et tout le monde avec lui.

Le front pluvieux consiste en une bande compacte de nuages de quatre-vingts kilomètres de largeur, cent trente kilomètres de longueur et 3 000 mètres d'épaisseur. Il se trouve attiré vers le quadrant nord-ouest de la zone de tempête. Les vents sont de soixante-quinze nœuds et la visibilité est nulle. Les images satellite montrent ce front pluvieux venant s'installer en travers de la route de Ruvola comme une porte se referme au nez de quelqu'un. À 19 heures 55, Ruvola demande par radio au pilote de l'avion ravitailleur confirmation d'un quatrième remplissage en vol, confirmation que lui donne aussitôt le pilote. Ce ravitaillement est prévu pour 20 heures précises, cinq minutes plus tard. À 19 heures 56, des turbulences se manifestent et atteignent un niveau modéré à 19 heures 58. « Allons-y maintenant », dit Ruvola au pilote de l'avion ravitailleur. À 19 heures 59, il libère et étend sa sonde avant d'amener son appareil en position pour le contact avec l'avion ravitailleur. C'est alors que le drame commence.

Les vents sont si violents à la périphérie du front pluvieux que l'hélicoptère semble avoir cessé d'avancer, littéralement cloué sur place. Ruvola n'a aucune idée de ce qu'il affronte à ce moment ; tout ce qu'il sait, c'est qu'il peut à peine contrôler l'appareil. Piloter est devenu autant un problème de force physique qu'un problème d'habileté. Les mains crispées sur les commandes, Ruvola se penche en avant pour tenter de distinguer quelque chose à travers la pluie qui vient marteler le pare-brise. Papiers et brochures techniques voltigent à travers le cockpit, tandis que le copilote se met soudain à vomir. Ruvola s'aligne comme il peut sur l'avion ravitailleur et tente de placer sa sonde, mais l'appareil bouge tellement que cela revient à essayer de lancer une fléchette dans le canon d'un revolver. Toucher juste serait un pur et simple coup de chance. L'hélicoptère de Ruvola, malmené de toutes parts, échappe au contrôle des commandes. Ruvola essaie de renouveler son opération à très basse altitude — quelque quatre-vingt-dix mètres — puis à très haute, près de 1 500 mètres, sans plus de résultats. La visibilité est si réduite que, même avec ses lunettes spéciales pour vision nocturne, il peut à peine distinguer les feux de position de l'avion ravitailleur, juste devant lui. À plusieurs reprises, la sonde de l'hélicoptère manque l'avion, et Spillane a un moment l'impression qu'ils vont arracher les ailerons de queue du C-130.

Ruvola a déjà fait vingt ou trente tentatives pour placer la sonde dans le conduit de réception de l'avion — ce qui représente, de sa part, un monstrueux effort de concentration — lorsque le pilote du C-130 lui fait savoir par radio qu'il va devoir éteindre son moteur numéro un, qui menace de prendre feu. Le pilote entame la procédure de fermeture du moteur, et, brusquement, le conduit d'alimentation en carburant de l'aile gauche se rétracte. L'arrêt du moteur a modifié la circulation d'air autour de l'aile, suscitant ainsi une fausse réaction du mécanisme contrôlant la position du conduit et ce qu'on appelle une « rétractation incontrôlée » de celui-ci. Le pilote termine son opération de fermeture du moteur défaillant, invite Ruvola à se réaligner sur lui et fait sortir de nouveau le conduit d'alimentation. Ruvola obtempère, mais s'aperçoit immédiatement que quelque chose ne va pas. Normalement, le cône se trouvant à l'extrémité du conduit, qui a la forme d'un petit parachute, se remplit d'air et maintient le tuyau droit et stable pendant l'opération de remplissage. Là, il pend mollement au bout du conduit, détruit par quarante-cinq minutes de tentatives désespérées de raccordement.

Ruvola fait alors savoir au pilote de l'avion ravitailleur que le cône du conduit gauche n'est plus en état de remplir ses fonctions, et qu'il faut changer de côté. Dans les conditions qui règnent à ce moment, un remplissage par le conduit de droite est une opération cauchemardesque, car la sonde de l'hélicoptère se trouve sur le côté droit de l'appareil, ce qui contraint le pilote à presque frôler le fusage de l'avion ravitailleur pour tenter d'établir le contact. Ruvola fait une première tentative, rate son coup, revient en ligne, essaie de nouveau et rate encore. La visibilité est si réduite qu'il ne distingue même pas l'aile de l'avion ; il peut à peine voir plus loin que le nez de son propre appareil. Ruvola fait quelques autres tentatives, et, lors de la dernière, il arrive trop vite, dépasse l'aile du ravitailleur, et, le temps qu'il ait repris position, l'avion a disparu. L'équipage de l'hélicoptère vient de perdre un gros C-130 dans les nuages. Il est à 1 200 mètres d'altitude, avec une visibilité nulle et environ vingt minutes de carburant. Ensuite, c'est la chute libre. Ruvola a le choix entre tenter de retrouver le ravitailleur, ce qui paraît illusoire, et essayer de descendre au niveau de la mer pendant qu'il a encore un peu de carburant.

« Nous allons tenter l'amerrissage pendant que nous

le pouvons encore », annonce-t-il à l'équipage. Puis il fait plonger l'hélicoptère et engage une course de vitesse avec sa jauge à carburant en direction des flots.

John Spillane, qui suit l'opération en silence de son siège, a la certitude qu'il vient d'entendre sa sentence de mort.

« Durant toute ma carrière, explique-t-il, j'avais toujours réussi à conserver — de justesse — le contrôle des choses. Mais là, brusquement, les risques devenaient totalement incontrôlables. Nous ne pouvions plus prendre de carburant, nous allions terminer dans cet océan en furie, nous n'avions plus le contrôle de quoi que ce soit. Et je savais que nos chances d'être secourus étaient à peu près nulles. J'avais participé à assez de missions de sauvetage pour savoir que, dans ces conditions, on pouvait à peine *trouver* quelqu'un, pour ne pas parler de le secourir. Nous sommes parmi les meilleurs dans notre spécialité — les mieux équipés, les mieux entraînés. Or, peu auparavant, nous n'avions pas réussi à mener à bien notre opération de sauvetage. Maintenant, nous nous retrouvions dans la même situation que les gens auxquels nous avions tenté de venir en aide. Tout cela paraissait extrêmement mal parti. C'était à ne pas y croire. »

Tandis que Ruvola continue à descendre à l'aveuglette au milieu des nuages, le copilote Buschor lance un *mayday* sur une fréquence de la Garde Nationale Aérienne, puis il entre en contact avec le *Tamaroa*, à quinze milles au nord-est. Il précise que l'hélicoptère est à court de carburant et va tenter d'amerrir. Le capitaine de frégate Brudnicki ordonne qu'on braque vers le ciel les projecteurs du *Tamaroa* de façon à ce que l'hélicoptère puisse se repérer et indiquer sa position, mais Buschor fait savoir qu'il ne voit rien. « D'accord, répond le radio du *Tamaroa*, mettez simplement le cap sur nous. » Ce à quoi Buschor réplique : « Nous n'avons pas le temps, nous descendons. »

Jim McDougal, qui assure les transmissions à la base du Suffolk, reçoit simultanément le message annonçant la tentative d'amerrissage et un appel téléphonique de la femme de Spillane, désireuse de savoir où se trouve son mari. Elle ignore totalement qu'il y a un problème ; elle se trouve simplement appeler au mauvais moment. McDougal est tellement pris de panique qu'il lui raccroche au nez. À 21 heures 08, un contrôleur aérien à l'état-major des Gardes-Côtes, à Boston, capte un message selon lequel un hélicoptère de la Garde Nationale Aérienne en route pour Suffolk avec un C-130 et ne parvenant pas à se ravitailler, est sur le point de faire un amerrissage forcé. Il le signale à la base du Cap Cod, où Karen Stimson est en train de bavarder avec l'un de ses sauveteurs. Les cinq aviateurs se lèvent sans un mot, vont faire un tour aux toilettes, puis se rendent sur la piste.

Ruvola sort finalement de la couche nuageuse à 21 heures 28. Il est à une soixantaine de mètres seulement au-dessus de l'océan. Il fait un point fixe et demande immédiatement qu'on énonce la procédure complète d'amerrissage, qui prépare l'évacuation de l'appareil. Ils ont pratiqué tout cela des douzaines de fois à l'entraînement, mais tout arrive si vite que la routine n'a plus cours. Habitué à son équipement de vision nocturne, Jim Mioli a du mal à s'accommoder du faible éclairage interne de la cabine, et il n'arrive pas à localiser la commande du radeau de sauvetage. Pendant qu'il la cherche, il n'a pas le temps de revêtir sa combinaison de survie. Ruvola lui demande à trois reprises de lui lire la procédure, mais Mioli est trop occupé pour lui répondre, et Ruvola doit donc se la réciter de mémoire.

L'un des gestes les plus importants figurant sur la liste est, pour le pilote, de faire s'éjecter sa porte, mais Ruvola est trop occupé à maintenir l'appareil pour pouvoir retirer ses mains des commandes, et la porte reste là où elle est.

Tandis que Ruvola s'efforce de maintenir l'hélicoptère en point fixe, les PJ s'emploient à réunir le matériel de survie. Spillane prend un bidon d'eau en bandoulière et boucle un radeau de sauvetage individuel à son brelage. Jim Mioli, qui a fini par extraire de son logement le principal radeau de sauvetage de neuf places, le pousse jusqu'au bord de la porte de saut et attend l'ordre d'évacuation. Rick Smith se tient à l'autre porte arrière et regarde au-dessous de lui. L'océan est si maltraité par le vent qu'on ne peut même plus distinguer les crêtes des creux. Tout ce que savent les gens de l'équipage, c'est qu'ils vont sauter de quatre-vingt-dix mètres. Mais si horrible que soit cette perspective, l'idée de rester à bord est pire encore. L'hélicoptère va, à tout moment, s'abattre dans l'océan, et nul ne veut être à proximité quand cela se produira.

Seul Dave Ruvola restera à bord ; c'est son devoir, en tant que pilote, de s'assurer que l'hélicoptère ne tombe pas sur le reste de l'équipage. Avec sa porte toujours en place, ses chances de s'en tirer sont négligeables, mais là n'est pas la question. La procédure d'amerrissage vise à assurer la survie du plus grand nombre possible des membres de l'équipage. Que Mioli s'abstienne de revêtir sa combinaison de survie est également, à certains égards, suicidaire, mais il n'a pas le choix. Son devoir est d'assurer l'évacuation, et s'il prend le temps d'enfiler sa combinaison, le radeau de sauvetage à neuf places ne sera jamais prêt à être mis à l'eau. Il sautera sans sa combinaison.

À 21 heures 30, le moteur numéro un rend l'âme. Spillane l'entend s'éteindre. Ruvola crie par l'interphone : « Le numéro un est mort. Évacuez ! Évacuez ! » Le numéro deux dégage à son tour de la fumée. En théorie, ils auraient dû s'éteindre en même temps. Soudain, ça y est. L'hélicoptère commence à plonger.

Mioli pousse le radeau à l'extérieur et le regarde tomber, selon sa propre expression, « dans l'abîme ». Ils sont encore si haut qu'il ne voit même pas le radeau toucher, et il ne peut se résoudre à sauter. Sans le dire à personne, il décide de tenter sa chance à bord de l'hélicoptère. Le règlement prévoit que le copilote reste également à bord, mais Ruvola ordonne à Buschor de sauter, car il estime qu'il aura ainsi plus de chances de survivre. Buschor tire sur le levier devant libérer sa porte, mais celle-ci ne se détache pas du fuselage comme elle le devrait. Il doit donc la tenir ouverte d'une main tout en prenant place sur le marchepied. Il regarde en même temps l'altimètre, qui oscille entre trois et vingt-cinq mètres, et se rend compte que le moment qu'il choisira pour sauter va faire, pour lui, la différence entre la vie et la mort. Ruvola répète son ordre d'évacuation, et Buschor débranche de son casque de vol les fils le reliant à l'interphone tout en ajustant ses lunettes de nuit. Il peut maintenant voir, dans la lumière verte diffuse, les vagues rouler au-dessous de lui. Il repère une énorme crête, prend sa respiration et saute.

Pendant ce temps, Spillane réunit le reste de son matériel de secours.

« Je n'étais pas terrifié, raconte-t-il, mais j'avais peur. J'avais eu beaucoup plus peur quarante minutes avant, en pensant à tout ce qui allait peut-être arriver, mais, à la fin, j'étais tout entier à ce que je faisais. Le pilote avait pris la décision d'amerrir, et c'était la bonne décision. Beaucoup auraient consacré ces vingt dernières minutes de carburant à essayer de faire le plein. Et, ensuite, on serait tombés comme des pierres et tout le monde aurait été tué. »

Sans moteurs, l'hélicoptère est étrangement silencieux. L'océan au-dessous ressemble à un paysage lunaire, avec ses monticules et ses cratères créés, à la surface de l'eau, par la violence du vent. Spillane voit Rick Smith à la porte tribord, prêt à sauter, et va vers lui.

« Il était sûrement en train d'essayer d'évaluer la taille des vagues, raconte Spillane. Je voulais désespérément rester avec lui. J'ai eu juste le temps de m'asseoir et de passer mon bras autour de ses épaules, et il a sauté. Nous n'avions rien eu le temps de dire. On veut se dire au revoir, on veut faire des tas de choses, mais on n'a pas le temps. Rick a sauté, et, une fraction de seconde plus tard, j'en ai fait autant. »

Selon les gens ayant survécu à des chutes très importantes, l'accélération due à la gravité est si terrible qu'on a l'impression d'être projeté vers le bas comme un boulet de canon. Un corps subit une accélération de plus de trente kilomètres à l'heure à chaque seconde de chute libre. Au bout d'une seconde, il tombe à trente kilomètres à l'heure, au bout de deux secondes à soixante kilomètres à l'heure, et ainsi de suite jusqu'à un peu plus de deux cents. À ce point, la résistance de l'air est égale à la force de gravité, et on dit que le corps a atteint sa vélocité terminale. Spillane tombe probablement de vingt ou vingt-cinq mètres, avec deux secondes et demie d'accélération. Il plonge dans l'obscurité en ignorant totalement où est l'eau et à quel moment il va la percuter. Il pense : Mon Dieu, que c'est long ! Puis tout se brouille.

*

John Spillane a ce genre de physique agréable et séduisant qu'on pourrait attendre d'un acteur d'Hollywood jouant le rôle d'un sauveteur parachutiste — jouant le rôle de John Spillane, en fait. Ses yeux sont bleu acier, mais son regard chaleureux. Ses cheveux coupés très court grisonnent légèrement par endroits. Il a l'air amical, décontracté et totalement sûr de lui. Il sourit facilement et parle d'un ton détaché mais avec un grand souci de la précision et du détail. Son humour est parfaitement spontané, au point de paraître le surprendre lui-même. Il est de taille moyenne, de corpulence moyenne, mais a, un jour, couru soixante-cinq kilomètres pour la simple beauté du geste. Il semble avoir perdu depuis longtemps le souci de prouver quoi que ce soit aux autres.

Spillane a grandi à New York et s'est engagé dans l'Armée de l'air à dix-sept ans. Il a subi un entraînement de nageur de combat, et, à vingt et un ans, a rejoint la Garde Nationale Aérienne. Après avoir occupé des emplois de sauveteur dans de multiples endroits, il a accompli son instruction de PJ. Puis, au bout de plusieurs années, il a quitté la Garde Nationale pour entrer à l'école de police et devenir plongeur dans la police new-yorkaise. Pendant trois ans, il a sorti des cadavres de voitures tombées dans l'Hudson et récupéré des pistolets dans la boue de l'East River. Puis il a décidé de faire des études de géologie, la montagne l'attirant, mais il est tombé amoureux, a voulu fonder un foyer et est retourné à la base du Suffolk travailler à plein temps pour la Garde Nationale. C'était en 1989, et il était, à trente-deux ans, l'un des PJ les plus expérimentés des États-Unis.

Quand John Spillane finit par heurter l'océan Atlantique, son corps tombe à environ quatre-vingts kilomètres à l'heure. À cette vitesse, l'eau pourrait aussi bien être du béton. Spillane se fracture trois os du bras droit, un os de la jambe gauche et quatre côtes. Il s'endommage un rein et le pancréas. Ses palmes, son radeau individuel et son bidon d'eau lui sont arrachés par le choc. Seul son masque, qu'il a mis à l'envers, la sangle dans sa bouche, reste en place. Spillane ne se rappelle pas le moment où il a heurté la mer, et il ne se rappelle pas non plus le moment où il s'est rendu compte qu'il était dans l'eau. Il se souvient être tombé et s'être retrouvé en train de nager, mais il n'y a rien entre les deux. Lorsqu'il se rend compte qu'il est en train de nager, c'est *tout* ce dont il se rend compte — il ne sait pas qui il est, pourquoi il est là ou comment il est arrivé là. Il n'a pas de passé et pas d'avenir ; il n'est qu'un petit morceau de présent, la nuit, au milieu de l'océan.

Lorsque Spillane doit traiter des marins blessés en haute mer, l'une des premières choses qu'il fait est d'évaluer leur degré de conscience. Le plus élevé, désigné par le terme « alerte et niveau quatre », pourrait être celui d'une personne normale dans une situation normale. Le sujet sait qui il est, où il est, l'heure qu'il est et ce qui vient de se produire. Si quelqu'un reçoit un coup sur la tête, la première chose qui disparaît est le souvenir des événements récents — « alerte et niveau trois » — et la dernière est la conscience de son identité. Une personne ayant perdu conscience sur les quatre plans évoqués plus haut, identité comprise, est réputée « alerte et niveau zéro ». Quand John Spillane se réveille dans l'eau, il est précisément « alerte et niveau zéro ». Son appréhension du monde se limite au fait qu'il existe, rien de plus. Presque simultanément, il se rend compte qu'il souffre horriblement. Pendant un long moment, c'est tout ce qu'il sait. Jusqu'à l'instant où il voit le radeau de sauvetage.

Spillane est peut-être au niveau zéro, mais il sait que lorsqu'on voit un radeau de sauvetage, il faut nager vers lui. Le radeau est celui qui a été lancé hors de l'hélicoptère par Jim Mioli, et il s'est gonflé automatiquement lorsqu'il a touché l'eau. Maintenant, il ondule sur les vagues, malmené par un vent de soixante-dix nœuds.

« Je l'ai pris pour cible, raconte Spillane, je l'ai intercepté et je me suis accroché à son côté. Je savais que j'étais dans l'océan, dans une situation désespérée et que j'étais blessé. Je ne savais rien d'autre. C'est pendant que je m'accrochais au radeau que tout a commencé à me revenir. Nous étions en mission. Nous nous étions trouvés à court de carburant. J'avais évacué l'appareil. Je n'étais pas seul. »

Tandis que Spillane s'accroche au radeau, un coup de vent fait basculer celui-ci. À un moment, Spillane est dans l'eau, tentant de se rappeler qui il est, et le suivant, il se retrouve au sec. Instantanément, il se sent mieux. Il est étendu sur le tapis en nylon bosselé du radeau, réfléchissant sur la douleur qui lui transperce la poitrine — il pense avoir un poumon perforé — lorsqu'il entend des hommes crier au loin. Il s'agenouille et pointe sa torche de plongée dans leur direction, mais, alors même qu'il se demande comment leur venir en aide, les dieux de la tempête retournent de nouveau le radeau. Spillane se retrouve précipité à la mer. Il s'accroche au filin de sécurité, hoquetant et vomissant l'eau de mer qu'il a avalée, et, presque immédiatement, le vent retourne le radeau une troisième fois. Spillane est étendu au fond, les bras en croix. Puis le radeau est retourné pour la quatrième et dernière fois, et Spillane est rejeté à l'eau, s'accrochant, à ce moment, à un sac de nylon imperméable contenant, on s'en apercevra plus tard, une demi-douzaine de couvertures de laine. Il flotte, et Spillane s'y cramponne, regardant le radeau s'éloigner en se dandinant sur la crête des vagues. Il reste seul à agoniser dans la mer.

« Après avoir perdu le radeau, explique-t-il, je me suis rendu compte que ma *seule* chance de survie était de tenir jusqu'à ce que la tempête se soit calmée. Il n'y avait aucun moyen de venir nous chercher avant cela. Nous venions de faire un amerrissage forcé avec un hélicoptère en parfait état, et je savais que nos camarades étaient hommes à venir nous en sortir s'ils le pouvaient, mais ils ne le pourraient pas. Ils se retrouveraient, comme nous, à court de carburant. Et, en réfléchissant à tout cela, je me disais que je ne pourrais pas tenir jusqu'à la fin de la tempête. Ils pourraient peut-être envoyer quelqu'un quand le jour se lèverait, mais je ne pourrais pas tenir jusque-là. Je me sentais mourir à l'intérieur. »

Pour la première fois, donc, depuis le début du drame, Spillane a le temps d'envisager sa propre mort. Il en est plus attristé qu'effrayé. Sa femme est enceinte de cinq mois, portant leur premier enfant, et il a été très peu chez lui dans la période récente. Il accomplissait son stage d'infirmier-secouriste et s'entraînait en vue du marathon de New York. Il regrette de n'avoir pas passé plus de temps dans son foyer. Il regrette — étrangement — de ne pas avoir tondu la pelouse une fois de plus avant l'hiver. Il souhaiterait que quelqu'un puisse dire à sa femme et à sa famille ce qui est arrivé à la fin. La pensée que Dave Ruvola a sans doute péri en posant l'hélicoptère l'obsède. La pensée qu'ils vont tous mourir faute de deux cent cinquante kilos de carburant l'obsède. Le pire de tout, pense-t-il : nous avons cet hélicoptère de huit millions de dollars, rien ne va de travers, personne ne nous tire dessus, nous nous retrouvons simplement à court de carburant.

Spillane a repris pleinement conscience à ce moment, et les conditions dans lesquelles il se trouve sont cauchemardesques au-delà de toute expression. Il fait si noir qu'il n'arrive pas à voir sa main devant son visage, des vagues surgies de nulle part déferlent sur lui et l'engloutissent parfois pendant une minute entière. Le vent est si violent que Spillane ne peut s'empêcher d'avaler de l'eau, qu'il doit vomir régulièrement. Il a perdu son radeau individuel, il a des côtes fracturées et, chaque fois qu'il respire, il a l'impression qu'on lui plonge un fer rouge dans la poitrine. Il ne peut s'empêcher de hurler de douleur, et il ne fera pas jour avant huit heures encore.

Au bout d'une heure passée à méditer sur sa fin et à rejeter l'eau qu'il a ingurgitée, Spillane aperçoit une lueur au loin. Les combinaisons de survie Mustang ont toutes des lumières stroboscopiques, et, pour Spillane, c'est la première véritable preuve que quelqu'un d'autre a survécu. Sa première réaction est de nager vers cette lumière, mais il la réprime. Il se dit que, de toute manière, il ne pourra s'en tirer, et qu'il ferait mieux de mourir tout seul, sans rendre autrui témoin de ses souffrances.

« Je ne voulais pas qu'on me voie partir, raconte-t-il. Je ne voulais pas qu'on me voie souffrir. C'était comme dans un marathon — qu'on ne me parle surtout pas, qu'on me laisse souffrir tranquille. Ce qui m'a finalement poussé à nager vers les autres a été mon entraînement. On m'avait appris que le nombre faisait la force, et je savais que si j'étais avec d'autres, j'essaierais plus de ne pas mourir. Et je ne pouvais pas laisser tomber les autres. »

Il commence donc à nager lentement vers la lumière, soutenu par son gilet de sauvetage, son bras cassé étendu devant lui, agrippant le sac de couvertures. Il s'épuise, mais il voit se rapprocher la lumière, qui apparaît et disparaît au fil des vagues. Finalement, après avoir nagé pendant près de deux heures, il arrive assez près pour appeler, puis pour distinguer des visages. Il y a là Dave Ruvola et Jim Mioli, attachés ensemble avec un filin. Ruvola semble bien aller, mais l'hypothermie a presque fait perdre conscience à Mioli. N'ayant pas eu le temps d'enfiler sa tenue de survie, il n'a sur lui que sa combinaison de vol Nomex, et ses chances de tenir jusqu'à l'aube sont encore plus faibles que celles de Spillane.

Ruvola s'est échappé de justesse de l'hélicoptère. Il savait que celui-ci exploserait littéralement s'il touchait l'eau à pleine vitesse. Il a donc éloigné l'engin de ses hommes déjà arrivés dans la mer, a attendu que le deuxième moteur s'éteigne et a mis l'appareil en autorotation, utilisant l'énergie résiduelle des rotors pour le ralentir. L'hélicoptère a donc touché l'eau à petite vitesse, s'est immobilisé et retourné.

Ruvola s'est alors retrouvé dans une situation maintes fois connue à l'entraînement, mais, cette fois, bien réelle : il lui fallait sortir, dans une totale obscurité, d'un hélicoptère immergé la tête en bas. Mais, ancien PJ et nageur de fond, il avait l'habitude de se retrouver sous l'eau. Son premier réflexe fut d'essayer de saisir la bouteille d'air attachée à sa jambe gauche, qui lui aurait fourni une réserve de trois minutes, mais elle avait été arrachée de ses courroies lorsque l'hélicoptère avait touché l'eau. Tout ce dont il disposait, c'était de l'air contenu dans ses poumons. Il se libéra de sa ceinture de sécurité, et c'est à ce moment qu'il se rendit compte qu'il n'avait pas pensé à ouvrir et évacuer sa portière avant qu'elle ne se trouve bloquée par le choc et la pression de l'eau, comme il était censé le faire. Il saisit à tout hasard la poignée de la porte, la tourna et poussa. À sa grande stupéfaction, la porte s'ouvrit. Ruvola se propulsa alors hors du fuselage de l'hélicoptère, déclencha la cartouche de gaz carbonique de son gilet de sauvetage et se retrouva projeté de trois ou quatre mètres vers la surface. Et il émergea soudain dans un monde d'angoissante obscurité et de mer déchaînée. À un certain moment, une vague le fit replonger à une telle profondeur qu'il en eut l'oreille interne endommagée. Il commença à crier, appelant les autres membres de l'équipage, et, quelques minutes plus tard, Jim Mioli — qui avait également réussi à s'échapper de l'hélicoptère en train de couler — lui répondit dans l'obscurité. Ils entreprirent de nager l'un vers l'autre, et, au bout de cinq à dix minutes, Ruvola réussit à s'approcher suffisamment de Mioli pour le saisir par sa combinaison. Il retira la capuche de sa propre combinaison de survie pour la placer sur la tête de son camarade et s'attacha à lui à l'aide d'un filin.

Ruvola et Mioli ont déjà passé environ deux heures dans l'eau lorsque Spillane surgit finalement auprès d'eux, le visage crispé par la douleur. La première chose que distingue Ruvola est un reflet sur un masque de plongée, et il se dit que c'est peut-être un SEAL de la Marine venu d'un sous-marin pour les sauver. Mais tel n'est pas le cas. Spillane arrive à proximité et saisit l'une des lanières du gilet de sauvetage de Ruvola, son autre bras reposant toujours sur le sac. Qu'y a-t-il là-dedans ?

crie Ruvola. Je ne sais pas, répond Spillane. J'ouvrirai ça demain. Ouvre-le maintenant ! dit Ruvola. Spillane est trop épuisé et a trop mal pour discuter. Il ouvre le sac et voit des formes sombres — les couvertures — s'envoler dans le vent.

Spillane rejette alors le sac et se prépare à affronter du mieux qu'il peut les heures le séparant encore de l'aube.

*

Rien qu'à voir son écriture dans le livre de veille du District One, on peut constater que le garde-côte de permanence, un nommé Gill, a du mal à croire ce qu'il note au vol. Les mots sont étirés et mal formés, entrecoupés de points d'exclamation. À un moment, comme pour se rassurer lui-même ; il écrit : *« Ils ne sont pas seuls ! »* Cette phrase est consignée à 21 heures 30, quelques secondes après l'appel de Buschor signalant la perte du premier moteur. Cinq minutes plus tard, Gill note : *« 39 degrés 51 nord, 72 degrés 00 ouest. Amerrissage. 5 PAB (personnes à bord). »* Sept minutes après, l'avion ravitailleur — qui va décrire des cercles dans le secteur jusqu'au moment où il sera lui-même à court de carburant — signale qu'il a capté un signal EPIRB pendant quinze secondes. Puis plus rien. Parmi les notes de Gill :

« 21 h 30 — Tamaroa *dans le secteur. Lancé un H-65.*

« 21 h 48 — Cap Cod 60 !

«21 h 53 — CSA (Commandement Secteur Atlantique) prévenu. Promet intervention Marine. »

La réaction est massive et presque instantanée, de la Floride au Massachusetts. À 21 heures 48, la base aérienne du Cap Cod expédie un jet Falcon et un hélicoptère H-3. Une demi-heure plus tard, à la base aéronavale de Brunswick, un avion à réaction P-3 de la Marine est prêt à décoller. Il est équipé d'un matériel à infrarouge lui permettant la détection de tous les corps émettant de la chaleur, à commencer par le corps humain. Le *Tamaroa* a changé de cap dès avant que l'hélicoptère ait touché l'eau. À 22 heures 23, Boston demande une deuxième corvette des Gardes-Côtes, le *Spencer*. On envisage même de détourner de sa route un porte-avions.

Cependant, les survivants de l'hélicoptère dérivent à grande vitesse dans une mer démontée, et les chances de les repérer sont terriblement minces. Les hélicoptères ne pourront passer que très peu de temps sur place car ils ne peuvent se ravitailler en carburant, et, de toute façon, les conditions sont telles qu'un sauvetage par treuil est des plus improbables. Il ne reste, pour faire le travail, que le *Tamaroa*, mais il n'a même pas été en mesure, dans des conditions moins difficiles, de sauver l'équipage du *Satori*. En même temps, la tempête évolue vers l'ouest, droit vers le point d'amerrissage de l'hélicoptère naufragé, et les vagues atteignent des hauteurs jamais enregistrées encore.

Si les perspectives sont sombres pour l'équipage de Ruvola, elles ne semblent guère meilleures pour ceux qui tentent de venir à son secours. Il n'est pas inconcevable qu'un autre hélicoptère se trouve amené à un amerrissage forcé, ou qu'un marin soit emporté par les vagues sur le pont du *Tamaroa*. (En fait, le *Tamaroa*, malgré sa taille, n'est pas à l'abri du danger. Une vague géante survenant en solitaire pourrait fort bien le faire chavirer, mettant quatre-vingts hommes à l'eau.) Une demi-douzaine d'avions et d'hélicoptères, deux navires et deux cents hommes se dirigent vers la position indiquée, 39 nord et 72 ouest, et plus il y a d'effectifs dehors, plus il y a de risques de voir un accident arriver. Une succession de désastres pourrait finir par faire prendre la mer à toutes les unités de sauvetage de la Côte Est des États-Unis.

Le Falcon parti du Cap Cod est le premier engin aérien sur les lieux. Il y arrive quatre-vingt-dix minutes après l'amerrissage forcé, et son pilote entreprend aussitôt une opération de recherche en carrés croissants. Il se place un peu en deçà de la dernière position connue de l'hélicoptère — le point d'amerrissage — et commence à voler en décrivant des carrés toujours croissants jusqu'au moment où il arrive à dix milles de côté. Il vole à soixante mètres d'altitude, juste au-dessous de la couverture nuageuse, et estime ses chances de repérer les naufragés à une sur trois. Il n'obtient aucun résultat. Vers 23 heures 30, il passe à un carré de vingt milles de côté. Le P-3 de la Marine se tient prêt à la base de Brunswick, et l'hélicoptère des Gardes-Côtes parti du Cap Cod se rapproche.

Puis, au bout de dix minutes, le pilote du Falcon capte quelque chose : un faible signal sur 243 mégahertz. C'est l'une des fréquences de la Garde Nationale Aérienne, et cela veut dire qu'au moins un des naufragés est encore vivant.

Se guidant sur le signal, le pilote du Falcon détermine une position à environ vingt milles du point d'amerrissage, dans le sens de la mer. Cela veut dire que celui qui émet le signal dérive rapidement. Le pilote vole très bas, scrutant la mer à travers ses lunettes de vision nocturne. Il finit par repérer, au-dessous de lui, dans l'obscurité, une lueur stroboscopique solitaire. Elle apparaît et disparaît au fil des énormes vagues. Quelques instants plus tard, il aperçoit trois autres lumières un demi-mille plus loin. Tous les membres de l'équipage sauf un sont donc retrouvés. Le pilote commence à décrire des cercles en donnant par radio sa position au District One. Un hélicoptère H-3 équipé d'un treuil et ayant un nageur-sauveteur à son bord n'est qu'à vingt minutes de vol. Tout pourrait être réglé en moins d'une heure.

Le Falcon tourne au-dessus des petites lumières jusqu'à l'arrivée du H-3, puis se dirige vers sa base, son carburant s'épuisant rapidement. Le H-3 est une grosse machine, semblable aux hélicoptères de combat utilisés au Vietnam, et il a des réservoirs supplémentaires de carburant installés dans sa cabine. Il peut ainsi tenir pendant quatre à cinq heures. Le pilote, Ed De Witt, tente un point fixe à une douzaine de mètres d'altitude, mais le vent ne cesse de le faire plonger dangereusement. Dans le faisceau de ses projecteurs, l'océan n'est qu'une immense étendue blanche hérissée de crêtes meurtrières, et il n'y discerne aucun point de repère lui permettant d'orienter son intervention. À un certain moment, il passe sous le vent et se trouve presque projeté à la mer.

Il finit par prendre position à une centaine de mètres des trois naufragés à peu près groupés et commande à son mécanicien de faire descendre la nacelle de récupération. Il n'est pas question qu'il mette son nageur à la mer, mais il se dit qu'étant eux-mêmes des sauveteurs expérimentés, les naufragés pourront peut-être s'extraire de l'océan par leurs propres moyens. C'est la seule chose qu'il puisse faire en attendant que la tempête se calme. Le mécanicien actionne le treuil et connaît un moment d'angoisse lorsqu'il voit la nacelle projetée par le vent droit vers les rotors de queue de l'hélicoptère. La nacelle touche finalement l'eau à un angle de 45 degrés, et De Witt tente de maintenir l'hélicoptère en position assez longtemps pour que les nageurs puissent l'atteindre. Il poursuit ses efforts pendant une heure, mais les vagues sont si énormes que la nacelle ne parvient jamais à rester en place plus de quelques secondes. De toute manière, le treuil ne peut remonter des charges supérieures à deux cent soixante kilos, et trois hommes dans des vêtements de survie imprégnés d'eau dépasseraient largement ce poids. Tout le mécanisme — nacelle, câble et treuil — risquerait alors d'être précipité à la mer.

De Witt renonce finalement, et remonte à soixante mètres en conservant sa position. Il peut voir, au loin le *Tamaroa*, ses projecteurs braqués devant lui, avancer péniblement à travers la tempête. Il semble faire route vers le secteur où se trouve le nageur isolé — Graham Buschor. De Witt largue une fusée éclairante à proximité des trois autres et prend la direction de Suffolk. Il n'est qu'à quelques minutes du point « bingo », le point où un appareil n'a plus assez de carburant pour regagner la côte.

Soixante mètres plus bas, John Spillane regarde son ultime espoir s'éloigner vers le nord. Il ne s'était pas attendu à être secouru, mais la chose est quand même dure à avaler. Le seul avantage qu'il peut discerner est qu'ainsi, sa famille saura de façon certaine qu'il est mort. Cela lui épargnera peut-être des semaines d'incertitude et de faux espoirs. Spillane peut voir, au loin, des lumières s'élevant et s'abaissant régulièrement. Il pense d'abord qu'il s'agit d'un Falcon recherchant ses camarades, mais le mouvement de ces lumières est étrange. Ce n'est pas un avion qu'il évoque, mais un bateau.

*

Il a fallu quatre heures au *Tamaroa* pour couvrir les quinze milles le séparant du point d'amerrissage de l'hélicoptère ; ses hélices devraient lui donner douze nœuds, mais elles n'en fournissent que trois. Le capitaine de frégate Brudnicki ne connaît pas la vitesse exacte du vent, car celui-ci a arraché l'anémomètre du mât, mais Ed De Witt signalera que, lorsqu'il se trouvait à point fixe, son indicateur était à quatre-vingt-sept nœuds — cent soixante kilomètres à l'heure. Le cap adopté par le *Tamaroa* vers les naufragés l'amène à recevoir le flot par le travers, ce qui le fait rouler selon un arc de cent dix degrés. À cet angle, mieux vaut marcher sur les cloisons latérales que sur le plancher. Dans la timonerie, le commandant Brudnicki doit, à sa grande surprise, lever la tête pour apercevoir la crête des vagues, et le gouvernail met vingt à trente secondes à répondre. Plus tard, en quittant son navire, Brudnicki dira : « J'espère bien que cela a été l'apogée de ma carrière. Plus jamais cela ! »

Le premier naufragé qu'ils repèrent est Graham Buschor, qui nage sans trop de difficultés apparentes, à un demi-mille des trois autres. Il est revêtu d'une combinaison Mustang, et a un mini-lance-fusée et la seule balise radio en état de marche de tout l'équipage. Brudnicki commande à son second, le lieutenant de vaisseau Kristopher Furtney, de dépasser Buschor, puis de laisser le *Tamaroa* dériver sur lui. De cette façon, le navire coupe le vent et empêchera les vagues de précipiter Buschor contre la coque. Le maître canonnier commence à tirer des fusées éclairantes de la passerelle, et un détachement de matelots se tient à la proue avec des cordages, prêt à les lancer à la première occasion.

Dans le vent, les marins arrivent à peine à tenir sur leurs pieds.

Ayant stoppé ses machines, le *Tamaroa* dérive latéralement vers Buschor. C'est une situation dangereuse par cette mer. Dériver sur un nageur à secourir est une manœuvre classique, mais les vagues sont si violentes que Buschor est constamment rejeté hors de portée. À certains moments, il se retrouve une dizaine de mètres plus haut que les hommes tentant de s'emparer de lui. L'équipe de la proue ne parvient pas à lancer de cordage à sa portée, et Brudnicki ne veut pas ordonner à son nageur-sauveteur de se mettre à l'eau car il craint de ne jamais le revoir. Les hommes sur le pont se disent finalement que si le bateau ne peut aller à Buschor, il va falloir que ce soit Buschor qui aille au bateau. NAGE ! lui hurlent-ils par-dessus le bastingage. NAGE ! Buschor arrache ses gants et sa cagoule et commence à nager désespérément. C'est sa vie qui est en jeu.

Il nage aussi dur qu'il peut. Il nage jusqu'à ne plus sentir ses bras. Luttant mètre à mètre, il réussit à gagner le navire, est rejeté au loin par les remous qui se forment à l'étrave, parvient à revenir et saisit finalement un filet que l'équipage a lancé le long de la coque, et que tiennent cinq ou six hommes arc-boutés sur le pont. Buschor glisse ses mains dans les mailles, s'y cramponne et est lentement hissé à bord. Une grosse vague au mauvais moment, et tout le monde pourrait se retrouver à la mer. Buschor finit par être tiré sur le pont comme un gros poisson qu'on vient de pêcher, et on le transporte à l'intérieur. Il sue littéralement l'eau de mer et peut à peine se tenir debout. Sa température interne est tombée à moins de 35 degrés. Il a passé quatre heures et vingt-cinq minutes dans l'eau. Quelques heures de plus, et il aurait peut-être été incapable de saisir le filet.

Il a fallu une demi-heure pour amener un homme à bord, et il en reste encore quatre à repêcher, dont un qui n'a pu être repéré. Les perspectives paraissent sombres. De plus, Brudnicki commence à hésiter à maintenir ses hommes sur le pont. Les plus grosses vagues balaient entièrement la partie avant du navire, ensevelissant les hommes qui s'y trouvent. On doit se compter après chacune de ces vagues pour s'assurer que personne n'est passé par-dessus bord.

« Maintenir mes hommes sur le pont pour continuer l'opération de sauvetage, explique Brudnick, a été la décision la plus difficile que j'aie jamais prise, car je savais que je risquais de perdre du monde. Si j'avais décidé de suspendre l'opération, personne n'aurait rien dit — on savait que c'était presque impossible. Mais est-ce qu'il est vraiment possible de se dire en toute conscience : "Je vais simplement regarder crever ces types, là, dans l'eau" ? »

Brudnicki décide donc de poursuivre l'opération, et, vingt minutes plus tard, le *Tamaroa* s'est porté à cent mètres des trois autres naufragés repérés, prenant toujours la mer par le travers. Les marins lancent des fusées et balaient les flots à l'aide de projecteurs, et le quartier-maître principal est aux aguets sur la passerelle, prêt à donner le signal pour la remise en marche des machines. Ils ont non seulement à contrôler la dérive, mais aussi à se préoccuper d'un terrible roulis, qui menace de façon constante l'équipe chargée de maintenir le filet de sauvetage. À presque chaque vague, le pavois se relève d'une bonne demi-douzaine de mètres pour retomber ensuite au niveau de l'eau. De plus, Spillane est blessé, Mioli délire et Ruvola les soutient l'un et l'autre. Ils ne pourront en aucun cas nager comme l'a fait Buschor.

Spillane regarde le navire se soulever et s'abaisser au milieu des vagues, et il n'arrive pas à imaginer une seule seconde ce que son équipage va bien pouvoir faire. Pour lui, ce qui est probable, c'est que lui-même et ses deux camarades vont se noyer en vue du navire, car un sauvetage est impossible.

« Mes muscles devenaient rigides et je souffrais terriblement, raconte-t-il. Le *Tam* est arrivé devant nous et s'est mis en travers de la vague. Je n'en croyais pas mes yeux — ils prenaient un risque épouvantable. Nous les entendions tous crier du pont, et nous apercevions les lumières phosphorescentes au bout des cordages qu'ils lançaient vers nous. »

Les cordages sont difficiles à saisir, et l'équipe de pont essaie de nouveau le filet. Le lieutenant de vaisseau Furtney s'efforce, une fois de plus, de faire dériver le *Tamaroa* vers les naufragés, mais le navire jauge 1 600 tonnes et est presque impossible à contrôler. Finalement, à la troisième tentative, les nageurs réussissent à saisir le filet. Leurs muscles sont contractés par le froid, et Jim Mioli est en train d'en arriver au stade ultime de l'hypothermie. Les hommes sur le pont tirent de toutes leurs forces sur le filet — ils tentent de remonter ainsi quelque deux cent soixante kilos de poids mort — mais, au même moment, une énorme vague vient balayer les nageurs, les contraignant à lâcher prise.

Spillane se retrouve sous l'eau. Il lutte pour remonter à la surface, y parvient au moment où le navire s'incline de nouveau dans sa direction et réussit à s'accrocher au filet. C'est le moment crucial ; s'il ne réussit pas à monter à bord cette fois, il meurt. Les matelots recommencent à tirer sur le filet, et Spillane se sent halé le long de la coque d'acier du navire. Puis des mains le saisissent et le tirent par-dessus le pavois. Il a si mal qu'il ne peut se mettre debout. On découpe sa combinaison de survie et on le transporte à l'abri. Il ne voit ni Ruvola ni Mioli. Ils n'ont pas réussi à saisir de nouveau le filet.

Les vagues emportent les deux hommes vers la poupe du navire, où l'hélice fait bouillonner l'eau. Furtney fait alors arrêter les machines pour supprimer les remous, et les naufragés glissent le long de la coque jusqu'au côté bâbord. Ruvola saisit le filet pour la deuxième fois. Il s'accroche d'une main aux mailles et passe l'autre bras autour du torse de Mioli en lui criant : Tu dois le faire, Jim ! C'est ta dernière chance ! Allez, mets toute la gomme !

De la tête, Mioli fait signe qu'il a compris et s'accroche lui-même au filet. Ruvola réussit à y prendre pied et se cramponne de toute la force de ses muscles fatigués. Les marins, sur le pont, tirent vers eux les hommes qui, sur le filet, oscillent au gré du roulis. Puis, dès qu'ils sont à leur portée, ils les saisissent par les cheveux, par leurs combinaisons, par leurs gilets de sauvetage, par tout ce qu'ils peuvent attraper, et ils les font basculer sur le bastingage. Comme Spillane avant eux, ils vomissent de l'eau de mer et peuvent à peine se tenir debout.

Jim Mioli s'est trouvé dans une eau à moins de 15 degrés pendant plus de cinq heures, et l'hypothermie commence à avoir de sérieux effets sur lui. Sa température interne est de 33 degrés, quatre degrés au-dessous de la normale. Deux heures de plus, et il était mort.

On transporte les deux hommes à l'intérieur, on les débarrasse de leurs vêtements et on les installe dans des couchettes. Spillane, lui, est entre les mains de l'infirmier du bord. Sa tension est de 14/9, son pouls est à cent et il est fiévreux. On l'a installé dans la cabine du second. L'infirmier fait part de ses constatations par radio au centre opérationnel de Boston, qui les transmet à un médecin de la Garde Nationale Aérienne. Celui-ci craint une hémorragie interne et demande qu'on surveille de près l'abdomen du patient. S'il devient de plus en plus douloureux au toucher, ce sera signe qu'il y a bel et bien hémorragie et il faudra évacuer Spillane par hélicoptère. À cette seule idée, celui-ci frémit. Vers l'aube, le second arrive dans sa cabine pour se changer et se raser, et Spillane lui présente ses excuses pour avoir saigné et vomi sur sa couchette. Hé, ne te casse donc pas la tête ! répond l'officier. Il ouvre le hublot. Spillane voit, au-dehors, le ciel gris et lourd et l'océan en furie. Vous pourriez refermer cela ? demande-t-il. Je ne peux plus supporter.

Les matelots, épuisés après trente-six heures passées sur le pont, titubent dans les coursives comme des ivrognes. Mais la mission est loin d'être terminée : Rick Smith est toujours manquant. C'est l'un des PJ les mieux entraînés du pays et nul ne doute qu'il est encore vivant. Il faut simplement le trouver. « L'homme est en grande forme, note l'officier de permanence des Gardes-Côtes à Boston. Il peut tenir un bon moment, cinq à sept jours. »

Neuf avions et hélicoptères au total participent aux recherches, y compris un appareil d'observation E2 chargé de coordonner les opérations. Jim Dougherty, un PJ qui s'est trouvé à l'instruction avec Smith et Spillane, prend avec lui une boîte de tabac à chiquer Skoal pour la donner à Rick lorsqu'on le retrouvera. Tous répètent que Rick Smith est si bon professionnel qu'il va soudain réapparaître à Suffolk en demandant où sont passés ses camarades…

LES RÊVES DES MORTS

« Et le grand linceul de la mer se déroula comme il y a cinq mille ans. »

HERMAN MELVILLE, *Moby Dick*

Lorsque commence à se répandre dans Gloucester le bruit que la flottille de pêche est en difficulté, la tempête est revenue s'installer à moins de trois cent cinquante milles du Cap Cod, et la pression est telle qu'un œil se forme. Les photos prises par satellite montrent, au large de la Côte Est des États-Unis, une formation cyclonique de deux milles de largeur, dont l'extrémité sud atteint la Jamaïque et l'extrémité nord le Labrador. En tout, plus d'un million de kilomètres carrés d'océan connaissent un état de tempête, et une zone couvrant trois à quatre fois cette étendue en est indirectement affectée. La dépression avance régulièrement vers la côte, s'intensifiant en chemin, et, le matin du 31 octobre, elle s'est bloquée à deux cents milles au large de Montauk, sur la côte de Long Island. Les vents les plus violents dans le quadrant nord-est se trouvent attirés tout droit vers le port de Gloucester et la baie du Massachusetts.

Les premières atteintes de la tempête sur la côte sont si soudaines et si brutales qu'une note d'hystérie vient se glisser dans les bulletins météorologiques locaux :

DES INFORMATIONS NON CONFIRMÉES EN PROVENANCE DE LA RÉGION DE GLOUCESTER FONT ÉTAT DE DEUX MAISONS EFFONDRÉES... D'AUTRES LOCALITÉS DU MASSACHUSETTS SONT ATTEINTES... DES VAGUES DE HUIT À QUINZE MÈTRES SONT SIGNALÉES AUJOURD'HUI À L'EST DU GEORGES BANK... LA TEMPÊTE SE RAPPROCHE ENCORE DE LA NOUVELLE-ANGLETERRE...

Les premières alertes sont lancées le 29, à 3 heures 15 du matin, essentiellement sur la foi d'informations en provenance de Nantucket signalant des vents persistants de quarante-cinq nœuds. Les bulletins prévoient des marées hautes excédant la normale de cinquante centimètres à un mètre. (Prévisions qui se révéleront largement en dessous de la réalité.) Ces bulletins sont transmis par liaison satellite à l'agence de la NOAA, qui les relaient en direction des organes de presse et des services d'urgence locaux. Dès l'aube, les stations de radio et de télévision avertissent le public de l'approche de la tempête, et l'EMA (*Emergency Management Agency*) du Massachusetts, installée à Framingham, près de Boston, entre en contact avec les autorités locales pour s'assurer que des mesures de précaution sont prises. L'EMA a des lignes directes avec le cabinet du gouverneur Weld, la Garde Nationale, la direction de la Police d'État et le Service Météorologique National, et elle traite tout problème pouvant mettre en danger les populations, des orages à la guerre nucléaire. Si les communautés locales n'ont pas les moyens de faire face à la situation, les organismes de l'État interviennent, et si ceux-ci sont impuissants, les autorités fédérales prennent le relais.

La journée du 31 octobre est, à terre, d'un calme

trompeur. Le vent soulève doucement les feuilles d'automne sur les trottoirs, et le soleil de midi dégage une timide chaleur. Le seul signe alarmant vient de la côte, où une énorme houle grise s'est levée et va en s'accentuant d'heure en heure. La police de Gloucester s'efforce de bloquer les accès au rivage, mais des gens n'hésitent pas à garer leur voiture à près d'un kilomètre pour aller, malgré le vent qui s'est levé en force et la pluie qui commence à tomber, regarder la mer du haut d'une colline. L'océan qu'ils découvrent s'est totalement transformé. À perte de vue, les vagues avancent vers la côte en vastes rangs réguliers, couronnés d'écume blanche, ne se brisant que pour se reformer, continuant leur marche inexorable vers le Cap Ann. Arrivées sur les hauts fonds, elles semblent un instant hésiter, puis viennent se fracasser sur les rochers avec une violence qui paraît ébranler toute la péninsule et fait jaillir le long des parois sombres d'incroyables geysers. Venues de l'Atlantique Nord, des vagues de dix mètres attaquent la ville de Gloucester avec une froide et cruelle détermination.

Vers le milieu de l'après-midi, les vents tournent à l'ouragan, et les gens ont de plus en plus de mal à marcher, à se tenir debout ou même à se faire entendre. Les fils électriques miaulent et gémissent, émettant des sons que, jusque-là, seuls les pêcheurs avaient pu entendre en haute mer. Les vagues inondent la plage de Good Harbor et le parc de stationnement du supermarché Stop-n-Shop. Elles arrachent des sections entières du boulevard de l'Océan. Elles viennent déposer à l'extrémité de Grapevine Lane un amas de cinq mètres de casiers à homards, d'algues et de résidus marins. Elles emplissent des mêmes résidus la piscine d'une maison particulière de la Back Shore. Elles aspirent les galets de la plage pour les rejeter vers l'intérieur des terres, brisant les vitres et envahissant les pelouses. Elles sautent par-dessus la digue de Brace Cove, se déversent dans l'étang de Niles et vont se répandre dans les bois alentour. Pendant un court moment, on pourrait presque faire du surf sur les pelouses. Tant d'eau salée vient emplir l'étang de Niles qu'il déborde et coupe en deux Eastern Point. Eastern Point est l'endroit où vivent les riches et les puissants, et, à la tombée de la nuit, il y a une soixantaine de centimètres d'eau dans quelques-uns des plus luxueux salons du Massachusetts.

En plusieurs endroits, des maisons se détachent de leurs fondations et commencent à flotter vers la mer. Sur la plage de Ballston, à Truro, les vagues forcent une dune de sable de neuf mètres et viennent inonder les chutes de la Pamet. Des amarres sont arrachées jusqu'en plein milieu du port de Chatham. La centrale nucléaire de Pilgrim, dans le New Hampshire, cesse de fonctionner, car le varech bloque ses conduits d'aération. Sur l'une des pistes de l'aéroport de Logan, à Boston, un pilote des Delta Airlines a la surprise de voir de l'écume monter plus haut que des grues de soixante mètres sur Deer Island. Sur cette même piste, on enregistre des vents de 130 kilomètres à l'heure. Des maisons sont emportées à Gloucester, à Swampscott et sur le Cap Cod. La moitié de la ville de Nantucket est inondée. Un homme qui se trouvait sur les rochers à Point Judith, dans le Rhode Island, est emporté par la mer et disparaît, et, dans le Massachusetts, un autre se tue en tentant de faire du surf sur des vagues de six mètres. Plum Island est coupée en deux, de même que Haugh's Neck et Squantum. Dans la ville de Situate, plus de cent maisons sont détruites, et l'on doit appeler la Garde Nationale pour évacuer les habitants. On emmène une vieille femme par la porte arrière de sa maison au moment précis où les vagues forcent la porte avant.

Les vents ont mis en mouvement une telle quantité d'eau que les rivières elles-mêmes en sont affectées. Les eaux de l'Hudson remontent de cent soixante kilomètres jusqu'à Albany, provoquant d'importantes inondations, et celles du Potomac font de même. Les marées sont d'un mètre cinquante de plus que la normale dans le port de Boston, à deux centimètres du record absolu enregistré à cet endroit. Si la tempête était survenue une semaine plus tôt, au moment des plus hautes marées du mois, il y aurait eu une cinquantaine de centimètres d'eau de plus, et certains quartiers de Boston auraient été inondés. La tempête, cependant, éteint les phares de l'île des Shoaks et de l'île de Boone, au large de la côte du Maine. Quelques démocrates se réjouissent d'apprendre que les vagues ont détruit la façade de la résidence d'été du président républicain George Bush, à Kennebunkport. Sur l'ensemble de la Côte Est, le total des dégâts dépasse un milliard et demi de dollars, dont plusieurs millions rien que pour les engins de pêche perdus.

« Nous n'avions jamais, au grand jamais, souligne Bob Brown, vu des casiers à homards déplacés au large. Cette fois, certains se sont retrouvés jusqu'à treize milles à l'ouest. C'est la pire tempête que j'ai connue. »

*

Le 31 octobre à la tombée de la nuit — alors que les vagues atteignent leur hauteur maximum et que la tempête martèle la côte — les Gardes-Côtes se retrouvent avec deux grandes opérations de recherche sur les bras. De Boston, on commence à téléphoner à tous les capitaines de port de Nouvelle-Angleterre pour demander si l'on n'a pas vu l'*Andrea Gail.*

Si la localité est trop petite pour avoir un capitaine du port, l'opérateur des Gardes-Côtes demande à un volontaire d'aller jusqu'au front de mer jeter un coup d'œil. Des corvettes des Gardes-Côtes fouillent en même temps tous les petits ports et jusqu'aux plus modestes criques. Dans le secteur de Jonesport, dans le Maine, l'une de ces corvettes explore Sawyers Cove, Roque Harbor, Black Cove, Moose Peak Light, Chandler and Englishman Bay, Little Machias Bay, Machias Bay East Side, Machias Bay West Side, et Mistaken Harbor sans le moindre succès. Toute la côte, de Lubec, dans le Maine, jusqu'à Long Island, est inventoriée sans qu'on y trouve une seule trace de l'*Andrea Gail.*

Les recherches en vue de retrouver Rick Smith sont, d'une certaine manière, plus simples que celles visant à repérer l'*Andrea Gail*, car les pilotes savent exactement où il a sauté à la mer, mais un homme isolé — même avec une lumière stroboscopique — est extrêmement difficile à apercevoir dans ces conditions. (Il cst arrivé à un pilote de manquer un cargo de 150 mètres de long en raison des vagues.) En conséquence, toutes les unités disponibles dans une demi-douzaine de bases de la Côte Est participent aux recherches. Smith a une femme et trois petites filles, et une bonne partie de ceux qui prennent part à l'opération le connaissent personnellement. C'est l'un des nageurs les mieux entraînés du monde, et s'il est tombé à l'eau vivant, il devrait le rester. Il pourrait finalement mourir de soif, mais il ne se noiera sûrement pas.

La première chose que font les Gardes-Côtes est de larguer une bouée-radio à l'endroit où les survivants de l'hélicoptère ont été recueillis. La bouée dérivant comme un homme l'aurait fait, la zone de recherche se déplace régulièrement vers le sud-ouest. Les avions volent selon des lignes de cinquante kilomètres de long à cent cinquante mètres au-dessus de l'eau, mais, dans les conditions qui règnent, les chances de repérer un homme à la mer ne sont que d'une sur trois, et les appareils doivent donc passer et repasser au-dessus de la zone en question. Il y a tant d'avions en l'air, et le secteur de recherche est si limité que les pilotes se sentent presque certains de retrouver Smith. Et, de fait, ils trouvent presque tout. Ils trouvent le radeau de sauvetage à neuf places, largué de l'hélicoptère par Jim Mioli. Un plongeur déposé par hélicoptère va en crever les flotteurs à coups de couteau de façon que ce radeau n'égare pas les autres équipages participant à l'opération de recherche. Ils trouvent le radeau Avon abandonné par le *Tamaroa* et des embarcations de sauvetage venant d'autres bateaux dont ils ignoraient l'existence. Puis, juste avant le crépuscule, le 31, un pilote des Gardes-Côtes repère une trace de teinture verte sur l'eau.

Les PJ sont habituellement munis de teinture en vue de telles situations, et il est hors de doute que cette tache verte provient de Rick Smith. Le pilote décrit un cercle à plus basse altitude et distingue une forme sombre au milieu de la flaque verte — probablement Smith lui-même. Il largue une bouée de repérage, un radeau de sauvetage individuel et une batterie de fusées, puis il indique par radio à Boston les coordonnées de l'emplacement. Un hélicoptère se dirige aussitôt vers celui-ci, et le *Tamaroa,* qui se trouve à deux heures et demie de là, change de cap pour faire de même. Un H-60 quitte Elizabeth City, escorté d'un avion ravitailleur, et un appareil à réaction de la Marine équipé d'un dispositif de vision infrarouge se tient prêt à décoller. Si les sauveteurs ne peuvent récupérer Smith par hélicoptère, ils le récupéreront par bateau ; s'ils ne peuvent l'avoir par bateau, ils lui largueront un radeau de sauvetage ; s'il est trop faible pour monter à bord du radeau, ils enverront un nageur. Smith est l'un des leurs, et ils l'en tireront d'une façon ou d'une autre.

Il fait complètement sombre lorsque le premier hélicoptère, se guidant sur la bouée de repérage, arrive sur place. Il n'y a pas trace de Smith. Interrogé à son retour à la base, le pilote qui a dit l'avoir repéré confirme que la nappe était fraîche et qu'il est « sacrément sûr » qu'il y avait un homme au milieu. Mais la mer était trop démontée pour qu'il sache si l'homme avait nagé vers le radeau individuel qu'on lui avait largué. Trois heures plus tard, l'un des pilotes d'hélicoptère annonce par radio qu'il a repéré Smith près de la bouée. Un autre H-60 se prépare à décoller de Suffolk avec son avion ravitailleur, mais à ce moment, le pilote se trouvant sur place rectifie : il n'a pas repéré *un homme* mais un *radeau de sauvetage*. Le H-60 de Suffolk reste provisoirement à la base.

Tout au long de la nuit, la tempête glisse vers le sud, le long de la côte, puis se replie sur elle-même et se dirige vers la Nouvelle-Écosse en se dissipant d'heure en heure. L'élément moteur de la tempête, aspirant l'air chaud et humide qui émane de l'océan, commence enfin à se disloquer au contact des eaux froides du nord. Lorsqu'arrive le matin du 1er novembre, la situation est devenue assez stable pour permettre l'évacuation de John Spillane. Il est attaché sur une civière, amené sur le pont arrière du *Tamaroa*, hissé à bord d'un H-3 et transporté à Atlantic City, où on le livre au service de réanimation après une transfusion sanguine.

Quelques heures plus tard, un pilote ayant participé

aux recherches déclare aux Gardes-Côtes qu'il a lui-même lâché de la teinture verte dans l'eau à titre de repérage. Cela explique la présence de la teinture, mais pas celle de la forme qu'on a aperçue au milieu de la flaque. Un spécialiste de la survie nommé Mike Hyde et attaché aux Gardes-Côtes affirme que, dans une combinaison de plongée comme celle dont il était équipé, Smith peut conserver sa chaleur de façon quasi permanente, mais qu'il risque de se noyer en inhalant de l'eau de mer. Il ajoute qu'il n'existe pas de données précises quant au temps de survie dans ces conditions.

Toutefois, Hyde estime personnellement que si Smith a réussi à survivre à la tempête, il peut tenir encore quatre jours. C'est de déshydratation qu'il risque de mourir finalement. La mer est devenue beaucoup plus calme, mais il y a maintenant soixante-douze heures que des recherches de grande envergure ont été poursuivies sans le moindre résultat. Les chances de retrouver Smith vivant sont devenues presque nulles. Le matin du 2 novembre, alors que la tempête a atteint l'île du Prince Édouard en continuant à se dissiper rapidement, le *Tamaroa* jette l'ancre dans Shinnecock Inlet, Long Island. Ruvola, Buschor et Mioli sont transportés à terre à bord d'une vedette à moteur. Marianne, la femme de Rick Smith, se trouve à la base du Suffolk lorsqu'ils y arrivent pour retrouver leurs familles, et plusieurs personnes s'en émeuvent.

Qu'est-ce que croient ces gens ? demande-t-elle alors. Que j'aurais voulu voir ces femmes perdre, elles aussi, leurs maris ? Elle prend à part John Brehm, le chef d'équipe des PJ, et lui dit : Écoute, John, s'ils n'ont pas encore retrouvé Rick, c'est qu'ils ne le retrouveront jamais. À mon avis, je suis veuve, et j'ai besoin de savoir ce qui va se passer maintenant.

Brehm tente de lui dire qu'il y a encore un espoir, mais Marianne se borne à secouer la tête. S'il était vivant, il l'aurait fait savoir, dit-elle. Il n'est plus en vie.

Marianne Smith, qui a un bébé de trois semaines, n'a pratiquement pas dormi depuis l'amerrissage forcé. Elle a appris celui-ci très tard le premier soir. On lui a téléphoné de la base, la tirant de son lourd sommeil de mère de famille épuisée. Il lui a fallu une bonne minute pour comprendre ce que lui disait son interlocuteur. Celui-ci tentait de la rassurer en lui affirmant qu'il s'agissait d'un amerrissage contrôlé, et que tout allait bien se passer. Mais tout ne se passa pas bien. Tout d'abord, on ne voulut pas lui dire qui étaient les quatre hommes recueillis par le *Tamaroa* (elle supposait, de façon bien compréhensible, que l'un d'eux était son mari). Puis on lui fit savoir qu'on avait repéré Rick au milieu d'une flaque de teinture verte. Puis on l'avait de nouveau perdu. Maintenant, elle est entre deux mondes ; tout le monde, à la base, la traite comme une veuve tout en lui assurant que son mari va être retrouvé vivant. Personne ne semble pouvoir admettre que Rick Smith est mort. Les avions continuent à sortir, les recherches se poursuivent.

Finalement, après neuf jours de vols incessants, les Gardes-Côtes mettent fin à l'opération. On pense généralement que Rick Smith a touché l'eau avec une telle violence qu'il s'est assommé et noyé. Il est également possible que Spillane l'ait heurté en arrivant sur la mer, qu'il ait été assommé par le radeau de sauvetage ou qu'il ait sauté en oubliant de défaire son harnais de sécurité et qu'il se soit trouvé pris sous l'hélicoptère quand Ruvola l'a posé à la surface de l'océan.

John Spillane préfère croire que Smith a été assommé par le choc. Il était lourdement équipé lorsqu'il a sauté ;

il a pu perdre sa position durant la chute et tomber à plat sur l'eau. Le seul souvenir que Spillane ait de sa propre chute est de s'être dit : « Mon Dieu, que c'est haut ! » Ce fut probablement la dernière pensée de Rick Smith

*

Tandis que les avions sillonnent l'air au large de la côte du Maryland, des opérations de recherche encore plus importantes se poursuivent en vue de retrouver l'*Andrea Gail*. Dans Gloucester circule un moment une rumeur selon laquelle Billy Tyne aurait appelé quelqu'un par radiotéléphone dans la nuit du 29, mais Bob Brown la dément formellement. La moitié des bateaux de la flottille de pêche à l'espadon — le *Laurie Dawn 8*, le *Mr. Simon*, le *Mary T* et l'*Eishin Maru* — ont subi des dégâts considérables et ont dû abandonner leur campagne. L'autre moitié de la flottille, se trouvant plus à l'est, est épargnée par le plus fort de la tempête (« Oh ! déclare Linda Greenlaw, nous n'avons eu que des vents de soixante-dix nœuds ! »), mais elle rentre, elle aussi, la pêche étant quand même impossible dans ces conditions.

Aucune trace de l'*Andrea Gail* n'est découverte avant le 1er novembre, où Albert Johnston, se dirigeant vers la côte, se retrouve soudain, à une centaine de milles au sud-ouest de Sable, au milieu de barils à carburant bleus flottant sur la mer. Tous ont les initiales AG peintes sur le côté.

« Il y en avait de chaque côté de notre coque, raconte Johnston. C'était sinistre. Vous savez, quelques barils, c'était tout ce qu'il restait. »

Une heure plus tard, Johnston rencontre un deuxième groupe de barils, puis un troisième, et il en signale la position aux Gardes-Côtes. Cette découverte ne signifie pas, en elle-même, que l'*Andrea Gail* a coulé — les barils peuvent avoir été arrachés de son pont par les vagues — mais la trouvaille n'en est pas moins de mauvais augure. Les Gardes-Côtes américains et canadiens continuent à élargir le champ de leurs recherches sans rien trouver. Puis, finalement, le 4 novembre, on découvre sur une plage de Sable Island un réservoir de propane et une balise radio pour engins de pêche avec le nom *Andrea Gail* peint sur eux.

Et, dans l'après-midi du 5 novembre, c'est un EPIRB qui est rejeté par la mer sur Sable Island. C'est un engin orange de 406 mégahertz, fabriqué par une société américaine du nom de Koden, et il a été désarmé — ce qui veut dire qu'il ne peut expédier aucun signal, même s'il touche l'eau. Son numéro de série est 986. Il vient de l'*Andrea Gail*.

Comme pour la bouteille jetée à la mer de la goélette *Falcon* un siècle auparavant, les chances de voir un objet aussi petit qu'un EPIRB parvenir finalement entre des mains humaines étaient ridiculement minces. Et les chances que Billy Tyne ait désarmé son EPIRB — ce qui n'aurait même pas eu pour effet d'économiser les piles — étaient encore plus minces. Nul de ceux qui connaissaient Billy — Bob Brown, Linda Greenlaw, Charlie Reed — ne peut expliquer un tel geste. La main-courante de quatorze pages tenue par les Gardes-Côtes canadiens rapporte la découverte du réservoir de propane et de la balise radio, mais pas celle de l'EPIRB. En fait, toute la journée du 5 novembre 1991 est manquante. Des rumeurs commencent à circuler à Gloucester selon lesquelles les Gardes-Côtes ont bel et bien capté un signal EPIRB au moment où l'*Andrea Gail* s'est trouvé en perdition, mais ont jugé les conditions trop mauvaises pour intervenir, et ont eux-mêmes désarmé l'appareil pour se couvrir lorsque, contre toute attente, il a été rejeté par la mer sur Sable Island.

Que ces rumeurs soient ou non fondées, elles peuvent paraître un peu hors de propos. Des conditions assez mauvaises pour faire reculer les Gardes-Côtes sont, de toute manière, assez mauvaises pour empêcher tout sauvetage, et au moment où l'EPIRB s'est mis en route — si tant est qu'il l'ait fait — l'équipage de l'*Andrea Gail* était sans doute déjà condamné. À en juger par ce qui s'est passé au large de Long Island, même un hélicoptère parvenant juste au-dessus du bateau n'aurait pu en sauver les marins. Néanmoins, l'EPIRB trouvé à Sable Island est dûment rapatrié aux États-Unis pour y être examiné par la Commission Fédérale des Communications.

Le 6 novembre, un pilote canadien repère un radeau pneumatique dégonflé au large de la côte de Nouvelle-Écosse, mais il n'y a personne à son bord, et il le perd de vue avant qu'il puisse être récupéré. Deux jours tard, l'*Hannah Boden*, regagnant le port après trois semaines de mer, aperçoit un autre groupe de barils marqués AG, mais il n'y a toujours pas trace du bateau lui-même. Finalement, le 8 novembre à minuit moins le quart, les recherches en vue de retrouver l'*Andrea Gail* sont définitivement abandonnées. Le bateau a disparu depuis près de deux semaines, et les avions ont scruté près de 200 000 kilomètres carrés d'océan sans apercevoir le moindre survivant.

*

« Je suis souvent retournée sur le quai après l'abandon des recherches, raconte Chris Cotter. Très souvent. J'y allais toute seule et je ruminais des tas de choses — ce qui avait pu arriver à leurs corps, des tas d'horreurs comme cela. Quand ces images survenaient, je les rejetais de toutes mes forces, et j'essayais de me rappeler les bons moments. Mais Bobby me manque énormément. Je me bats tout le temps contre les idées noires. Plus tard, je me dis que je le reverrai plus tard. »

Le service funèbre se déroule quelques jours après l'abandon des recherches à l'église St. Ann, juste au-dessus du *Crow's Nest*, sur la colline. C'est le premier office depuis treize ans à la mémoire d'hommes de Gloucester morts en mer. Il attire des gens dont certains ne connaissaient même pas les disparus. Il y a là un bon millier de personnes. La mer était leur domaine, et ils la connaissaient bien, dit le Révérend Casey. Je vous demande de prier non seulement pour eux, mais aussi pour tous les braves qui ont donné leurs vies pour Gloucester et ses pêcheries.

Mary Anne et Rusty Shatford lisent un poème sur le métier de pêcheur, le frère de Sully parle, ainsi que quelques membres de la famille Tyne. Bob et Susan Brown sont là, mais ils ne disent que très peu de choses et s'en vont dès la fin de l'office. C'est la troisième fois que des hommes meurent sur l'un des bateaux de Bob Brown, et, bien qu'il ne soit pas en tort, les gens du pays ne l'oublient pas. Après l'office, on descend la colline pour gagner Rogers Street, et l'on s'entasse au *Crow's Nest* et à l'*Irish Mariner*, où une veillée funèbre va durer deux jours. On apporte des victuailles, on va à l'appartement du frère de Sully, on revient au *Crow's Nest*, on va chez les Tyne, on revient encore au *Nest*, sans cesse pendant toute la fin de semaine.

Si les hommes de l'*Andrea Gail* étaient morts normalement, avec leurs corps exposés quelque part, leurs proches pourraient leur faire leurs adieux et la vie continuerait. Mais ils ne sont pas morts normalement, ils ont simplement disparu de la surface de la terre et, à proprement parler, il faut *se convaincre* qu'ils ne reviendront pas un jour. Et s'en convaincre demande des efforts, demande du travail. Les gens de Gloucester doivent se forcer à extraire ces hommes de leurs vies pour les commettre à un autre monde.

« La nuit avant l'arrivée de la nouvelle, dit Debra Murphy, l'ex-femme de Murph, j'ai fait un rêve. Murph devait, en principe, rentrer à temps pour mon anniversaire, et, dans mon rêve — je ne me souviens plus s'il me parlait directement ou s'il me téléphonait —, il me disait qu'il était désolé, mais que, cette fois, il ne pourrait pas être là. Puis je me suis réveillée et il y a eu le coup de téléphone. C'était la nouvelle petite amie de Billy qui me disait qu'il y avait une grande tempête au large et qu'on était sans nouvelles de l'*Andrea Gail* depuis un jour ou deux. »

La première chose que Debra fait est d'aller trouver les parents de Murph pour leur annoncer la mauvaise nouvelle. Ils n'ont jamais beaucoup apprécié que leur fils devienne pêcheur — le père est dans l'immobilier et ils mènent une vie bien tranquillement bourgeoise — et le choc est, pour eux, d'autant plus grand quand Debra leur annonce qu'on est sans nouvelles du bateau. Elle n'en sait pas beaucoup plus, et lorsqu'elle appelle Bob Brown, tout ce qu'il peut lui dire, c'est que les dernières nouvelles de l'*Andrea Gail* remontent au 28, et que des recherches ont été déclenchées. Ensuite, Brown se refuse à la rappeler lorsqu'elle laisse des messages, et elle commence à téléphoner chaque jour aux Gardes-Côtes en leur demandant combien d'avions participent aux recherches, s'ils voient quelque chose et ce qu'ils comptent faire ensuite. Finalement, après dix jours d'enfer, Debra explique à son fils de trois ans, Dale Junior, que son père ne reviendra pas. Le petit garçon ne comprend pas et demande où est son père.

Il pêche, mon chéri, répond-elle. Il pêche au ciel.

Dale sait que son père pêche en de nombreux endroits — Hawaï, Porto-Rico, le Massachusetts. Le ciel ne peut être qu'un endroit de plus. Et quand revient-il de pêcher au ciel ? demande-t-il.

Deux mois plus tard, pour le jeune Dale, son père *revient* de sa campagne de pêche au ciel. Dale se réveille en hurlant au milieu de la nuit, et Debra se précipite dans sa chambre, affolée. Qu'est-ce qu'il se passe, mon chéri ? demande-t-elle. Qu'est-ce qu'il se passe ?

Papa est là, répond Dale. Papa était là à l'instant.

Qu'est-ce que tu veux dire, Papa est là ? demande Debra.

Papa était là et il m'a dit ce qui était arrivé sur le bateau.

Et, butant sur les mots, le petit Dale entreprend de répéter ce que son père lui a dit. Le bateau a roulé et chaviré. La chemise de Murph s'est alors trouvée prise par le crochet d'une gaffe, et il n'a pu se dégager à temps. Il a coulé avec le bateau.

« Mon fils est encore bouleversé, raconte Debra. Il y a des jours où il est tout abattu et je lui demande : "Qu'est-ce qu'il y a, Dale ?" Et il me dit : "Rien, Maman, c'est juste que je pense à Papa." Oh, Mon Dieu ! Il me regarde avec ses grands yeux bruns, les larmes ruisselant sur ses joues, et cela me tue parce que je ne peux rien y faire. Rien du tout. »

D'autres aussi sont hantés. La mère de Murph regarde un jour par sa fenêtre et voit son fils descendant la rue avec ses énormes bottes de mer. Quelqu'un d'autre l'aperçoit en plein milieu de la circulation dans le centre de Bradenton. De temps à autre, Debra rêve qu'elle le voit surgir, se précipite vers lui et lui demande : « Dale, où étais-tu ? » Il ne répond pas, et elle se réveille avec des sueurs froides.

À Gloucester, Chris Cotter fait un rêve similaire. Bobby lui apparaît, tout souriant, et elle lui demande : « Dis donc, Bobby, où étais-tu passé ? » Il ne répond pas à sa question. Il continue simplement à sourire et lui dit : « Rappelle-toi, Christina, que je t'aimerai toujours. » Puis il disparaît.

« Il a toujours l'air heureux quand il s'en va, dit Chris. Alors je sais que tout va bien pour lui. Tout va très bien. »

Pour Chris, cependant, tout ne va pas très bien. Certains soirs, elle se retrouve sur le quai, attendant de voir arriver l'*Andrea Gail*. D'autres fois, elle dit à ses amis : « Bobby rentre ce soir, je le sais. » Elle sort avec d'autres hommes, elle poursuit sa vie, mais elle ne peut accepter l'idée que Bobby est parti. On n'a jamais retrouvé un corps, jamais retrouvé le moindre fragment du bateau, et elle s'accroche à cette idée pour se dire que tout l'équipage est peut-être bien tranquille sur une île, quelque part, à boire des margaritas en regardant le soleil se coucher. Un jour, Chris rêve que Bobby vit sous la mer avec une jolie femme blonde. La femme est une sirène et c'est la nouvelle compagne de Bobby. Puis Chris se réveille et s'en retourne au *Crow's Nest*.

*

Quelques semaines après le drame, les familles des victimes reçoivent une lettre de Bob Brown leur demandant de le dégager de toute responsabilité. La lettre est polie mais précise, affirmant que l'*Andrea Gail* était un bateau « robuste, avec un équipage au complet, parfaitement équipé et approvisionné, et, à tous égards, à la hauteur du service qui était attendu de lui ». Cette lettre est la seule que plusieurs des proches des disparus — et notamment Jodi Tyne et Debra Murphy — reçoivent de Bob Brown. Il n'envoie pas de mot de condoléances, ne propose pas d'aide financière ; il se contente d'écrire pour se protéger à l'avance d'éventuelles conséquences légales du drame. Il est possible qu'il se sente trop timide ou trop gêné pour exprimer sa sympathie, mais les femmes des disparus ne voient pas les choses ainsi. Pour elles, Bob « Suicide » Brown est un homme d'affaires qui a gagné des centaines de milliers de dollars sur le dos d'hommes comme leurs maris. Quasi unanimement, elles décident de poursuivre.

Le cas de l'équipage de l'*Andrea Gail* tombe sous le coup de la Loi sur les Décès en haute mer, votée par le Congrès des États-Unis au début des années soixante-dix et amendée par la Cour Suprême en 1990. La seule chose prise en considération par cette loi est la « perte pécuniaire » subie par l'éventuel plaignant du fait d'un décès en mer. Bobby Shatford, par exemple, payait 325 dollars par mois de pension alimentaire. Aux termes de la Loi sur les Décès en haute mer, son ex-femme est habilitée à poursuivre Bob Brown — ce qu'elle fait — mais Ethel Shatford ne le peut pas. Elle a perdu un fils, mais n'a subi aucune « perte pécuniaire ».

La Loi sur les Décès en haute mer reste marquée par le vieux droit commun anglais, qui considérait la mort en mer comme un acte de Dieu dont les armateurs ne pouvaient être tenus pour responsables. Ethel Shatford ne pourrait demander réparation pour la perte de son fils qu'en prouvant que la mort de Bobby a été exceptionnellement atroce ou que Bob Brown s'est montré négligent dans l'entretien du bateau. Les conditions exactes d'une mort sont évidemment impossibles à établir quand un bateau disparaît corps et biens, mais la négligence, elle, peut se prouver par des documents ayant trait aux travaux effectués, des témoignages d'experts et des dépositions d'anciens membres de l'équipage.

Plusieurs semaines après la disparition de l'*Andrea Gail*, un avocat de Boston nommé David Ansell accepte de représenter les ayants droit de Murphy, Moran et Pierre dans une action contre Bob Brown. Les autres affaires — dont une action engagée par Ethel Shatford — sont traitées par un autre avocat bostonien spécialisé dans le droit maritime. Brown est déjà connu d'Ansell ; dix ans plus tôt, le cabinet auquel il appartient a représenté la veuve du marin du *Sea Fever* emporté par la mer sur le Georges Bank. Ansell doit établir qu'il y a eu, dans le cas de l'*Andrea Gail*, négligence de la part de Bob Brown, et le fait que celui-ci s'est comporté comme tous les autres armateurs de bateaux de pêche à l'espadon — modifications « au pifomètre », surcharge de la passerelle et des ponts, absence de tout test de stabilité — ne suffira pas obligatoirement à emporter la décision du tribunal. En conséquence, Ansell se rend à St. Augustine, en Floride, où, cinq ans plus tôt, Bob Brown a fait procéder à ses modifications sur l'*Andrea Gail*.

Le chantier a été, comme nous l'avons déjà écrit, fermé et vendu par les services fiscaux, mais Ansell réussit à retrouver l'un de ses anciens directeurs, Don Capo, auquel il demande de faire une déposition. Capo accepte. En présence d'un huissier et de l'avocat de Bob Brown, Ansell l'interroge donc sur les travaux effectués sur l'*Andrea Gail*.

À votre connaissance, monsieur, y avait-il présent un architecte naval employé par Mr. Brown ?

Je n'ai souvenir de personne.

A-t-on procédé à des mesures, des essais ou des calculs pour déterminer le poids à ajouter au bateau ?

Non, maître.

A-t-on procédé à des tests de stabilité ?

Non, maître.

Jusque-là, le témoignage de Capo a été accablant. Brown a fait modifier le bateau sans consulter un architecte naval et l'a fait remettre à la mer sans le moindre test de stabilité.

Comment définiriez-vous l'*Andrea Gail* par rapport à d'autres bateaux ? demande finalement Ansell, espérant enfoncer ainsi le dernier clou dans le cercueil de Brown.

Capo n'a aucune hésitation.

Oh, un bateau de premier ordre, dit-il.

Sur ce front, l'offensive d'Ansell a tourné court, mais il a encore d'autres possibilités à explorer. Pour commencer, il voudrait parler à Doug Kosco, qui s'est refusé à embarquer au dernier moment parce qu'il avait mauvaise impression. Que savait-il ? Quelque chose s'était-il passé lors du précédent voyage ? Kosco travaille pour l'A.P. Bell Fish Company de Cortez, en Floride, et lorsqu'il n'est pas en mer, il réside habituellement chez l'un ou l'autre de ses amis. Il n'est pas facile à trouver.

« C'est — comment dire ? — une existence de nomade, dit Ansell. Ces types ne rentrent pas du bureau à cinq heures. Ils sont partis trois ou quatre mois à la file. »

Ansell retrouve finalement Kosco chez ses parents, à Bradenton, mais il se montre aussi peu coopératif que possible et même passablement hostile. Il dit que lorsqu'il a appris le sort de l'*Andrea Gail*, il est entré en dépression pour trois mois, ce qui lui a coûté son emploi et a failli l'envoyer à l'hôpital. Un jour, les parents de Dale Murphy l'ont invité à dîner, mais il n'a pu supporter d'y aller. Il connaissait Murph aussi bien qu'il connaissait Billy et Bugsy, et il ne pouvait s'empêcher de se dire qu'il aurait dû, normalement, se noyer à sa place. Il était toujours en vie, mais il ne pouvait supporter d'être en vie.

Cependant, le dossier d'Ansell est en train de s'effilocher. Il ne peut utiliser le témoignage de Kosco, les Gardes-Côtes déclarent — tout en se refusant à publier le rapport — que l'EPIRB retrouvé fonctionnait parfaitement, et il n'existe pas de preuve tangible d'un vice de forme de l'*Andrea Gail.* Selon les normes du métier, c'était un bateau tout à fait navigable, apte à remplir sa tâche, et son naufrage était dû à un acte de Dieu plutôt qu'à une négligence de Bob Brown. Les modifications de sa coque pouvaient avoir contribué à un chavirage mais elles ne l'avaient pas occasionné. Il avait sombré parce qu'il s'était trouvé en plein milieu de la Tempête du Siècle, et nul juge n'allait en décider autrement.

Cela, les clients d'Ansell le savent, et ils acceptent un règlement à l'amiable. Ils n'obtiendront sans doute pas grand-chose — quatre-vingts ou quatre-vingt-dix mille dollars — mais ils ne courront pas, ainsi, le risque de voir Bob Brown complètement blanchi par le tribunal.

Ansell entreprend de négocier un accord, et les autres procès se règlent de la même façon. La question de la stabilité de l'*Andrea Gail* ne sera jamais soulevée devant la cour.

*

Un an environ après le naufrage, un homme qui est le sosie exact de Bobby Shatford entre au *Crow's Nest* et commande une bière. Tous les habitués qui sont alignés devant le bar se retournent pour le dévisager. L'un des barmen est trop sidéré pour parler. Ethel, qui vient juste de terminer son service, a déjà vu l'homme en ville, et elle lui explique pourquoi tout le monde le regarde de cette façon. Vous ressemblez trait pour trait à mon fils qui est mort l'an dernier, lui dit-elle. Il y a une photo de lui au mur.

L'homme s'en va regarder la photo. Prise sur le quai, elle montre Bobby, en T-shirt et avec des lunettes de soleil, les bras croisés, souriant à l'objectif. C'était un jour où il se promenait en ville avec Chris, et il paraît très heureux. Trois mois plus tard, il était mort.

Mon Dieu, dit l'homme, si j'envoyais cette photo à ma mère, elle croirait qu'elle est de moi. Elle ne verrait pas la différence.

Fort heureusement, l'homme est menuisier et non pêcheur. S'il était pêcheur, il viderait son verre et commencerait à ruminer de sombres pensées sur son tabouret. Les gens dont le métier est de naviguer ont beaucoup de mal à se défendre de l'impression que certains d'entre eux sont marqués, et que la mer viendra un jour les réclamer. Le sosie d'un homme s'étant noyé entre facilement dans cette catégorie, et tous ses équipiers avec lui. Jonas, le premier, était évidemment marqué, et ses compagnons de bord le savaient. Murph était marqué et l'avait dit à sa mère. Adam Randall était marqué, mais il n'en avait pas idée ; il estimait simplement avoir, une ou deux fois, frôlé la catastrophe de près. Après la disparition de l'*Andrea Gail*, il dit à sa compagne, Chris Hansen, que lorsqu'il était monté sur le pont, il avait senti une sorte de vent froid sur sa peau, et il s'était dit soudain que personne, dans l'équipage, ne reviendrait vivant. Il n'avait, cependant, rien dit aux autres, car, sur un quai, cela ne se fait pas : on ne dit pas froidement à des hommes qu'ils vont sans doute se noyer. Chacun court sa chance, et c'est tout.

Et puis il y a ceux qui sont les presque-morts. Stimson, Hazard, Reeves — tous continuent à vivre des vies qui, logiquement, auraient déjà dû prendre fin. Quiconque s'est trouvé en mer au milieu d'une tempête de cette envergure est, dans une certaine mesure, presque mort, et cela continuera à l'affecter longtemps après que les vents se seront tus et que les vagues se seront calmées. En fait, rien n'est plus jamais comme auparavant.

« Mon patron m'a conduite à un hôtel, et la première chose que j'ai faite a éte d'avaler coup sur coup trois verres de vodka, raconte Judith Reeves, évoquant ce qui s'est passé après qu'elle a eu débarqué de l'*Eishin Maru* à Halifax, le 31 octobre. J'ai appelé ma mère, puis la copine avec laquelle je partageais un appartement. La première nuit, je n'ai pas pu dormir, simplement parce que la chambre d'hôtel ne tanguait pas. Le lendemain matin je suis allée participer au journal télévisé de la CBS, puis je me suis rendue aux studios de la CBC pour une autre interview, et c'est là que j'ai commencé à avoir la trouille. Je me suis mise à boire et à fumer comme une folle, et quand est venu le moment de la troisième interview, j'étais complètement à côté de mes pompes. Ils voulaient faire cela en direct, et je leur ai demandé si c'était bien raisonnable. Pendant deux ou trois semaines, j'ai été complètement accaparée par les médias. Tout le pays priait pour moi, et j'étais un peu sur un nuage. Puis, en décembre, je suis revenue à la maison pour voir mon père et ma mère, et, dès que je suis arrivée là, j'ai sombré dans la dépression. J'ai perdu beaucoup de poids, et j'avais tout le temps des crises de larmes. C'est comme cela : on tient le coup, puis on s'effondre. Et puis, finalement, on redevient quelqu'un de normal. »

Reeves a continué à travailler comme observateur à bord de bateaux de pêche. Elle a finalement rencontré, à bord de l'un des bateaux qu'elle contrôlait, un marin russe qu'elle a épousé.

Karen Stimson s'effondre plus vite que Reeves mais moins gravement. Immédiatement après son sauvetage, elle s'installe dans l'appartement d'une amie à Boston, pour éviter les journalistes. Le lendemain, elle décide d'aller se chercher un capuccino à la cafétéria au coin de la rue. Elle commande et sort un rouleau de billets de sa poche pour payer. Les billets sont encore humides, imprégnés d'eau de mer. L'homme à la caisse la regarde, regarde les billets, la regarde de nouveau et dit : Je vous connais ! Vous êtes celle qu'on a sortie de ce bateau !

Stimson est horrifiée. Elle poussa l'argent vers l'homme, mais il refuse. Non, non, dit-il. C'est la maison qui paie. Remerciez simplement Dieu d'être en vie.

Remercier Dieu d'être en vie... Elle n'avait pas pensé à cela, mais, oui, c'est vrai, son corps pourrait très bien être, en ce moment même, en train de tournoyer dans les profondeurs sombres et glacées. Elle saisit son café et court vers la porte, sanglotant.

*

Deux semaines après l'abandon des recherches en vue de retrouver Rick Smith, Marianne Smith reçoit un coup de téléphone d'un nommé John Monte, de Westhampton Beach, Long Island. Il dit être extralucide et savoir que Rick Smith est vivant. Il ajoute qu'il est entré en contact avec la base aérienne du Suffolk, où l'on souhaite reprendre les recherches.

Marianne sent son cœur chavirer. Il lui a fallu deux semaines pour accepter l'idée que son mari était mort, et maintenant, elle est censée recommencer à espérer. Il n'y a aucune chance que Rick soit encore vivant, mais elle craint ce que les gens pourraient penser si elle s'opposait à une reprise des recherches, et elle donne donc son accord. Les PJ, à la base, ont la même préoccupation — ce que Marianne pourrait penser — et ils donnent donc eux aussi leur accord. Monte s'assure les services d'un avocat local nommé John Jiras, qui écrit à George Hochbrueckner, membre de la Chambre des Représentants pour l'État de New York, une lettre exigeant la reprise des recherches. Hochbrueckner transmet la lettre à l'amiral Bill Kline, commandant les Gardes-Côtes, et l'affaire revient au D1 Comcen de Boston. Là, on rédige un rapport expliquant combien les opérations de recherche ont été méticuleuses et combien il était improbable qu'un homme puisse survivre trente-six jours en mer. Le rapport est renvoyé à Klime par la voie hiérarchique. Pendant ce temps, Monte donne à Marianne une liste d'organes de presse à appeler pour faire parler de l'affaire — et de lui.

« C'est la seule fois de ma vie où j'ai cru devenir folle, déclare Marianne Smith. J'ai fini par l'envoyer paître. Je ne pouvais plus supporter tout cela. »

Après un mois, elle commence à pouvoir supporter le choc occasionné par la perte de son mari. Tant que les recherches se sont poursuivies, elle s'est accrochée à des lambeaux d'espoir, ce qui l'a fait vivre dans une sorte d'hébétude cauchemardesque. Plusieurs semaines après la mort de Rick, elle rêve qu'il vient vers elle, la mine triste, lui dit qu'il est désolé et la prend dans ses bras. C'est la seule fois qu'elle rêve de lui, mais cela constitue une sorte d'adieu. Marianne emmène ses enfants au service religieux qui se tient dans la ville natale de Rick, en Pennsylvanie, mais non à celui de Long Island, car elle sait qu'il y aura des journalistes et des caméras de télévision.

« Les enfants, dit-elle, ne pleurent pas devant la foule. Ils prennent le deuil dans leur lit en disant : Je veux que Papa me lise une histoire... »

George Bush et le gouverneur Mario Cuomo envoient des lettres de condoléances. Marianne ne tarde pas à découvrir que, veuve, elle met les gens extrêmement mal à l'aise ; ils tendent à l'éviter ou à la traiter comme une infirme. Marianne Smith, qui a commencé comme technicienne de l'Armée de l'air affectée à une escadrille de chasseurs F-16, fait face à la vie en s'inscrivant à une faculté de droit pour devenir avocat.

En plus d'être PJ, John Spillane devient pompier à New York. Une nuit, il est réveillé par le signal d'alarme, mais, pour une raison ou pour une autre, les lumières refusent de s'allumer dans la salle où il se trouve. Il est terrifié. Il se retrouve devant la perche verticale le long de laquelle il doit descendre pour gagner la voiture, se disant : « Tout va bien. Tu as déjà fait cela avant. Garde simplement ton sang-froid. » Tout ce qu'il sait, c'est qu'il est dans le noir, que le temps presse et qu'il doit descendre — exactement la même situation que dans l'hélicoptère au-dessus de l'Atlantique. Mais lorsqu'il finit par se rendre compte de l'endroit où il se trouve vraiment, il découvre aussi qu'il a revêtu sa tenue d'intervention de pompier. Il est tout prêt à y aller.

Mais la tempête n'en a pas fini avec ses victimes. Dix-huit mois après les naufrages de la veille de Toussaint commence à se développer dans l'Atlantique ce que les météorologistes n'hésitent pas à appeler, avant même qu'elle se soit vraiment déchaînée, « la Mère de Toutes les Tempêtes ». Elle a un œil bien distinct, comme un ouragan, et une pression barométrique centrale désespérément basse. D'un navire se trouvant à la queue de la tempête naissante, on peut voir les vagues passer de moins d'un mètre à six mètres *en moins de deux heures*. Dans le même temps, on voit tomber plus d'un mètre vingt de neige sur les montagnes de Caroline du Nord. Les vents atteignent cent quatre-vingts kilomètres à l'heure dans le Golfe du Mexique, et, rien que durant les deux premiers jours, les Gardes-Côtes évacuent deux cent trente-cinq personnes de bateaux en péril. La situation s'aggrave encore, et les vagues atteignent une vingtaine de mètres sur une bonne partie de la Côte Est des États-Unis et une trentaine de mètres au large de la Nouvelle-Écosse. Toutefois, la tempête de la veille de Toussaint qui a coulé l'*Andrea Gail* demeure de très peu la pire des deux.

Mais le *Gold Bond Conveyor*, le cargo qui, en 1991, relaya le message de détresse du *Satori*, va se trouver pris dans la nouvelle tempête au pire moment. Ce navire de cent quatre-vingt-douze mètres, qui assure un transport régulier de minerais entre Halifax et Tampa, en Floride, va être le seul à connaître les deux tempêtes. On peut le dire marqué, lui aussi. Il est pris dans la tourmente au soir du 14 mars 1993 à une centaine de milles au sud-est de l'endroit où Billy Tyne est sans doute allé par le fond. Peu avant minuit, son capitaine informe par radio Halifax qu'il a donné l'ordre d'abandonner le navire. Les vagues ont atteint trente mètres et la neige balaie latéralement le pont. Trente-trois hommes quittent le bord. Aucun ne sera jamais retrouvé.

Mais ce n'est pas fini. La tempête a encore une porte à laquelle frapper. Adam Randall travaillait régulièrement à bord du *Mary T*, mais, en février 1993, Albert Johnston met le bateau en cale sèche pour réparations, et Randall doit trouver un autre embarquement. Il est engagé à bord du *Terri Lei*, un thonier ayant pour port d'attache Georgetown, en Caroline du Sud. C'est un gros et robuste bateau avec un équipage de marins chevronnés.

Chris Hansen, la compagne de Randall, le conduit en voiture jusqu'à l'aéroport de Logan, mais aucun avion ne décolle en raison de la tempête de neige qui sévit. Randall doit attendre le lendemain pour s'envoler vers le Sud. Lorsqu'il téléphone à Chris de Caroline du Sud, elle lui dit qu'elle s'inquiète pour lui. Tu vas bien ? demande-t-elle. Tu as une drôle de voix.

Oui, tout va bien, lui dit-il. Je n'ai pas très envie de faire ce voyage, mais c'est mieux ainsi — je vais peut-être gagner un peu d'argent.

La veille de leur départ, les hommes du *Terri Lei* se rendent dans un bar et ont une bagarre avec l'équipage d'un autre bateau. Plusieurs hommes vont faire un tour à l'hôpital, mais, le lendemain, malgré diverses ecchymoses, les marins du *Terri Lei* prennent la mer comme prévu. Ils vont travailler en eaux profondes, à l'est de Charleston, juste au-delà du plateau continental. C'est le printemps, le poisson remonte le Gulf Stream, et, avec un peu de chance, le *Terri Lei* conclura sa campagne en dix à douze prises. Le soir du 6 avril, Randall appelle Chris Hansen au radiotéléphone. Ils parlent plus d'une demi-heure — ce qui revient fort cher — et Randall dit à Chris qu'ils ont rencontré un peu de mauvais temps, mais que tout cela est fini et que tous leurs engins de pêche sont à l'eau. Il termine en lui disant qu'il la rappellera bientôt.

Randall est un homme assez difficile à situer. C'est

un marin pêcheur et un technicien maritime expérimenté, mais il a, à certains moments de sa vie, failli devenir coiffeur ou infirmier. Il a une goélette tatouée sur un bras, une ancre de marine sur l'autre, et, sur la main, une cicatrice, trace d'une plaie qu'il a recousue lui-même avec une aiguille et du fil. Il a une longue chevelure blonde de chanteur de rock mais aussi la musculature de quelqu'un ayant travaillé dur toute sa vie. (« On aurait pu le frapper à coups de marteau sans lui faire de bleus », dit Chris Hansen.)

Durant son séjour à bord du *Terri Lei*, Randall disait qu'à certains moments, il sentait des fantômes autour du bateau, les fantômes d'hommes morts en mer et n'ayant pas trouvé la paix.

Le 7 avril au matin, l'équipage du *Terri Lei* commence à remonter sa ligne dans une mer agitée, avec des vents devenant violents. Il se trouve à cent trente-cinq milles de la côte et il y a de nombreux bateaux dans les parages, dont un cargo se rendant d'Amérique du Sud dans le Delaware. À 8 heures 45, les Gardes-Côtes de Charleston captent un signal de détresse EPIRB et envoient immédiatement deux avions et une corvette vers le point d'émission. Ce pourrait être une fausse alerte — le temps n'est pas épouvantable et aucun navire ne s'est déclaré en difficulté — mais il faut de toute manière s'en assurer. Guidés par le signal, les avions ne tardent pas à apercevoir un EPIRB au milieu de débris flottant à la surface de l'eau. À quelque distance, un radeau de sauvetage portant, sur l'un de ses côtés, le nom *Terri Lei.*

Le bateau lui-même a disparu, et rien ne bouge à bord du radeau. Un nageur se met à l'eau, gagne l'embarcation et découvre qu'elle est vide. Nul n'a survécu au naufrage du *Terri Lei.*

POSTFACE

« Je regrette la façon dont je me suis conduit la première fois que je t'ai vu », me dit, il y a peu, dans un bar de Gloucester, Ricky Shatford.

Mon livre était sorti depuis trois mois environ, et la famille Shatford — ainsi que la ville de Gloucester — avait été balayée par une énorme vague de curiosité. Les estivants visitaient les locaux de Cape Pond Ice, des touristes retenaient des chambres au *Crow's Nest*, et on arrêtait les Shatford dans la rue.

« Tu écrivais sur mon petit frère, poursuivit Ricky, et cela je n'arrivais pas à l'encaisser. J'ai dit à pas mal de gens que j'allais te tuer. »

Avant d'entrer pour la première fois au *Crow's Nest*, il m'avait fallu une bonne demi-heure pour mobiliser tout mon courage. Ce n'était pas le bar lui-même qui m'effrayait — j'avais connu d'autres bars pour durs auparavant —, c'était ce que j'allais y faire. J'y allais pour interroger une femme sur la mort de son fils. Je n'étais pas pêcheur, je n'étais pas de Gloucester, et je n'étais même pas journaliste selon la définition que je donne de ce terme. J'étais simplement un type avec un stylo, du papier et une idée de livre. Je glissai un bloc de sténo sous ma ceinture, au creux de mon dos, là où il serait dissimulé par ma veste. Je mis un petit enregistreur et un carnet dans les poches de mon jean pour le cas où j'en aurais besoin. Puis je respirai profondément, je descendis de la voiture et je traversai la rue.

La porte d'entrée était plus lourde que je ne m'y attendais, la salle plus sombre, et il y avait, dans la pénombre, une douzaine de gars cramponnés à leurs bières. Tous se retournèrent pour me dévisager lorsque j'entrai. Je m'appliquai à ignorer leurs regards, traversai la salle et allai m'asseoir au bar. Ethel arriva, et, après avoir commandé une bière, je lui dis que j'écrivais un livre sur les métiers dangereux, en particulier la pêche en mer, et que j'aurais voulu lui parler.

« Je sais que vous avez perdu un fils il y a deux ans, lui dis-je. J'habitais Gloucester à l'époque, et je me souviens de la tempête. Cela a dû être très dur pour vous. Plus dur qu'on ne peut l'imaginer. »

Ce que je ne savais pas, c'est qu'il y avait un procès en cours et que la première pensée d'Ethel fut que j'étais un agent travaillant incognito pour la compagnie d'assurance de Bob Brown. Elle ne poursuivait pas celui-ci, mais chaque fois qu'un bateau va par le fond, il se trouve des gens pour poser des questions et chercher à soulever des problèmes. En fait, durant les semaines ayant suivi le naufrage, quelques avocats s'étaient introduits au *Nest* pour tenter d'inciter Ethel à engager une action en justice. Ils s'étaient montrés si insistants que quelques-uns des gars au bar s'étaient sentis tenus de les aider à sortir.

Ethel se montra avec moi cordiale mais réservée. Elle me raconta comment elle avait vainement attendu des nouvelles de l'*Andrea Gail*, guettant les bulletins d'information locaux. Elle me parla du service funèbre et de la solidarité que lui avaient manifestée les gens après le drame. Elle m'offrit une bière et me donna les noms de pêcheurs qui pourraient peut-être m'aider. Puis je sortis du bar. C'était une chaude journée de début de printemps, avec encore un peu de neige à l'arrière-plan et une riche odeur de terreau venant se mêler aux effluves de sel de l'océan. Camions et camionnettes circulaient et se garaient, conduits par des hommes qui souriaient peu. Je me souviens m'être dit que ce n'était pas exactement là une ville propice aux écrivains.

« Ces gens, pensai-je, ne tiennent pas vraiment à ce qu'on les interroge sur leur vie. »

Et, dans une certaine mesure, j'avais raison. Ces gars au volant des camions — de même que ceux assis sur les tabourets de bar du *Crow's Nest* ou ceux qui descendaient Main Street avec leurs bottes de mer et leur équipement de pêcheurs — n'avaient pas de raison particulière de me parler. Si j'avais été originaire de Gloucester ou si j'avais, à un moment ou à un autre, pratiqué la pêche, c'eût peut-être été différent. Mais tel n'était pas le cas, et la seule chose que j'avais en ma faveur — en dehors du fait qu'Ethel semblait bien m'aimer, ce qui compta beaucoup plus que je ne l'avais pensé — était que je travaillais comme bûcheron indépendant et volant pour des compagnies forestières. Je vivais sur le Cap Cod, mais devais me rendre de temps à autre à Boston, et je m'arrangeais souvent pour combiner ces déplacements avec de petits séjours de recherche à Gloucester. J'entrais au *Crow's Nest* en fin de journée, sale et fatigué d'un long séjour dans les arbres, et m'installais sur un tabouret au bar.

« Écoutez, disais-je, je ne connais strictement rien à la pêche. Alors, si vous ne m'expliquez pas, je ne pourrai raconter que des bêtises. »

Cela parut marcher, progressivement, les pêcheurs commencèrent à parler. Ils me parlèrent de leurs grands-pères pêchant la morue en doris sur les Grands Bancs. Ils me parlèrent des bourrasques hivernales sur le Georges. Ils me racontèrent comment leurs petites amies les chassaient parfois de la maison pour de généralement bonnes raisons. Et ils me parlèrent de la mer.

« C'est une superbe dame, dit l'un des gars, le pouce braqué vers la porte, mais elle te tue sans une seconde d'hésitation. »

Habituellement, la seule chose que j'avais devant moi durant ces conversations était une bière, mais, de temps à autre, si le propos me semblait assez prometteur et si j'avais établi un rapport de confiance avec mon interlocuteur, je sortais mon bloc de sténo de sous ma veste. Autrement, je devais m'excuser périodiquement afin de me rendre aux toilettes — ce qui, compte tenu de la quantité de bière ingurgitée, était de toute façon nécessaire. Là, je prenais en hâte quelques notes avant de revenir au bar. Quand j'avais vraiment noué des liens d'amitié avec quelqu'un, comme, par exemple, avec Chris Cotter, je lui demandais si je pouvais l'interroger avec mon enregistreur, ailleurs qu'au bar, à un endroit où nous pourrions parler sans être interrompus. Habituellement, les gens acceptaient. L'un d'eux, une fois, commença par dire oui, puis tenta de me semer alors que je le suivais en ville dans ma voiture. Je finis par le retrouver à la *Green Tavern*, et, en fin de compte, nous parlâmes pendant trois heures d'affilée. Quelques-uns, toutefois — comme Ricky Shatford — ne voulaient rien avoir à faire avec moi.

Ricky m'expliqua plus tard qu'il ne se remettait pas de la mort de son frère, et que j'étais quelqu'un sur qui il pouvait concentrer sa rage et son amertume. Il n'aimait pas que j'écrive sur sa famille, et il n'aimait pas que j'écrive sur quelque chose que je ne pouvais connaître de façon certaine. L'*Andrea Gail* avait disparu sans laisser de trace. Pourquoi ne pas laisser tout cela reposer en paix ?

Il se trouvait que, malheureusement, Ricky ne faisait que traduire mes propres doutes et mes propres incertitudes quant à mon projet. Chaque fois que je me hasardais au *Crow's Nest,* je me faisais l'effet d'un intrus, et j'eus plusieurs terribles cauchemars au sujet du naufrage de l'*Andrea Gail.* Dans l'un, je rêvais que j'avais foré de petits trous dans sa coque avant son dernier voyage pour voir s'il flottait encore. Dans un autre, je me trouvais dans la timonerie avec Billy Tyne au moment où le bateau sombrait. Mais moi, je n'avais pas à mourir, car j'étais un journaliste, et je voyais, avec un terrible sentiment de culpabilité, le bateau plonger dans le creux d'une énorme vague. Je me rappelle m'être dit : « Mon Dieu, tu ne t'es jamais vraiment soucié de la terrifiante épreuve que cela a dû être pour ces gars. C'étaient six hommes, six véritables personnes, pas simplement des noms qu'on lit dans un journal. N'oublie jamais cela. »

Mon seul rêve optimiste survint en 1994, alors que je venais d'écrire un article de magazine sur l'*Andrea Gail.* La plupart des gens de Gloucester apprécièrent l'article, mais il y eut, comme c'était inévitable, des critiques, et elles me troublèrent profondément pendant des mois. L'idée qu'on puisse faire un travail aussi honnête et minutieux que possible et provoquer néanmoins la fureur de certains vint ébranler des illusions que je nourrissais depuis longtemps sur le journalisme. Dans mon rêve, je me promenais le long d'une plage déserte, et quelqu'un marchait vers moi au milieu des dunes.

C'était Bobby Shatford. Il allait vers moi et me tendait la main. « Alors, c'est vous Sebastian Junger, disait-il en me serrant la main. Je tenais beaucoup à vous rencontrer. J'ai aimé votre article. — Merci, Bobby, lui répondais-je. Venant de vous, ces paroles comptent beaucoup pour moi. » Et nous restâmes là, à nous tenir la main. Un peu plus loin sur la plage, la famille Shatford faisait un pique-nique. C'était là que je me rendais, mais Bobby ne pouvait y aller. Il devait rester à l'écart.

Quand je pus enfin parler à Ricky Shatford, j'eus presque l'impression de revivre cette scène. Ricky était un pêcheur, c'était le frère aîné de Bobby, et il avait voulu, à un moment, me tuer. C'étaient de rudes obstacles à surmonter. Pourtant, un soir d'été dans un bar de Gloucester, nous nous mîmes à parler, et il me dit ce que c'était que de perdre son jeune frère. (Pour moi, Ricky avait toujours figuré le redoutable frère aîné qui écumait la ville en cherchant des ennuis, et, brusquement, il était là, à me raconter l'épisode le plus douloureux de sa vie. Ce n'était pas facile à écouter.)

« Quand nous étions gosses, nous formions une famille extrêmement unie, me dit Ricky. Bobby, Rusty et moi dormions dans le même lit. Bobby travaillait sur le port. Bob Brown a fait construire le *Miss Penny*. Looper en a pris le commandement et j'ai embarqué. Je me rappelle qu'un jour, nous étions devant Rose en train de faire les derniers préparatifs et j'ai hélé Bobby qui était sur le quai. Cette fois-là, nous sommes tombés sur l'une des premières tempêtes que j'aie subies dans ma vie. C'était en 83, et nous étions complètement fous ; c'était en décembre, au sud-est du Georges, et l'eau était encore tiède. Le *Rush* était tout à côté de nous, et il a perdu toutes ses vitres. Nous lui avons prêté notre loran pour rentrer. »

Quelques années plus tard, Ricky descendit en Floride pour prendre en main un bateau de pêche au requin. « J'étais drôlement bon pour le requin », dit-il. Quand Bobby et sa femme se séparèrent, Ricky fit venir son frère en Floride et lui procura un embarquement sur un autre bateau. Un jour, le capitaine ne se présenta pas pour le départ, et l'armateur confia le bateau à Bobby. Ricky et Bobby pêchèrent ainsi de conserve pendant un certain temps, gagnant beaucoup d'argent. Puis Bobby eut des ennuis et finit par retourner à Gloucester.

« J'ai toujours pensé, dit Ricky, qu'il était moins dangereux de pêcher pendant trente jours sur les Grands Bancs que de rester trente jours à terre. Bobby et moi avons eu quelques bagarres, en Floride, juste l'un contre l'autre. Nous avions monté une boîte de nuit, et nous avons tout démoli nous-mêmes : les tables, les chaises, la clientèle... »

De Floride, Ricky se rendit à Hawaï. On pêchait beaucoup l'espadon, dans le Pacifique, et Ricky se vit confier un bateau dernier cri de vingt-sept mètres, avec deux matelots philippins salariés. En septembre 1991, il appela le *Crow's Nest* et demanda à parler à Bobby. Il lui proposa de venir pêcher avec lui. L'armateur du bateau avait même proposé de payer le billet d'avion, mais Bobby refusa.

« Il m'a dit qu'il était vraiment amoureux de cette fille, me raconta Ricky. Alors, moi, je lui ai dit : " Comme tu veux, je t'aime, frérot." Et il m'a répondu : " Moi aussi." Et, ce sont les dernières paroles que nous avons échangées. »

Un mois plus tard, Ricky apprit ce qui s'était passé. Il se trouvait à deux jours d'Hawaï avec tout son matériel de pêche à l'eau, et il appela l'opératrice du central des communications en haute mer pour lui demander de le mettre en contact téléphonique par satellite avec son armateur, qui pêchait, lui, au large des îles Samoa. L'opératrice l'informa alors qu'il y avait une communication en attente pour lui, puis elle le mit en contact avec l'armateur. Celui-ci dit à Ricky que Bob Brown avait laissé des messages sur le répondeur de son assistant à terre, et, apprenant cela, Ricky pensa immédiatement que quelque chose était arrivé à Bobby.

La communication en attente était effectivement de sa sœur Mary Anne, l'informant qu'on était sans nouvelles du bateau de Bobby.

« Je me suis aussitôt dit qu'il était parti pour de bon, me raconta Ricky. Je suis ressorti sur le pont et j'ai dit à mon équipage que le bateau de mon frère était porté disparu, alors qu'on allait remonter la ligne et rentrer au port. J'avais les larmes aux yeux tout en halant. J'en voulais à Dieu que quelque chose comme cela ait pu arriver. Nous sommes rentrés, nous nous sommes saoulés, puis j'ai pris l'avion. »

Au service funèbre, Ricky rencontra des gens qu'il n'avait pas revus depuis vingt ans — des camarades de l'école primaire, de vieux copains de pêche, des femmes du voisinage. Il resta une quinzaine de jours à Gloucester, puis il regagna Hawaï et reprit ses activités. À sa première sortie, il rencontra une tempête qui défonça deux vitres de sa timonerie. Il se demanda alors ce que ressentirait sa mère si elle perdait deux fils au lieu d'un, et il décida, sur le moment, d'essayer de limiter les risques qu'il prenait

Mais, comme il devait le souligner, c'est plus facile à dire qu'à faire.

Après quelques années de plus à Hawaï, il alla se réinstaller à Gloucester avec son épouse philippine et se mit à pêcher en compagnie d'un homme qui avait perdu son père en mer. Il avouait qu'ensemble, ils prenaient tous les risques, pêchant tard dans la saison par gros temps.

« Nous nous sentions intouchables, m'affirma-t-il. Nous estimions que Dieu ne pourrait frapper deux fois les mêmes familles. »

Au moment où je parlais avec Ricky, mon livre était — contre toute attente — devenu un best-seller, et je passais beaucoup de temps à Gloucester, logeant au *Crow's Nest* et faisant visiter la ville aux journalistes. Cela me procurait une curieuse sensation. Je me souvenais de Gloucester comme d'un endroit gris et rébarbatif, où je vivotais en m'occupant un peu d'arbres et en me demandant, à l'âge de trente ans, quelle direction prenait ma vie. Et je me retrouvais là, donnant des interviews télévisées au *Nest* tandis que les habitués essayaient d'oublier les projecteurs pour boire leur bière tranquilles. Lorsqu'on me disait que j'avais fait la célébrité de Gloucester, je répondais que c'était plutôt Gloucester qui avait fait ma célébrité. Il y avait nombre de gens — Chris, Ethel, les pêcheurs du cru — sans lesquels je n'aurais pas pu écrire ce livre. S'ils n'avaient pas vécu ce qu'ils ont vécu et accepté de m'en parler, ce livre n'existerait pas. En ce sens, je suis leur débiteur et le livre est autant leur œuvre que la mienne. Souvent, les écrivains savent peu de choses du monde qu'ils tentent de décrire, et ils n'ont pas nécessairement besoin de savoir. Ce qu'ils doivent faire, c'est poser d'innombrables questions. Puis il leur faut s'écarter et laisser l'histoire se raconter elle-même.

New York,
11 janvier 1998

REMERCIEMENTS

L'une des tâches les plus difficiles liées à la rédaction de ce livre a consisté à connaître — dans la mesure du possible — les marins morts en mer durant la tempête de 1991. Cela impliquait d'entrer en contact avec leurs familles et leurs amis, rouvrant ainsi des plaies qui venaient à peine de commencer à se cicatriser. C'est en pleine conscience de ce fait que je tiens à remercier la famille Shatford, Chris Cotter, Tammy Cabral, Debra Murphy, Mildred Murphy, Jodi Tyne, Chris Hansen et Marianne Smith pour avoir accepté d'évoquer un épisode aussi douloureux de leur vie.

Il était également difficile aux survivants de la tempête de s'exprimer, et je suis profondément reconnaissant à Judith Reeves, Karen Stimson, John Spillane et Dave Ruvola d'avoir aussi franchement relaté leurs expériences. Je voudrais aussi remercier tous ceux qui ont répondu à mes questions sur la pêche en mer, m'ont offert des bières au *Crow's Nest*, m'ont fait monter à bord de bateaux de pêche et m'ont, d'une façon générale, appris ce qu'était la mer. Ce sont — et je les cite dans le désordre — Linda Greenlaw, Albert Johnston, Charlie Reed, Tommy Barrie, Alex Bueno, John Davis, Chris Rooney, « Hard » Millard, Mike Seccareccia, Sasquatch, Tony Jackett et Charlie Johnson. De plus, Bob Brown a eu la bonté de me parler en dépit des problèmes évidemment délicats entourant la perte de son bateau.

Ces textes ont d'abord paru dans la revue *Outside*, et je dois remercier les responsables de cette publication pour leur aide, ainsi que Howie Sanders et Richard Green à Los Angeles.

Enfin, je remercie mes amis et ma famille pour avoir lu les versions successives de mon manuscrit, en même temps que mon éditeur, Starling Lawrence, son assistante, Patricia Chui, et mon agent, Stuart Krichevsky.

TABLE

Achevé d'imprimer sur presse Cameron
dans les ateliers de ***Bussière Camedan Imprimeries***
à Saint-Amand-Montrond (Cher)
en juillet 2000

N° d'édition : 378. N° d'impression : 003133/4
Dépôt légal : juillet 2000

Imprimé en France